說經

4

吴秋輝 撰

國家圖書館出版社

第四册目録

卷十五　辛酉孟秋 …… 一

大車 …… 三

論王風 …… 二八

式微 …… 三六

旄丘 …… 四二

二子乘舟 …… 五五

景 …… 七一

蝃蝀通義 …… 八六

從孫子仲 …… 九八

卷十六　辛酉中秋 …… 一〇三

駷牝三千 …… 一〇五

君子攸芋　獻羔祭韭　禴　礿　禚 …… 一〇八

如跂斯翼　如矢斯棘　如鳥斯革

如翬斯飛 …… 一一五

侵鎬及方　往城于方附 …… 一一九

神之弔矣　不弔昊天 …… 一二六

歌以訊之　莫肯用訊 …… 一三一

后稷不克 …… 一三五

克咸厥功 …… 一三七

致天之屆　不知所屆　君子所屆

靡有夷屆　君子如屆 …… 一四二

載芟載柞 …… 一四八

以薅荼蓼 …… 一五五

滌滌山川　十月滌場 …… 一七三

不吳不揚　不吳不敖 …… 一八一

罙入其阻 …… 一八七

忘我大德　思我小怨……一九三
夷……一九五
卷十七　辛酉重九……二〇五
曰求厥章……二〇七
我龍受之……二〇八
鳧鷖在亹　亹亹文王　亹亹申伯……二一〇
猗與那與　置我鞉鼓……二二一
禾役穟穟　禾易長畝　疆埸翼翼……二二四
黍稷重穋……二三〇
殿天子之邦……二四二
民之方殿屎……二四六
則莫我敢葵……二五三
履帝武敏歆……二五九
肆筵設席　授几有緝御……二六六
洗爵奠斝……二七三
嘉殽脾臄……二八〇
或歌或咢……二八五
遭我乎猺之間兮……二九一
有杕之杜……二九四
鴇……二九九
卷十八　辛酉良月……三〇七
瓠匏壺……三〇九
苞櫟　柞　栩……三一七
榛山有榛　樹之榛栗　其子在榛　止于榛
榛楛濟濟……三二一
薺……三二九
荼苦……三三三
苓……三四四
薁……三四七
葵……三五〇
莪……三五四
莜……三六一
豕　豬　豚　彘　豝　豭　豵　豜……三七三
晨風……三七八

稌……三八二
荇……三八八
蝱……三九五
蠾……四〇二
卷十九　辛酉十月中澣……四〇九
以妥以侑……四一一
廼立臯門　臯門有伉　廼立應門
應門將將附鶴鳴于九臯……四二〇
廼立冢土……四三四
行道兑矣　松柏斯兑……四三六
混夷駾矣　維其喙矣……四四三
縮版以載……四五三
捄之陾陾……四六〇
周原膴膴　堇荼如飴……四六三
陶復陶穴……四七〇
錡……四七八
韎韐有奭……四八四
赤芾在股　邪幅在下……四九五

辛酉孟秋

秋輝氏初稾

侘傺軒說經 卷十五

侘傺軒說經卷十五

臨清吳桂華秋輝氏著

大車

大車小序云刺周大夫也蓋周之東遷諸大夫實有以所以之國人序東遷之故第以經與平王東遷並無及於其時之大夫設大夫不如為君傳其私而挾與俱東則平王繼新國苟安恐亡於於勢亦莫可奈何之矣外其君既陵辱王不惜輕棄其祖業臣從下驅雖知倒私其身家君臣相比於是乎東遷之局遂成而

不知淫

莫挽負此獨男与女之相悦為犯法在其初道

男男女箸無不知法之不可犯乃其意理不勝欲亦

而在之目的又淫從

則為名

其淫慾故於今雖家內外在所不顧矣故誘人

假如男女之間以為其時之居處之第兄弟目東西

為淫奔則其所以惡之在乎桑詩之本義雖在刺周

大夫而詩中卻絕不及大夫之所謂此女淫奔之

所謂大儒大賢者卻不知今之學者有所謂此之

一、敘 弟兄序以為剃周大夫宜乃遍尋詩中終不見
其說說大夫去僕在目魚藻而知義不涉餘然後無
可資以資國田國故其家亂章其中惟有一毳字其為
人所不甚留見於是恭印此毳字以顯大其神通語
毳衣寶即為大夫之所服以情事證之其時之大夫
真当以此衣之又得是以大夫而衣毳衣其事甚難
剃髮之言夫夫之服故思使多補之見有此物剃之
剃及再以詳政其剃惟知見於大夫即一般人數言
之一定罕見有著此剃服者（私為著者特多不肯自言

聑 最後乃僅覓得毳冕，毳冕者偏又係子男之服，與
大夫無涉。因周討論涉之，乃又得不復指此毳冕
因即以毳衣冕與且又從而為之說曰：天子之大
夫四命，其出封五命，如子男之服。意縮此大夫之濕
服毳冕者，當出封之故。殊不思大夫而出封，則初
大夫矣。子男乃五等爵之最下者，其服子男之服，復何
待言。則然此說而又為新周大夫乃新周之子男乎？
是卻懂子耶？特是毳衣也。既可以為毳冕大夫之服，
亦可以為子男，則大夫也又何妨即以為墨車禮大

古泉墨本　古大泉孔君子之所秉也盡前人所不知之觀
每將大泉詳為何注可見（大泉鄭鄉之泉即今之半兩泉
今仍屬名　無此毛貝系陶璐渡於大夫則此可以胡不可
以補予圜府古泉國櫃之然樹枝四境凡百泉本
即樞之以天子之玉樓之鉞不能及貝穆圜論周之大夫
本系即以此等本服為縣圜一庫毛郭此幕可以洙明諜
於阮死矣然稍予屋萬及家竟而千餘年或貝書遺思
此般之老郎中孫之貝助啓東寔之小據說舜貝尤可
笑友虞本說郭周大夫而謂古乃竟說周為美周大

亦漢儒猶曲為之原，曰附古以刺今；而宋儒則直易之曰周衰大夫猶有能以刑政治其私邑者，豈大夫之功罪今猶未定，而歧路之中又復生歧，雖癡人之說夢，寧復說鬼，亦不是過矣。（此篇舊注頗多，而箋者以周之季世，禮壞而詠大夫之衣紅綠雜糅五色俱備，解子之為子大夫，詠男女生前之異室而死若為無守，時但要謂大臣使賢人捧膝，而世人竟未嘗有一人能覺其不合也。予按：其總紀正義，予今按此詩之所謂大車，因秉文謂之大車者，以其制本以大车为之（古者大车与乘车异制，绝异。大车直辕，乘车曲辕。大车驾牛，乘车驾马。大车载物，乘车乘人。大车今犹古制，今之乘车则为大车之变，相沿愈异乎古之乘车，不得闻而为之。）所异者有幨与无幨耳。幨即帘楯，所以防内人之外逸者，其状略似乎窗棂（诗称式之窗棂，但有横竖木，不以细木横贯之者，故古又谓之葱灵。左传定公八年阳虎以葱灵，非即是物。杜注左传知葱灵之为窗棂，而不知其即因车，知二而不知十也。葱灵即当读作窗棂）非谭即直名

為欑聚貫穿以欑聚謂長安□□見依餘傳充耳

如此說因疏毳衣因□□貫欑欑之之說前人

以次章言啍啍故因並釋此欑之作東行者貫不

通真恩之可窺文說之即謂毛毳衣因之文因之衣以

毛毳為之於此書無改知其能通其以說言如璊從之文

毛傳云璊赬也此自屬說之不可易者說文取其儒

之謬說亦改此說璊字之主旁佩毛作璊字解之

又謬甚

同以毛毳為罽又貫穿之深之其不甬直堪發揞沈云

毛毳衣四又云如以毛毳為罽之此猶云布衣如布縑衣

如帛葛衣如㡡縕之數悉古今有是衣通之人證

耶（說文爾雅二書乃考閒以取陋儒之謬說故）人

偏據之以爲說便之秘鑰宸哉玉貝於璊字則仍

無可如何解之云玉赤色又普龢批而乃於爾雅之

虋滿瑲之作穈曰禾之赤苗謂之穈從不知爾雅之

說文虋字下云穈草源有乃全典不識說文中之穈字

說附會而成許氏則更都因此誤璊字從虋作穈字可謂

虞人自擾矣今孫詒讓氏之說以爲數段璊作璊者以此

詩前既稱其如菼之青色（即綠色）此乃象其色誤此喻

戊己氏丁

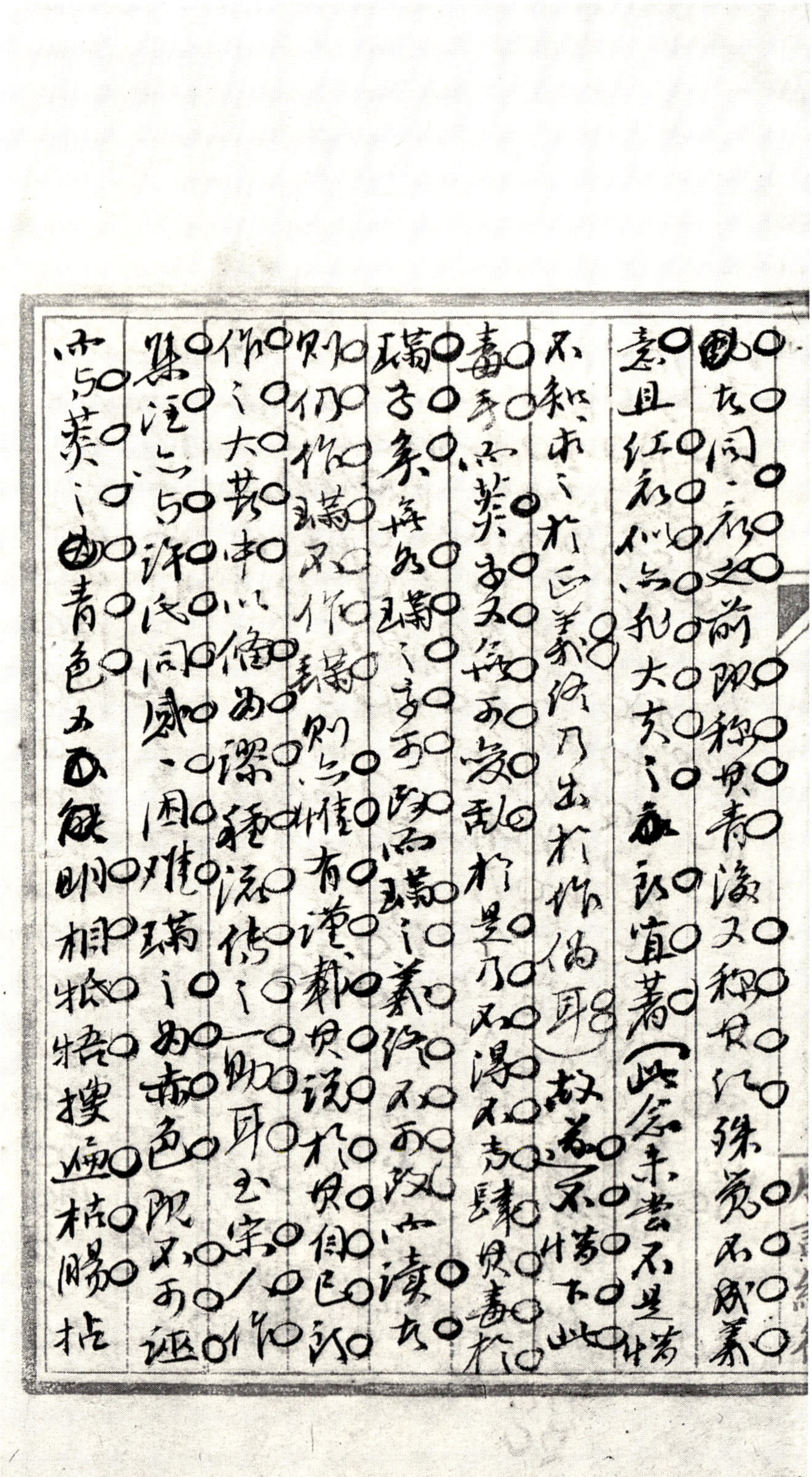

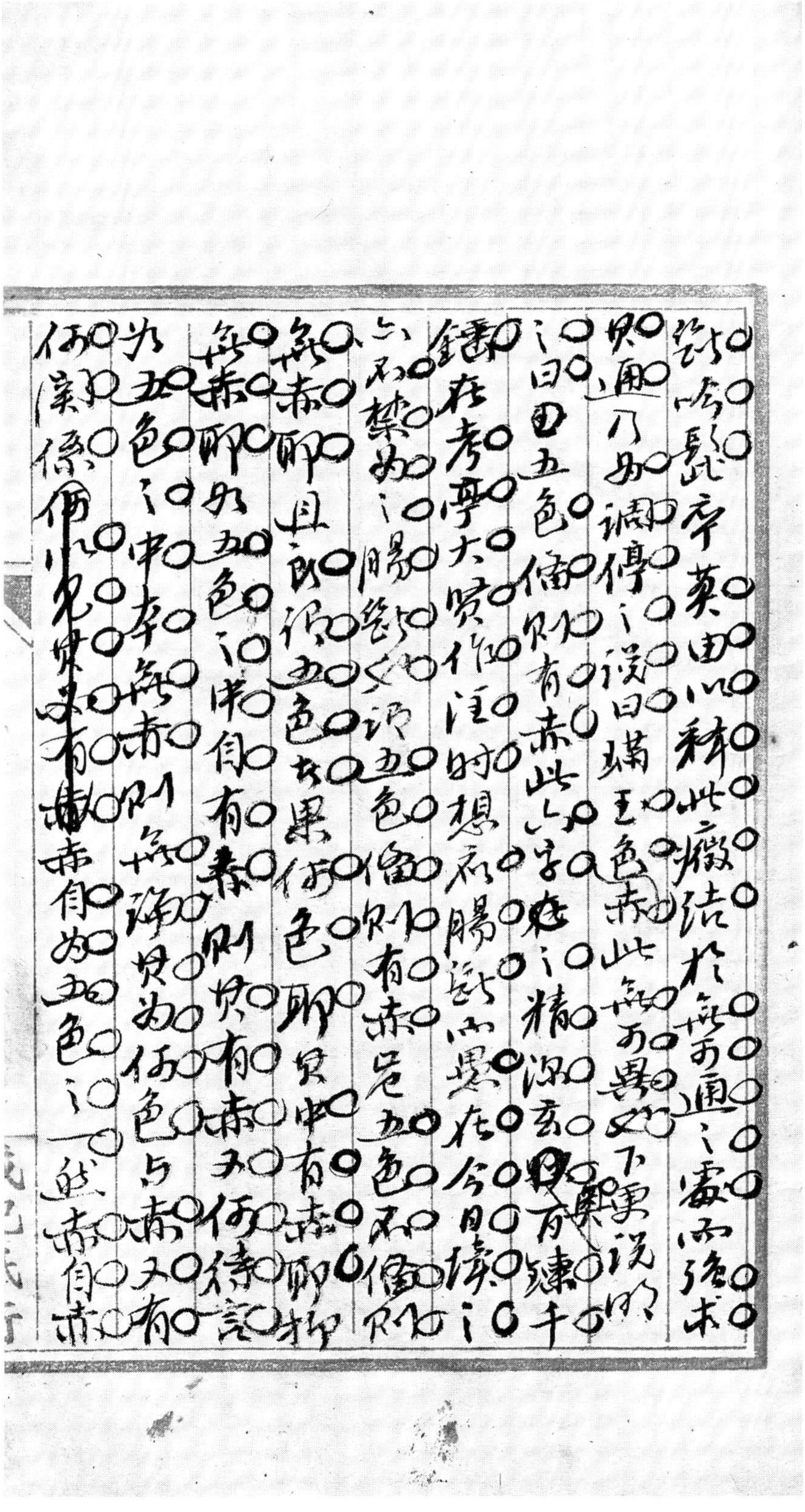

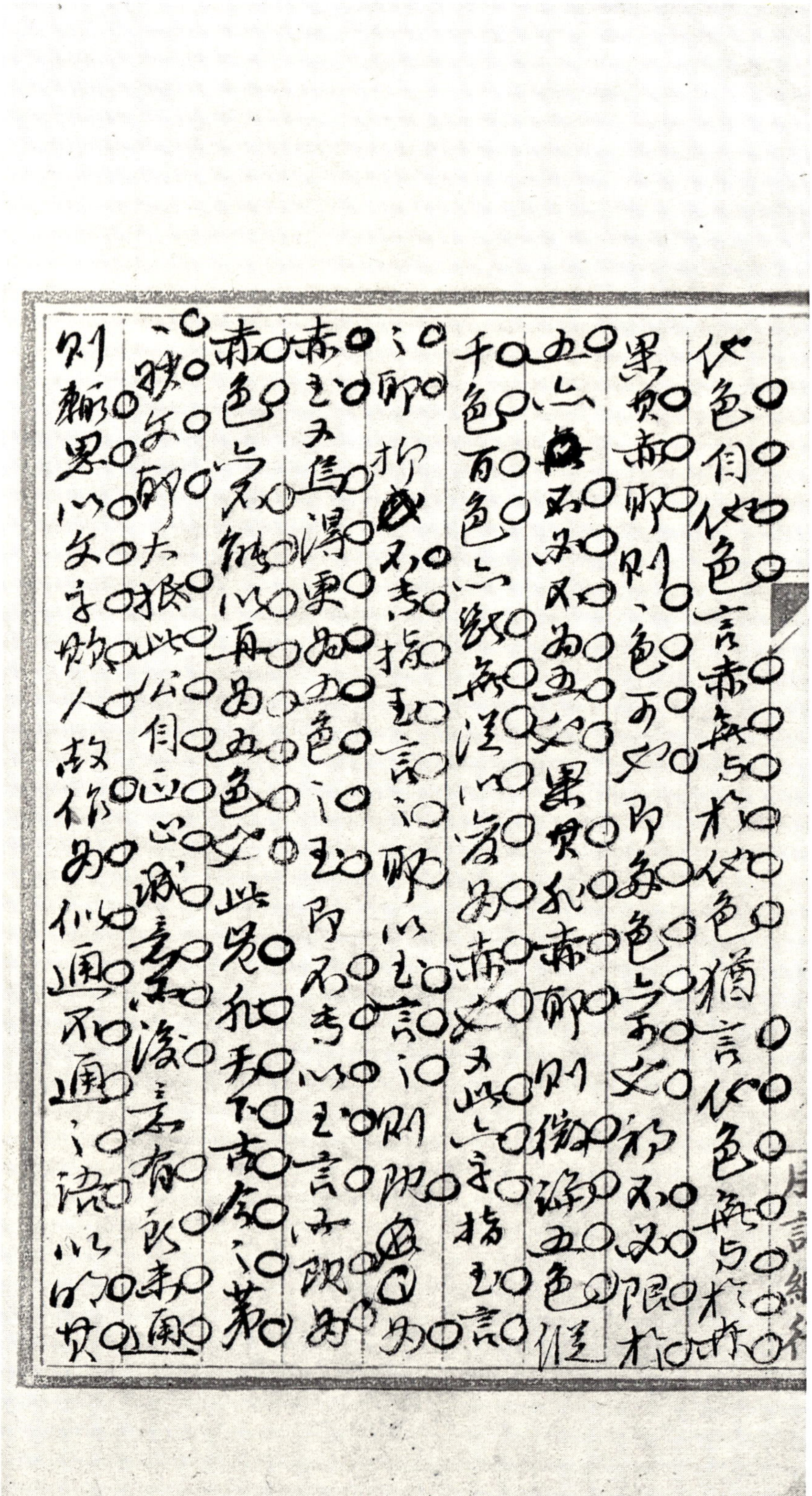

於心固未嘗不通不通不留我之所言如是後能明
自不通耳不知然見余之[illegible][illegible]通耶不顧敢係
而不通耶蓋余自憾然覺通後寫損之表裏精
粗已無不到吾心之全體大用已無不明何去於
窮義當不通耶畧之言此雖近采蕪然實切中
朱氏畢生之病其根其名種大弊患往之不徹
自欺以欺人者謂源於此其不通無可補其不通
謬示人以通則其害更甚（朱氏此其最甚者）
紙使指出並不再舉竊謂朱子之聞言舉懿云王

之毒去為備五色以便為前章如葉之寫解語
而獨具語太明其為紙糖之易見乃故為為此官
渾樸撲稜似角孔通之法以代載蓋朱氏之深
知中國人不能審理之分相性作西西尋常語
二家亂了即評以為深而出出圓圖圖過不知敘言
此節朱氏所指諸子若愚則因此殊有不能不為此
二千餘年中國學者一笑去奕如英又何害於此
璜凡言如其蓋如須求撝收覺之予耶詩之畫言外
其甚為窒礙處數日卅日始竹篙松花之節間即在

〇〇〇〇〇〇〇〇〇〇〇〇〇〇〇〇〇〇〇

〇詩〇〃中〇而假義〇已各自〇同〇說〇茆〇更〇時〇乃〃為〇

二〇章〇使如〇其〇既〇喻〇在〇同〇為〇〃事〇不惟〇無〇時〇不且合掌〇

耶〇（此義雖前人猶無知之者8為詩人之交8則當且

各分章之詩同為一章8各托興之物8同為一物8方合8然

古人又烏肯為此無意味之詩耶8如瑞言其色如葵〇

於〇見其〇心〇又〇言其〇色〇在〇〃色〇、言〇〃思〇知〇又為〇反〇

〃後〇煩〇然〇而〇重〇複〇言〇〃〇耶〇、徑〇道〇破〇瑞〇談〇此〇也〇下〇有〇

知〇病〇之〇覺〇從〇前〇〃〇用〇者〇竟〇勿〇穿鑿〇之〇挂〃〇為〇

可〇笑〇矣〇此〇類〇極〇淺〇顯〇極〇微〇小〇之〇事〇前後〇仿〇意〇數〇

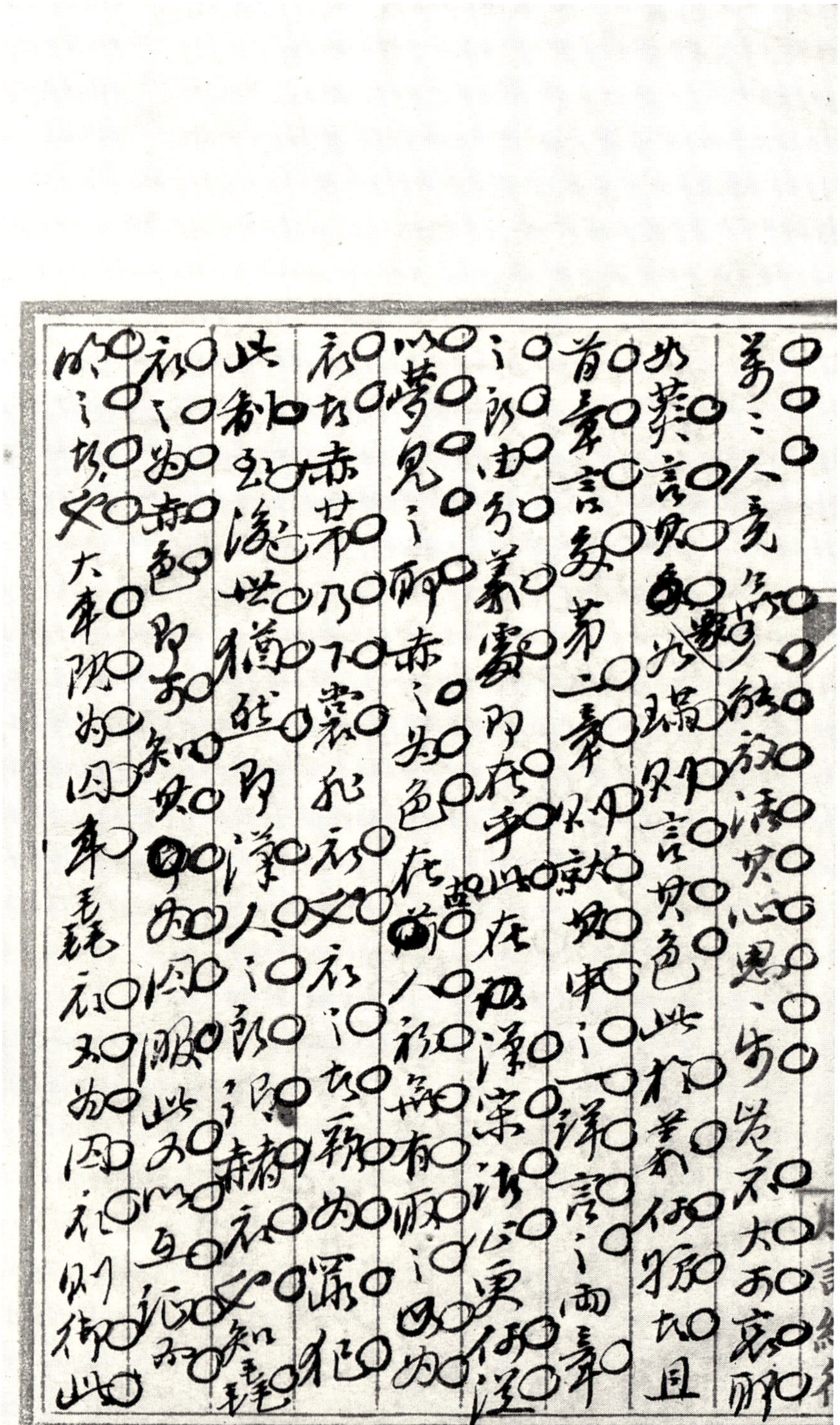

本胭女之为何物人去何称言而颜乃隐指以女大
女之伊胭学尻氏而弟人取此说前之象本为男女之
词至二女之果谁属则殆不必胶执之章之词意大略
送间以明其乃相互的关系备意在于继续甚私故不
惜间恶而世济至章章则为男女互相需结之语与
前之章之名属人物不同盖至是而意同道合意决
词竖此知有人欲绝不淡知有天理断法制甚严
之恋乎不显亦甘心躬蹈之矣如开春责之屈居处可
识入骨三分即其描摹男女间萌合之心理亦不

○○○○○○○○○○○○○○○○○
為前其書人為兄其八吉人〻文字真是傳人佈例乃後
○○○○○○○○○○○○○○○○○
〻人又情於其命義莊爭莫知即於其徽托謂
○○○○○○○○○○○○○○○
〻詞〻亦〻之东章而扯辛解〻使不激而鐃兄孔志
○○○○○○○○○○○○○○○
〻〻大而所诗意畧說东遷〻羣必然居住相比
○○○○○○○○○○○○○
而高始民猶〻争淫奔〻私必源男女相婚不自
○○○○○○○○○○○○○○
謀始献当其求取〻先其取〻利害是私初私
○○○○○○○○○○○○○○
不了然於此乃辛〻理不勝数則徵偉〻心生
○○○○○○○○○○○○○
彼与此各以私利相害結志同道合雖犯義干
○○○○○○○○○○○○○
名而亡有所不顧矣設見時但有一方〻不滿則

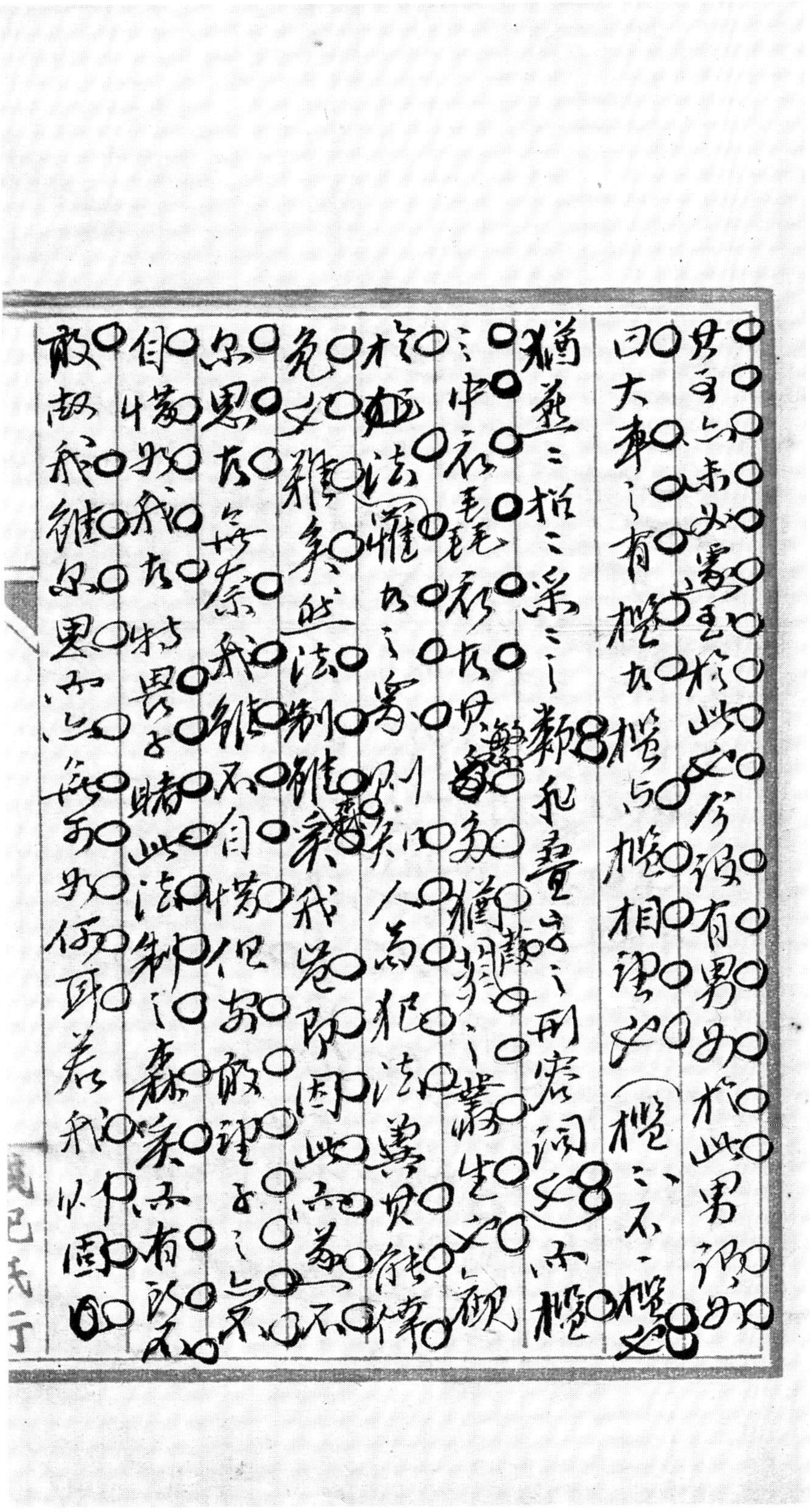

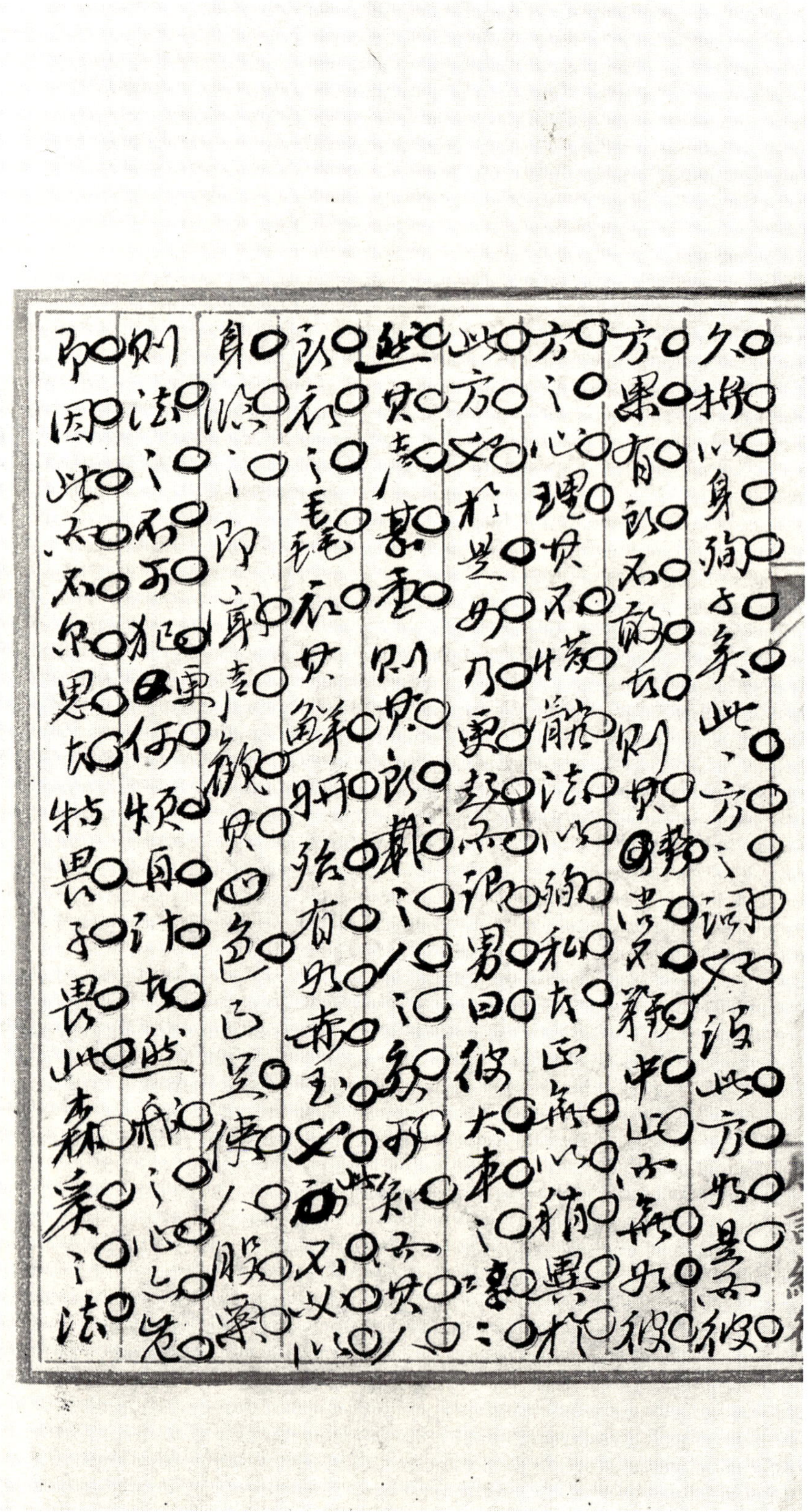

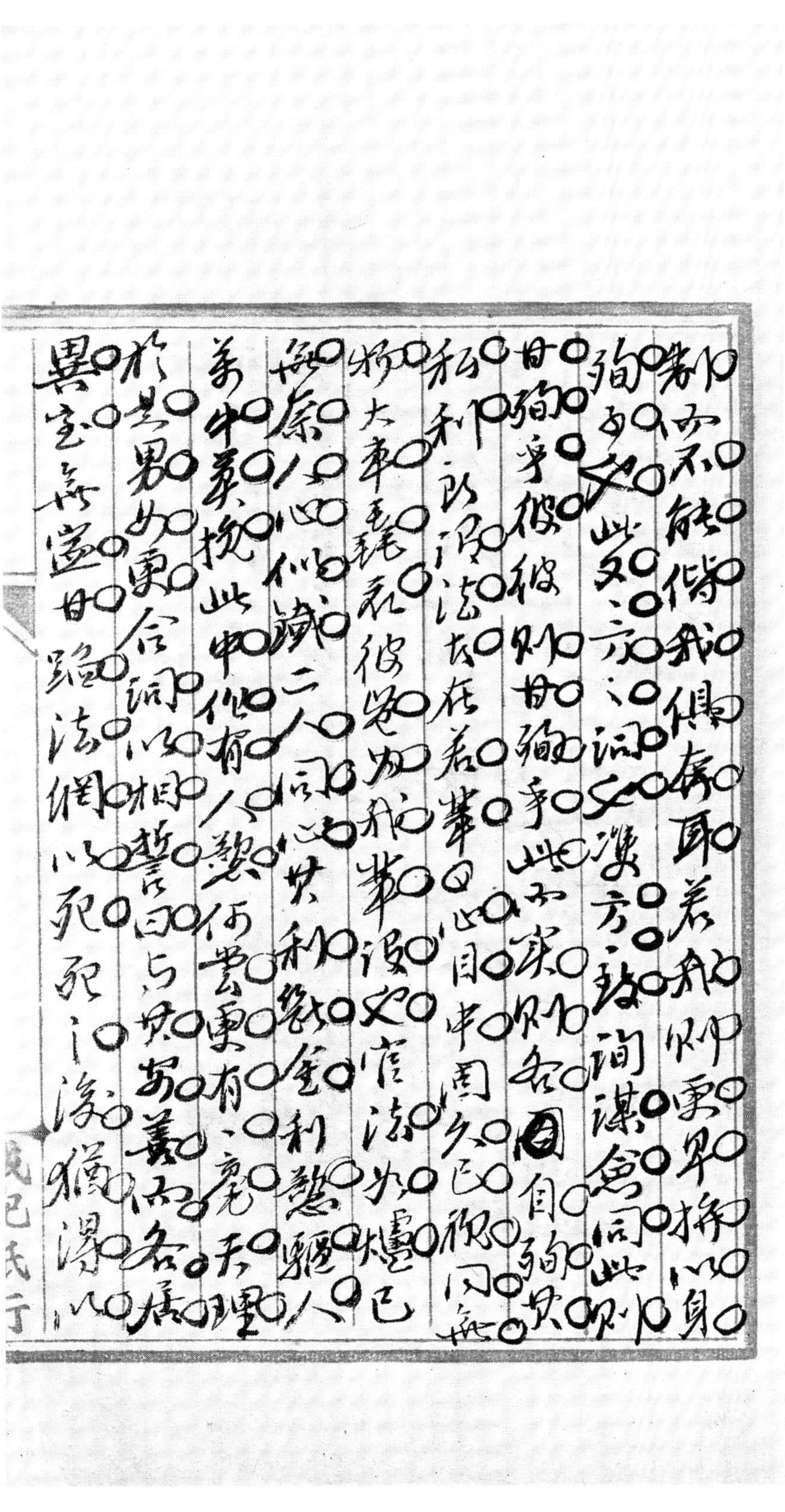

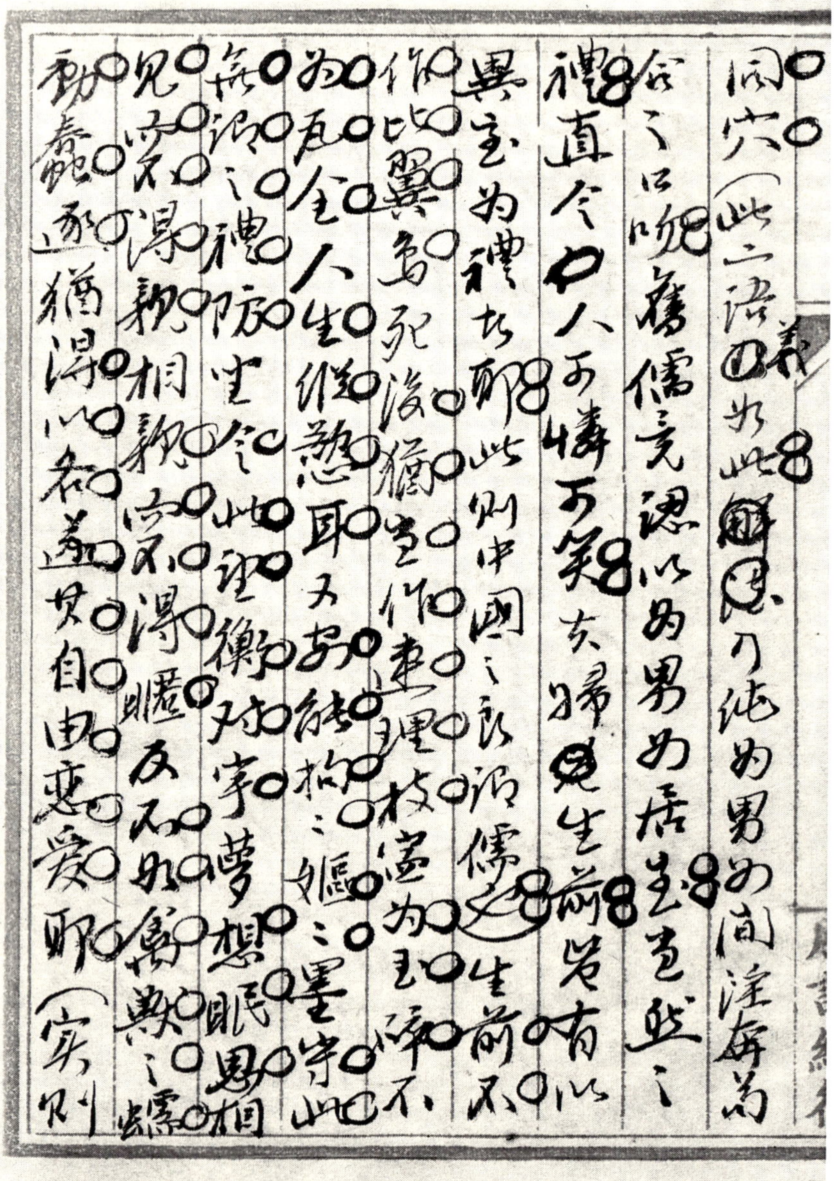

禽獸之中。亦不乏主張自由戀愛者。如雁之不
再偶。馬之不亂。以及鴛鴦(?)鳥類之各有定匹等。
彼家居者大都如今人之高(?)講自由戀愛者。貝(?)
民(?)取法彼猶犬豕。況彼既須大事羈(?)衣。更有
時。而競濁(?)傳(?)免。耶。特恐(?)難免。此亦固(?)人身(?)
說。法在手。或有取而不信者。如須要之言。如是(?)
信者。則鵝(?)日在上。而有人證(?)茫(?)乎言之不
極矣。有如鵝(?)白猶取須有如此詞有如此而(?)
之類。乃古人嘲謔之詞。閒語。皆指寶物以

记贵不可证也盖二去之目的既同趣兼既同

而后可垂之将逝盖则此二人遂不惟其常为

大本毛毛承中人矣东寓之动何以畏此居既

志在为邦而大知则又恩挟之以自垂以和用

知自便其私图郑氏即其中之一人岂时郑

植以云司之动城株陆旅于资以发虑闲伯

革语别设土于积金之间其郎牡东患如主

御王御在云欲风为长英及之患新甚啸

宁友仍时怎不安郑氏从之遂加主东遂

以便挟天子以饕餮贪贵膏之以恩厚自封殖左
传称周之东迁晋郑焉依而东迁之初在诸国
中郑如卿盛即为所谓文王风之后即次之以郑
此亦贤叔美之缁衣之首乃郑人之言郑之
私言我党时之公论又后人之读史者有矢言
爱尝已能见及之不说此书献有部待参察
亦聪知矣故又何谓其能然以此论之唐周
太史即谓其如刺郑武亦无知而已郑柏
郑相继为司徒卿士执政即统称曰太史文

論王風

王風十篇，其原本刺平王東遷（直）其，即黍離、君子于役、君子陽陽、揚之水、中谷有蓷、兔爰、葛藟、大車是也。因丘中有麻一篇，詩中明稱子嗟（姜氏通，子姜氏即留氏，鄭罕氏後）子國（鄭子[illegible]）。疑四其為鄭風之詩，秦入東遷，尚疑其[illegible]。是則其詩之不屬平王東遷，僅采葛、葛藟何已然。就各詩之作，依言之則其詩原本亦為刺平王。不獨殖見子夏序以為據後亦其即詩之

詞意推測言之和詩之義止於此也蓋風詩
之知用原為即以以論大言在此不言在彼之意
之旨其所包括者甚多況此詩更為風中之比体
乃絕不以之字累著跡象於見智見仁固各隨
其情感之懼後之人與其義之一前嘗就其義申
言之亦更就東遷之乎樵漁勸之則其義顯
前大勝蓋平王之東遷宗周而東其勢原自與於都
之不容已後乃遷過而不肯復歸則殊於周人
鄉理之本意之其勢獨託以要甚周人雖甚殷

憂而理猶未絕，其後圖窮匕見，愈況而便
又成詞則因之，如然來知其意之所存者理之餘
已成絕理，故其因之愈自切于夏彥詩第見其上
之詞詞愈密無愈愛雜之其作之爲殷虞理之愈
移之愈加自切二切慎辜負平常情乃所其殷
憂不釋處境未之似出於懼後之詩意累詞之
於萬乃人生之所有，而其出而求之之勢之不容
已如稍至彼人之宗萬則私心竊不敢相信其果爲詞
然必待其歸來而臨歧釋然於心，一日不見而吾心之其歸來

既
以

企望而憂疑已不意三月之久如而果如彼之采葛
如乃一朝而為采蕭矣夫采蕭雖亡為人生之所有事
然其事已亂後若采葛之為不害已則其言更有可
信者彼之從采葛而託言采蕭其為藉詞正若流
連不歸已可概見而吾已則獨未嘗害以為絕理如第
其企望而憂疑亦不害不加甚而百不見其憂遠直不已
衷如三秋如乃其後則采葛采蕭而不已長直斬而
為采艾矣夫采艾不急之事如胡激之以采之長采艾
而可假之以為口實則其事故實有緣之其歸則亦實有

制限彼於羣，羣萬羣肅以後更宜執其貫詞為羣艾

則小己不盡宜告以所不激歸，一日如是，即一歲如是

（那）三歲亦如是，質言之，即永世如是，在理在勢，此已無

既用其在理直覆疑，在勢此必亦無，既用其直覆疑，則其

事已然矣，若據之一，則不見為三歲等與，復為永

上言之不得不專以限制所案，則當有宰制理，即此勞為

國人之明理平正，且非平正之說以知吾而不肯遽歸之

實在特別主德與道理相推日遠，此周之所以為立

子屢說第見此說所謂在愈，蓋支離而相理在

乃饿卷鱼肉，采葛采萧采艾，饮酒而饮不同，三月

三秋三岁之饮，况而饮为剂，限之在皆大要，及乎常情

就之在详求之，则贯乎孔正人居士之处，漫、畏源贯

情况尚不至此，故特刺之，为惧涣，实则千虑一失

未尝即此诗之引入王风而思之，又诗原无原否

之源属，因其去作者之正，而条算（指此诗之作者羡花间

专其刺。殊不当年史（某某某者），故其有所授（如诗为

某之作及美刺某某某者），或刺某，就诗之本义而推测

言之，初不一致。其视古人与吾辈今日之视古人略无

於孔若盲儒之見一言共為子夏便當共於詩義而
密而不容之說也愚之此言在盲儒見之必以為此乃
神經病發作乃子夏之言詩中亦有所謂天長前
寬容有其人及實則此正中所人之見乃數千年來
所謂信不昧於羨在古人寧不願有此輩人也由此言
之則王風九篇（除丘中有麻）乃先為平王作且先為
東遷之事而作（揚之水之篇）王與溯源於東遷之 5
明風之先為周公之子作在其作而周之彼德矣
之詩以平王之所以誠所作不但王風而乃加入召南

其義○嘆○而○以○想○見○古人之○○為書○体○例○森○然○其○取○舍○郭○

署○閒○俱○有○深○意○（詩之序次8巨匠經緯離8即在中有獻

之剝入主風8臣而概見8但大体則尚可想像之8王風○

熙○二○南○邶○鄘○衛○之後既以甚東遷以○前○之地理鄭

或○以○南○則概○原○東○遷○後○之○地○理○同檜與魏則國以風附

見○其○取○例○之○部○則國○風○例○而○二○雅○頌○矣○魯不自為

風○除○鄭○衛○之詩編入○部○風○後○餘則盡歸之○於○小

侍○例○則然與王風○正○雅○要○八篇矣○部○風○則○可○知○

王○風○矣（大雅中之出自周公者8多8則不○入歸之部

國風邶五之五二章詳後

式微

式微小序云：黎侯寓于衛，其臣勸以歸也。分本甚
昭。蓋黎侯以國遇賊赤狄，日見凌逼，國將不
國，故黎侯不得已赴難於衛，望其舉方伯之職，連
合與國以共謀禦狄之策，乃淹寓日久，卒不得
請（而）具禮，遇日衰，其臣不忍其詒，知衛之終不能
為己助，徒淒然益困，因共勸其君以歸去。此詩之所
為作也。毛氏不明詩之，乃謂諸中：中露、泥中

为二卷名。谬语衡处以二卷，黎侯因为之而不归。
已觉可笑。微论中露泥中殆不类，乎卷名只说全。
旄丘之葛相扬且衍，大安得有此？译为之卷以安置复国来。
诗之寓公耶？且朱子作集注，则尤为之欲直设之曰：
黎侯失国而寓于卫。玄黎侯国在其臣劝
之也，以四去黎侯，言为失国，在其臣更劝之归何处
耶？似此自相抵牾之文，其不通即在目前，乃作者不
觉，读者亦不觉，数百年来无人能觉此者。
岂知之涂是非耶？诗文甚简，经且亦无甚寓托

故貫義移不離殊知特前人之言詩事皆模糊影

響不能逐字逐義貫穿義理之說今愚不免於[illegible]

恍迷離耶今按式雖為一種發語詞然實含有逐

漸加甚之意節南山式月斯生即逐月所生雨無正

庶曰式臧即庶幾日逐漸改善微卑微此就王徹

上言之義在對方則為輕忽為簡慢此微字揚黎係

言則第二義式微乃逐漸而日見卑微重言之以

如和一字今方言中有語詞隨[illegible]長正為運矣式微

二字之注腳此則義存而失傳矣詩意畧詞會吾

居○屆○流○寓○於○衛○本以○求○貝○援○助○今觀國居○之○身○限○日○

見○卑○微○則○似○乎○淺○使○理○亡○胡○爲○眷○顧○於○此○而○又○知○归○聊○

苟無因則肯归○○宿則全○以○居○故○設私爲○居○之○故○（微

道由猶寄直由○○○○○○○○微○權○仲○爲○豈○則○归○之○

久○矣○胡○爲○乎○徘○徊○中○路○而○進○退○胥○失○及○携○耶○露○乃○

路○之○假○備○吉○人○常○閑○閑○以○於○事○之○假○道○行○露○所○厭○

冒○犯○而○行○路○貝○備○露○如○路○与○此○同○至○下○之○貴○行○多○露○

始○物○露○之○奉○至○我○女○中○路○乃○進○退○失○據○之○意○猶○有○

言○之○說○須○前○不○归○樹○後○不○歸○居○女○蓋○居○此○限○無○益○而

丁
前往既不可而後
退又不能 添則与公上

為不得急但以餘謀善策則与人之御細道路之
正中故何以異耳而居之（能）曲甘居此武徵聊且居之
常毋此武徵則異則常守（御細）此中路又危可得哉武徵
武徵居都以常不即但居之身不但則但之身与不
得則但遷正須遷正務必至時機宜失援則不可
得為國臣又于救派離道路勸但為害吾居与但兩相偕以
與同（論）隱於派瀆之中同感則行不得文焉之新至
時（雖）勸但將要何處但耶然則尋實胃原於居之身
又徵居之身則但知都為寧坐令則至此耶此語之傳

鄦君則字二九十一事如前後兩年既異在僅有啟郎中
露泯中數字六萬言境之廣狹淺深已大行殊異前
章謂之以臣然後章懷之以未然也知其然故以黎之民
臣此時前已隱於泯中墨境也則其臣不得後勸
之以歸文此又就文義而以察知其文世說戴康
成訪舉子其之問此論獨以泯中為泯滯之中猶
秦漢康成大儒反之邁毛說而仍說閑之為邑名
其智識卑遠出陳東不明然此芒擊皆原於漢人
然遂臆說而絕不知之而其根據之有以階之厲

箴已氏丁

如（例如以中露、泥中为邑名，原本何书，指何人
有无其证，则其确与不确，自能判为浑漏，安谈绌
则正义自明，说文尔雅，界犀援以为笑谈资料。
然中国人人不知求实，又是将浑人矣）

旄丘

旄丘，责卫伯也。如：责卫伯，卫伯不言其为何人，或系前辈或
微之序，序言之如（此句皆言人所怀，各序皆然，前已
序言之，不复赘。）伯之职任（伯，方伯，伯和为公爵，伯之
本段以序说侯（序犹序文）说侯为戎狄所侵害

感而悲恩於伯，乃與賭伯之郎，豈然羨之，郎不容

舞去。今黎之居，居以兒遍於赤狄，侵黎之狄為赤

狄。見左宣十五年伯宗語。間黎奔衛，來以求援於衛

稍弛絕矣，郎憑藉而舊然，以分外不急之務相

和也之以敵詩人，直以藉之附於諸侯，血相併，乃衛之君

臣淺之，繼之。遲延，復遲延。幸又見有虎輪，集遲之

而聲此黎之臣，上既以心厭絕，絕不顧，誼止之，乃於諸

而轉嫁萬之節，與攀附為不力，如衛之為伯，不知

男原本何世孔氏作匠義勝後此郎謂衛伯故如室

公祖私有何磅礴不過以此詩次權雜懿有菁葉刺
宦公諒諒之後肉據測言之實則詩之後裕不甚之
時代為序黎僕之詩之前案為谷風而谷風既紹之
王畿賓乃指宗周而言則其時代在宦公已不知凡幾覺
得即指為宦公時作明今即衛之世黎身後之則此之
既御衛伯故曹序以公至近之須在莊公之世蓋衛
之先存甚微小故世本載自康叔又世至頃公駢隨
周夷王時得為僖頃僖子釐僖釐僖子共伯之患
蒙業而[illegible]篡弑背長至武公殺共伯而自立逆取

順守國勢臨日臻險感讀淇澳及抑戒詩詩會
重教車馬戎兵則其時之國勢不難想見用戒戎
作用逷即惕蠻方則自言其時之因伯糸衛為伯
實當在此時迨莊公則修風無端日月失常祝
前已不能及此庶先世之餘成武君能自立擁伯之
憲名自濮則州吁阻兵親離衆叛衛室以之亡弟
隹逸於鄰宋之後自衛已甚不暇更何能責之以
義舉乎今觀黎之見逼而求援於衛其可秋究
於春秋間外侍則其為秦霸以前乎不知其衛之

辛亥訪詢與屐則青廟有館已無從稽見然黎侯
此時卒未嘗失國則有可徵言左氏宣十五年傳伯
宗數赤狄氏之罪責其奪黎氏之地則其時似黎
氏尚存雖亡之必不甚久故伯宗及之若黎國之
亡遠在春秋前至此已一百三十餘年（以春秋計之）
若論東寧則一百千年矣則又與孔北海所云安冥
過蘇所牛羊而蕃旅存何異在古人為不出此黎
侯之求援於衛正以衛為伯其力又實足以援己故
屬望甚殷而責之無甚切若非孔氏言其人為宣公

則又何足責耶。是又何異於責人以溢井救人耶。此

詩之語患處，全在首二句。不全詩之大病，全在於

首二句。前人不知於物理及乎義上琢磨之，乃惟

是一味胡亂穿鑿，以致詩義全不關，諸毛氏

絲編於旁白下，傳為前篇後，下同。旁白具溫想

已前玄白只前篇，則是不可攀牽附集，與詩志

又正相反，背乎後，不明旨，不明說，指意斷之說

得攀奴，前者異見，而攀附於後字，且先生

於何處見有旁來作前篇後不解耶？後

之文之人因旗字不同義更思其實字不敢之作為
整字犬旁字延異常毛之釋旗不過只風義
取全整字則天地間何嘗有其字皇進後其義
耶若其字從偏旁推之猶能用惟用於此之詩且以此
處尚得識之字耶（亦可憐哉況雖說係造出詳
爲不通之字其於六書中乃僅僅得形聲一
法者哉然譯人能竊取穿鑿其意中尚知此
二語實别有寓意至寓人則以第隸例第以爲
豆耳苟取此何足云哉不逮白江上尚有萬萬人

兄其爲長知其每日而已矣是以自立無與於葛
葛之無與於丘也於龍不龍節不節則叢私郎
諸宗儒之書淺其讀者徒失拘其是中之字
尚未讀完而其心中已自覺了之故其於書無訓
不注無注而不甚溺之今按葛之如物以附托
於喬木而其生育於蒼故葛之於丘乃葛之所
急需者然葛之附託於丘之以其丘生有其依之
小草木而從葛而得於其道節之處叢生枝
葛而攀緣之藝　大雅既作旱麓之葛藟施于

戊己氏丁

庸风以证萬生

嵩林、萬生嵩

棣義、亦然此（此）

注添注脚文三

子不

像枚像枚二字即不庸此语旋字之王脚文旋

丘语贯丘之萃木嵩崽毳之然然[illegible]牛之毛去

旋或亦有作毛传以语治泄滚滑之毛出师表之深

入不毛皆是萬而得附会於丘之而为旋丘此正贯相

肃甚殷而以歎急图攀擎去以命以图之於大

国本以頫以生存去然使贯国雖大而州伯则小

国与不得即举此以相责此犹萬国急肃宇丘

然使贯丘亦为不毛之丘则萬亦無以资以为攀

黎今黎国萬又衛国伯則旋丘又黎見傷亦

求援於衛，猶葛之得附託於旄丘，乃求援焉，
而衛無復念此，猶葛之既遇旄丘，徒見其節間
之延長，卒只見其有節以相攀繫，葛無爭于旄丘
耶？抑旄丘而扼旄耶？旄丘有負于葛耶？抑葛之
有負于旄丘耶？此其故果安在耶？今叔兮伯兮，
叔兮伯兮而不得，諸其不可解，不猶是耶？（此詩
中前以連用兩何其，何其者，詰責之詞，亦疑問
之詞，故序以為責衛伯，古人之於文字無泥用也。
詩旄丘絕無與於葛，何以從不之處而指出處

乎此耶魄其維春以相處則是亦自知其私無与之
既知其私無与則悔慊慨以深之矣又何其久之以至
於今耶則其中壹郤有郤以矣今我既存之狐
求君已矣哉我矣待命於此不為不久亟我來之不
東來以求大國之援助也乃時若伯若竟僚有与
我同心之人文是則並我萬之持嘗不急恩生
節以攀援以旋丘旋方丘實深辰此萬又且我之
急恩既以攀附之故邑茅未此已哉瑣之射以扶頁
遺之追逐其後以尾隨之而哀哉此流離之而之

則我之說以寄信之大王矣乃叔兮伯兮則猶非充耳而之莫之鄣褎猶之假借實則為古之袖字毛傳以為盛服猶從其字之從衣著想鄭箋則以為多笑鄭說耳聾之人多笑則他係信口胡云褎字何從有笑義笑義已奇謂多笑乃易為之鄭說尤奇朱氏竟從之則以自我固後世固無通六書者豈則旄丘之何有實於萬而不肯自其貴醜他非萬之佳正長其前備而未嘗不急思生前以攀繫之文全說之正意純

託龍丘之萬言之下惟詳言其本事之切而相遇
之處詳此詩若除去首二句更從知其相求
之為何可耶此前人之言詩必須先求之於注與序
也然不思作詩者與序與注者其相去或數百年
或千餘年不若為詩不自具有源委則詩在
目前有能爾之於耶且詩為注本知後之人也
之為之作序作注乃故作詳多每首每尾似爾
不通之矣李以新依人為之解釋耶然中國後
來之評論學者其於有矣乎處亦不能爾更仍論

采(?)矣字外之義理耶前之作者與後之讀者同康(?)一串(?)國人而錄讀之悲絶何竟至是此其所[illegible]以不能不太息痛恨於我國也

二子乘舟

二子乘舟思伋壽也以下可讀小序之哀(?)人扶(?)撮(?)左傳所載不具錄所謂思伋壽者和(?)國人之思伋壽之死衛宣之思伋壽乃國人謂虐衛宣思伋壽之詞也蓋衛宣困宣姜之讒[illegible]猥(?)不情設謀以殘害嫡子則其於人道已絶乃不仁

者以其所不爱及其所爱嫡子去而素所爱嬖之少
子与随之俱殉夷羡汲汲焉而后衡宣雏人乐焉
者乃用瞻此寄居之怆家寿子三人同时毕命庭
悼之荣顾影凄凉则是天之所发于其一种之说
不出道不及之惧悔恨而情岂不难想见盖宣
亦深有恶于他足以并有恶于其母要何况更章
宋处于寿其心深不愿久与夷齐寿足其心之所
能不思者则由寿以及彼之深溺其将来根由何一
而纪由一己一念之淫昏所致寿固可惜彼又何罪

至二十年来朝夕相共之衷鄙亡因此而费悒以
死此其中况满後有餘希人道之夜在室公尚尚
具有心腑其不至清夜自揭失志落狂在来之有
之衛室之死侍雖不言其何因然以豈时之情予
推之則以其甚深痛度久遠還之之身舊然受
此神經上不堪容忍之諸大刺激遂至一蹶而不可
激搖圖書然之予父至素善之德左氏敘其予札
仍壽予死前此乃圖知第上之便乘因其如一时
予故随便汇録之此文概略由予後追録其序次

初不知孝惠於平宋之文左氏此文追敘於惠公出奔

下夷姜縊爲記論自縊且夷姜嬖母仮嬖子尚

夷姜之死在前其則假此時方新喪在衰絰

中安得復有使身之事故知其爲飾說之文杜氏注

左傳見夷姜之縊爲宣公因乃爲之說曰以失寵而

自縊此實從康叔遂傻之詞夷姜之於衛宣原本

私偶其段適衛宣正史亡須在三四十歲之前夷

姜爲莊公庶妾莊公設海中歷桓公之十六年始

歸衛宣例以女子二十而嫁之則其年逾強操齊

四十八 叔生仍如澳制即不敢再有所商中
要歷室必十二九年則英美死時年已垂近
十五失寵寧自此始且以五十二志慍即失寵之
何至自從洪衡室之旨英美雖其外務有室美
乃幸不敢有所易彼則英美實有宜以制服之者
雄雜 況見前欲其愛室美之議特使淪毅仍如不敢
時蹙之並雖英美即雖其一正失寵團不足
為英美殊死之原因大抵衡室之寵最室美雖
從有無后匹偏之務 惟其分房二女於左右二房

所見而對於美善毋子則表現上實未敢歎示高

下故美善能知罷則上安之近衛宮不勝宣義

之檔款毅似以立臣子則上未瞬界而漫必頭之

此孫和奪其晚而達之之不能令行之乃不素以假

之之之故壽取因代見而接命表善子固痛子而維持

此等其物念記不及料而且亦知之寓庭之安而

為修羅之場此其記以悔恨填膺愾身民族

矣且莫揚而命之隨之之似壽之死表善之

遂衛宮之爭乃紫相衛揚之爭中間論

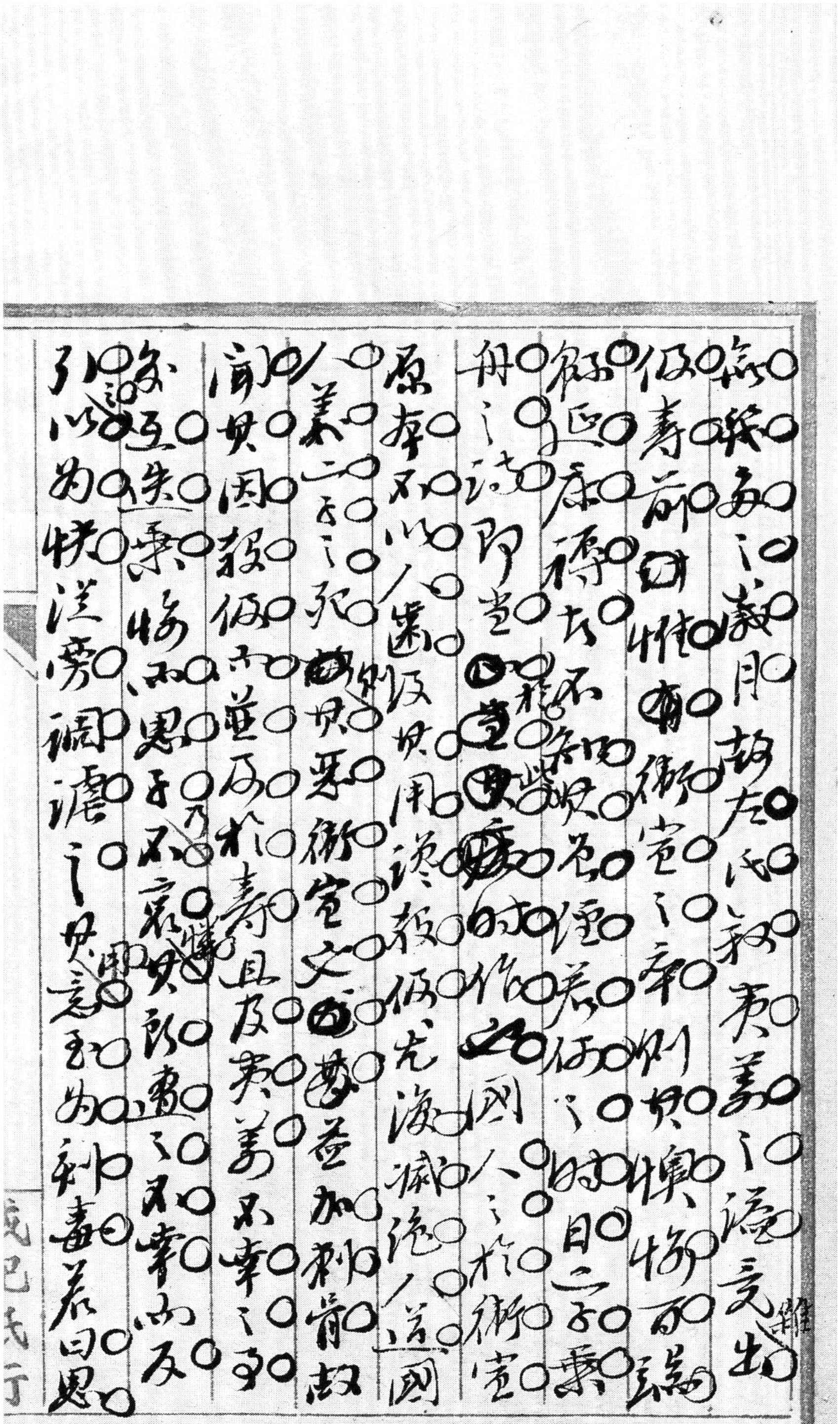

自庚
子何大乎曾何足何意長居既為庚思子之乎哉
説求仁得仁又何怨如維有時而願言思吾与不
求思乎無已此其外周絶無奧寰文居但能不思即
無乎矣即思之亡不見其有抗文蓋居周求其如
是文六人方以思子而傷心旁歡在不加戀解反無
一卷不知其乎之為可痛在然僕心棄種之詞故相柜
擾撥其知毒直有愈於強弓硬矢實則思子之情所何
非究嫉何如其於乎之有害無害各人自知之心訂
其知其境實遇已得定令人領受尚須有何妻寰書

養字似宜刪
作一段

耶。然此語而加諸衛宣，則不得謂之過於新奇也。以其固不以此為實，而求其如是故也。詩意畢竟謂方二子之乘舟也。況二子但見其景而已（景乃影，詳後）。前於此時而願言思子也。其雖曉而時當可反而未反也。中心養養然，左右不知所可，若思之，與若不思之也。養，今文所作瘍，古或作痒，正月之詩謂鼠憂以痒是也。養、癢、傷、痒，則其志佩者，蓋痒名詞，養之則痒之形容詞也。凡人之痒在於甚而樂於痛而快心，第未之然，不知所可，其在神經上之一種感。

觉实有非言语之所可形容在世之人对於痒常用搔字盖假微痛以乱之而已无他义痒在心理上实为一种反痛之作用人之生理凡血液聚於一处而凝滞不通则痛医经所谓痛则不通也反之则血液聚处他处之血不及来补之则痒人受蚊虫所螫原有血液骤为所吮出而动脉之血液因毛细血管之压迫不能骤行通过以补其缺故常发生此感觉人之爬搔係之因活动其一部份之筋肉而助血液之流行也不知

心理学家以为然，故古人于心理之无可如何者，
能而不能时，辄借其言以形容之，即今语犹然。今人
形容人之思而不可知者，辄曰心痒难搔（搔乃挠
言之搔者，不胥搔即其义，则其语亦甚古之
其形容人之百无聊赖时，则曰没抓没搔（抓
乃爪之俗字，今人语爪曰抓，即其义之前者
与此语之作者，义之原义相近，后者即正用之，读
即两义之，其影犹可见，而居心限着之，然
不能自决，则又之阴束于舟者，乃汎汎然其所适矣。

○○○○○○○○○○○○○○○○○○○

之子阮折則佛其剃之不得見矣至此時乃復

願○言○思○于○去○則之○性○有○思之○亦○已○然思之○依○傷去○

於○亦○不○見○其○有○何○惱害○也○此至○尋○常○事○前之○處

之○然○固薪○理○其○為○思○而惟○理○其○不○而○得○去人生○何○

予○不○而○為○思○于○之一○消○遣○法○也○人○於○苦○事○時○而○思○于○世

之○吾○居之○改○樂○辭○乎○差○於○則○卷○直○無○害○而○且有

利○乃絕○對○自○然○害○也○從○假○底之○亦○不○能○言○其○為○

有○害○也○此○諸之○利○毒○處○全○在○此○不○假○有○害○而○于○愈

言○其○無○害○而○其○害○乃○愈○顯○吾人之○於○諸○言○知○于○故○多○有○

物反貫詞以見意在貫詞愈過則貫爲反激之意也
愈明蓋物極則反反貫西韓頭纂開之間隔陳患反超出越
乎常度則在聆之下即不得仍依常行錄念之誘
辭詞聽話源聽音即辭此文即與以害言之有害
可文無害之可文此則常文即與由無害而害而害爲
而有害則已涉乎情悅子不及直言無害者之藉爲
正雖然猶之乎可文今乃於不有害之外更加之以瑕
守詞瑕瑕者玉之小疵乃纖悉毫釐微美中不足之義
無害則無害耳而乃云不有害又有害則不有害

耳而乃云不識意於微美中不足之有害則聽其
語尚淺直認為高害乎果為高害又何須庶豈言
之耶世有其人則正依語詞犯於何不知文此其文勢
乃俗風之以不遠仍現西字為遠其正同皆就其反面
極言之故令其超越乎常度以表示其詞之為反激
者此特語內世人於言語上尚能依之而學者於文字上
則已為人能解此則周後世之學者其智識周無以遠
過於不學之人文（實則由我國以淺之學者其智識
不惟不過於不學者且其於人情世故或反不能及

不学者之所通。此则由后人误以作举文字为学而不知学之
真全在义理也。不暇有害之语。泉出带偏之标用之义
之所是盖亦知其疑许为通衍之争以致其由衍来
致时而相对照。来所能来通又何不可。通但使如此为
则此以岂遗于衍又何尝有衍义之征美中不足之害
者以仁义言则无害而则为害乃仁义无可如何此乃计
不得已故作为是快心之语以自娱且自慰者则如
反激之语正如此同劳则无害又胡不变此耶但
彼诗之言此则使人代为之忠而此诗之言此则使

人拊掌稱快，其所以由於讀同，而所以用之者不同。要

其本義則一，而所異者，後人之讀此詩者，其心目中除但知

有伋壽二子之爭死，[illegible]此外一無所見，其於詩意

僅知有二子二字，其餘則除毛鄭孔朱等數人，固

循例承向作為注疏之故，或嘗一瀏覽其心過目，彼

二千餘年恆河沙數之學者，吾敢決其於詩之所

言，固嘗熟視若無睹也。若睹之，則又不成其為

中國人矣。予要序此詩，詩為思伋壽，已屬至簡

（序言伋壽也，恐人不知詩中二子之為何人，其言思、

古。則因全詩固爲思如二子而作矣。至其何以思及
所以思之者爲何人，則全具詩中。序例不得言之。
無待言矣。而不知淺深之處，之妙尤當三致之中。
並能更將之思，子思去，全詩兩章竟不辨以假
壽而言，概括之世有所謂眼，大如賀古似此之眼
若有息際乎彼岸，又豈略人爲貪看碧巷忘
却金之詩，安則彼於鶯巷，當求能見看更追
從知有所謂金詩耶？然而古人甚矣

景

景乃古影字，古亮字，於文如那起，从日京。
起京古音讀如涼，故景古音讀如亮。又景之
說从日，如盟以貝叢，李如日之陰影。今北語
謂日之陰影如陰亮（叶音無定字），如墻陰則
謂之墻陰亮，樹陰則謂之樹陰亮，之類甚多。
然不對日言之，則不適用。又亦以物置於日中曬之，
風乾則曰晾，晾乾。晾即景字，古人於字之偏旁
無定位。又皆以貝叢之最初者，以叢言之則皆在
作影，以音讀之則皆讀如亮。又景本為日之陰

影○則○凡○陰○影○之○總○得○須○之○景○詩○二○子○乘○舟○汎汎○

其○景○景○此○字○即○其○作○影○字○用○也○而○其○字○後○不○知○此○心○意○

○○之○之○義○字○為○證○則○景○影○字○至○春○秋○時○尚○讀○如○

景○文○字○為○日○之○陰○影○其○對○日○光○言○之○似○為○背○面○

而○其○實○際○則○為○明○了○蓋○日○之○陰○影○雖○隱○去○日○之○

直○射○光○線○亦○當○於○日○之○反○射○光○線○日○光○強○逝○

八○月○色○之○前○後○能○堪○鼓○之○和○用○日○光○以○輔○物○

之○女○須○就○其○陰○影○處○將○得○的○遺○今○人○於○用○日○加○

時○漸○日○後○就○亮○處○即○其○義○凡○以○須○直○亮○處○在○以○

其如為日之直射光線設又能反露而又為映處
此其實義也（今人於亮字之義多誤與明字溷而
為一此皆習而不察之故然在江浙上則絕無溷用
者也）此諸景字之義一義也景之為用既為
暉古曰光而能映則引伸之凡一切不見日光之地
以之特皆可謂之亮北人呼月為月亮實其義
之最古者也（亮即影即景由月之稱亮言之則
月光乃由日光之返射既在上古之世人民即
早已莫不了然寧無歟中間失明來無人更深

求其故○殊令一般無知○以○為○及津津然以為由外入發○

啟之文○哀哉○又夜○間○而○以○發光○而入濕濕○之○以○新物○

於是○嗟呼○之○如○亮○光○外○膚○如○燒○如○火○之○歎○在○夜○間○則○

而○概括之以○如○亮○光○而於○日○間○則○不○然○（那些人於夜

間○凡屬發光之點○則可概呼○曰○微個亮光來○而在日

間○則不適用○必須指定其所屬之類○方可○無統稱

文○此其字○含○有○作○亮○光○而○在○古○文○仍○則○作○景○含○其○義○

之○傳○寫○如○情○況○於○古○字○禮○記○云○歸○乘○以○凡○毋加○

景○此○景○字○即○如○青○煙○灼○火○焰○之○概○名○而○古○人○即○讀○

丁火儀有熲字從火
頃者人當即如此景
手之異文亦謂燈燭
數文鄭注以為燎毳
槐嘆語耳
添注上

之外亮出蓋旨禮行事如用旨凡事皆執燭前馬前
馬謂在馬前引馬六歸事則以有燎故（燎猶炬也）
雖亦有燭前馬而車中則不得見之故歸之乘之即
先置以几而姆（保母也）即從而加景於其上其不得之
燭而謂之景者以其物之不知為燭也（舊注之胡說直
令人可恨余亦將輕廢前說以其說純乎無理取鬧也
此景之第二義也景之義即由日之影引伸而為
昏夜之光則有引伸之凡一切破暗之光及由暗渴
明者皆可謂之景（即其光也）景者至此則直居於暗者

〇之〇為〇對〇地〇位〇今人〇於〇天〇之〇破〇曉〇則〇日〇天〇亮〇或〇因〇發〇亮〇（天
亮與天於〇異〇先亮亦後〇於文〇世多不察〇）又〇於〇儒〇處〇
〇望〇見〇光〇於〇則〇以〇為〇見亮〇皆亮〇之〇義〇對〇儒〇〇言〇之〇
〇其〇諦〇語〇書〇云〇高〇宗〇諒〇陰〇三〇年〇不〇言〇此〇即〇古〇矢〇申〇
〇之〇以〇亮〇與〇儒〇為〇拘〇牽〇於〇諒〇暗〇為〇晾〇之〇訛〇乃〇晷〇之〇
異〇文〇〇〇則〇其〇為〇同〇意〇假〇借〇諒〇與〇晾〇（即景）二〇字〇又〇
知〇其〇義〇為〇後〇先〇需〇之〇諒〇為〇亂〇其〇本〇義〇則〇取〇鄰〇言〇至〇
陰〇之〇為〇儒〇則〇世〇多〇知〇之〇陰〇與〇儒〇本〇一〇字〇古〇後〇
庵〇故〇陰〇之〇異〇文〇時〇有〇作〇暗〇去〇（暗韻）其〇即〇從〇與〇

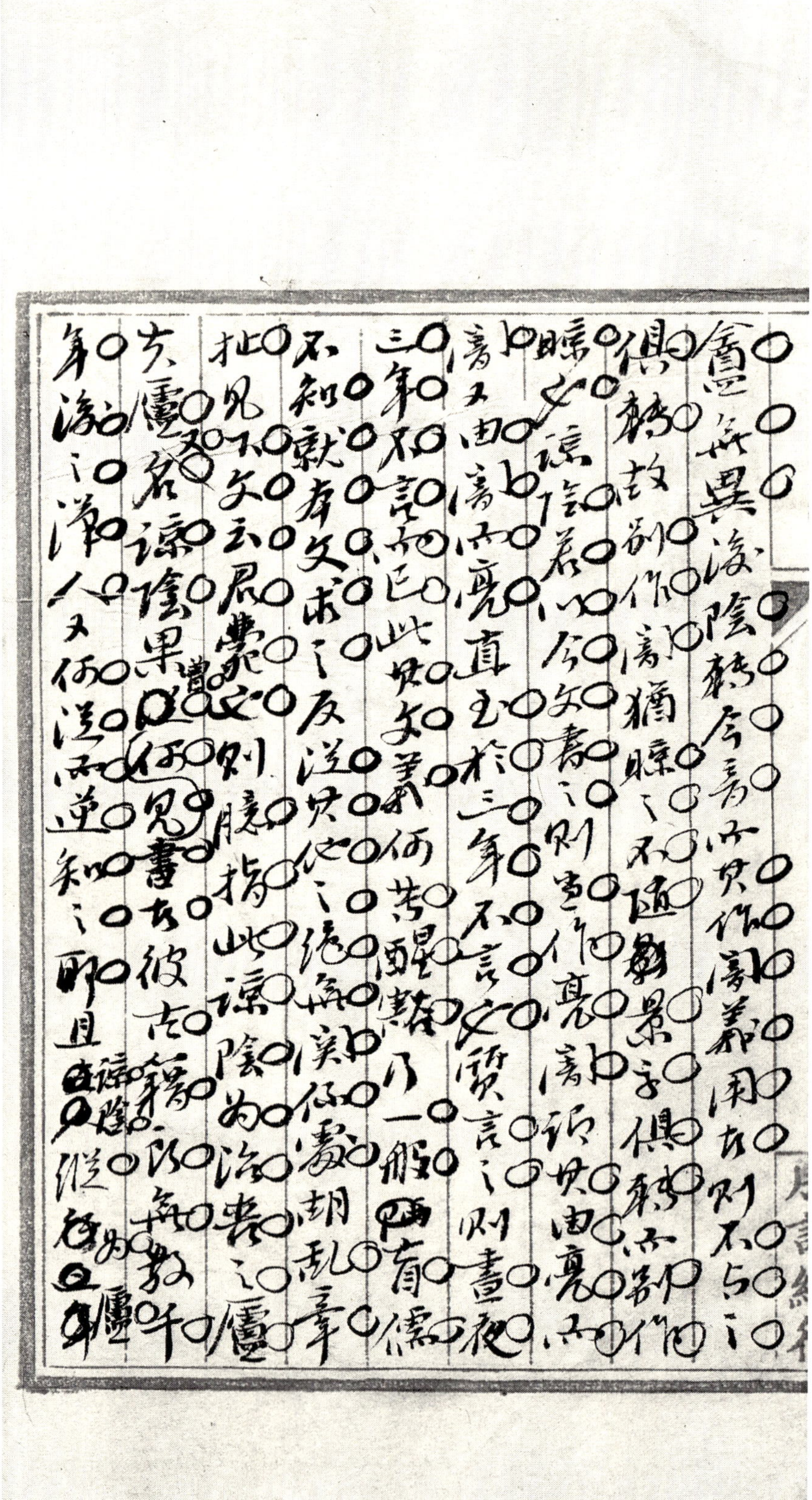

名○而知○人○之○處○喪○哭踊○有○節○之○豈○有○宗○鄰○三○年○即
示○喪○於○廬○中○之○理○況○以○父○理○言○之○則○為○高○宗○治
喪○之○廬○三○年○不○言○此○後○何○治○耶○尤○不○足○取○東○晉○柄○
蹟○作○偽○者○矣○不○知○此○二○字○真○義○竊○諸○儒○之○說○
因○原○文○之○不○合○知○理○之○乃○特○更○於○其○上○冠○之○以○宅○憂○字○以○語
其○宅○憂○於○此○諒○陰○之○中○又○更○改○三○年○字○改○作○三○祀○因○商
易○詞○氣○為○祀○又○不○覺○綴○以○既○免○喪○三○字○以○說○明○諭○治
原○有○之○三○年○字○其○用○心○可○謂○甚○矣○而○不○悟○其○於○諒○陰
三○年○中○後○衡○志○不○言○字○則○為○一○句○則○不○復○解○成○句

之善蓋以梅氏之意言則謝語當以歐宗讀作三年
為向但言其晝夜三年而不言其吉何如豈有此
向法耶（梅氏所作之偽古文實全不類此三篇為尤甚）
其淺薄冗濫處西洋之高手即不屑為况其為高
人耶清所自圖居據後其攻之者已至於且睬故不
直欺霧之於我將該偽書除去而但留其最見佳者
之語於後不足以見古書面目矣此則墨之第三篇
文以上三篇皆墨之篇之最古最凡而壽而有之
墨子概不出此三篇蓋今之墨子其義乃最後

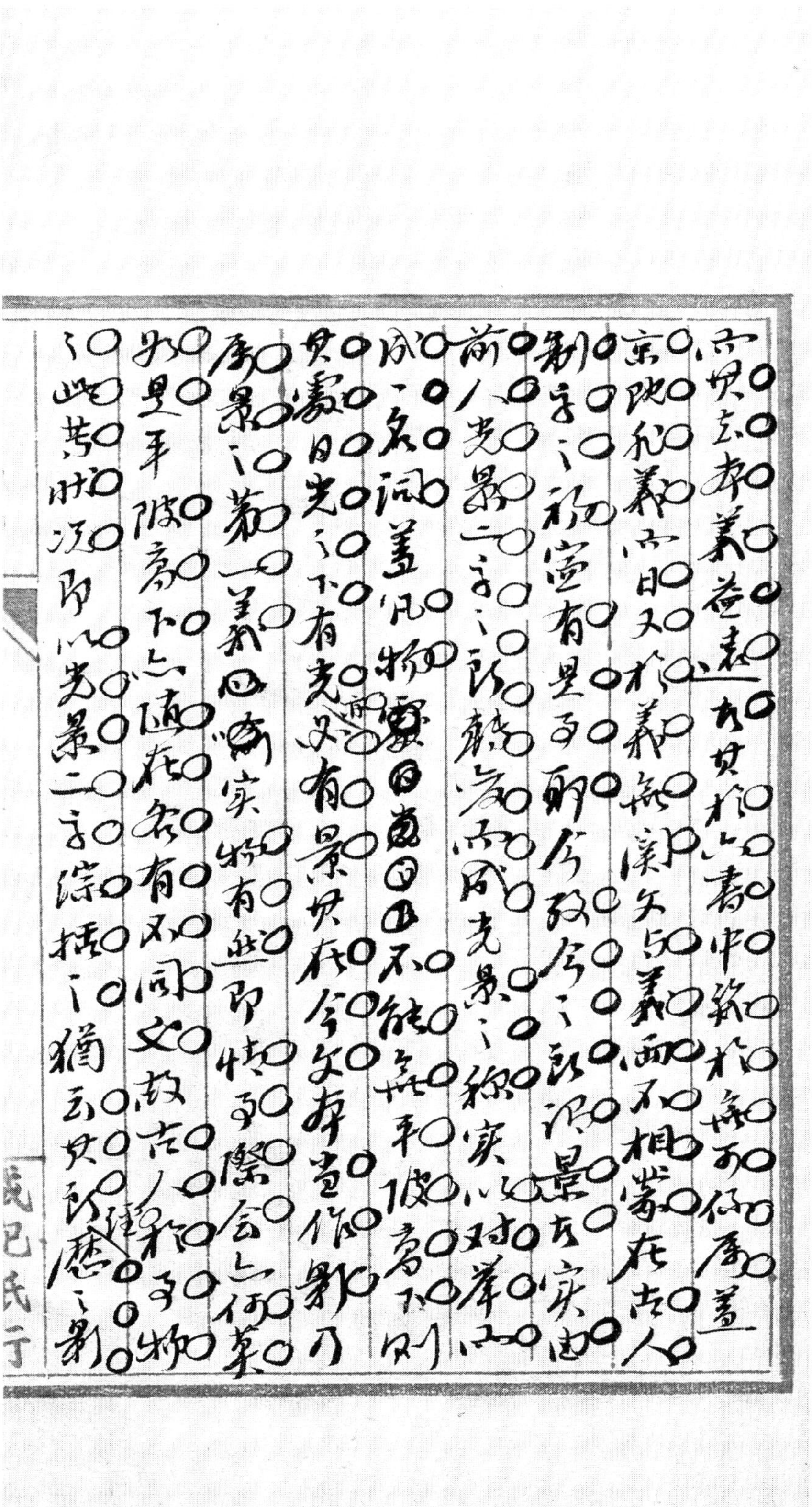

象文乃初言光景古後乃轉異而專稱景初猶或知其爲異稱知後則以引伸之證直謂以爲景之本義與而景字遂又與情字爲相對之名詞矣此今文景字之與義之所以兩不相當矣然以景字當光景二字在秦以前各書中尚不概見則其義實起於秦以後文惟景之義既變而爲今義其音亦轉而爲今音讀若井聲不惟與景之最初義讀若亮者不同即其後隨京之聲以俱變讀若影者亦與漢有異三者之音既判則不得不謂漢以隸造影之乃遂以景之

初○最○○之○字○劇○旧○其○最○後○之○義○而○於○其○鼻（覺）○之○讀○若○影○

者○則○於○其○右○加○以○彡○字○而○於○其○青○之○讀○若○亮○者○則○去○其○

曰○字○而○於○京○字○下○加○之○以○几○劃○作○為○亮○字○以○屯○之○而○景○

○○○之一字遂代為三矣又於亮字之起只原本於我國之世○

以前此之人之於六書只不肯如此而後此之人則又不

解如此文美亮之從几京声 京、古京字之長刑文亭字

上代 周京古文原本作鳥文 国於義一線說畫其說

根○擬○者○即○如○土○俗○禮○帰○乘○以○几○冊○加○景○之○失○意○此○

時○之○其○從○景○字○已○轉○成○影○青○而○惟○此○字○則○仍○讀○

非隸世儒照其相溷乃即其文義作為隸宗於几上以代之近其後代之隸字行而經則字不可改以經為人所共讀之書改之不易（字雖說文造出許多不經之字而經之所從則仍自若也亦原於此不然則經字之略舛從段正矣）其代之字種種依書改之不改在之視之不甚以為意自秦以降則世並不知經之此篆字家讀隸文家知即其義作為隸字之根據耶故無決其字之出於戰國文篆字之源流轉變非此彼不解也書也（其作說文爾雅也）莫依是以

知之由此無可知吉凶溯景衍景慕景仰者册（景陈景崇）
乎諸書作影字解而今之直以景字為仰高之
乃德邦的不明文理而宗之方中之所謂景山與京
者乃以山與京為廣蕭之義猶云蔭山與京其字亦為
影字毛氏之以景為大固屬信之有河而鄭氏之以景
為晚雖與亮義猶近於此處則無甚文義然直源求
之則景字狀乎其最古者以景於之壽為刑書其劇
實始於商周之間竟文獻無之其字於商之作何
字則有不可知者矣（環字亦刑書8故環與景無從知

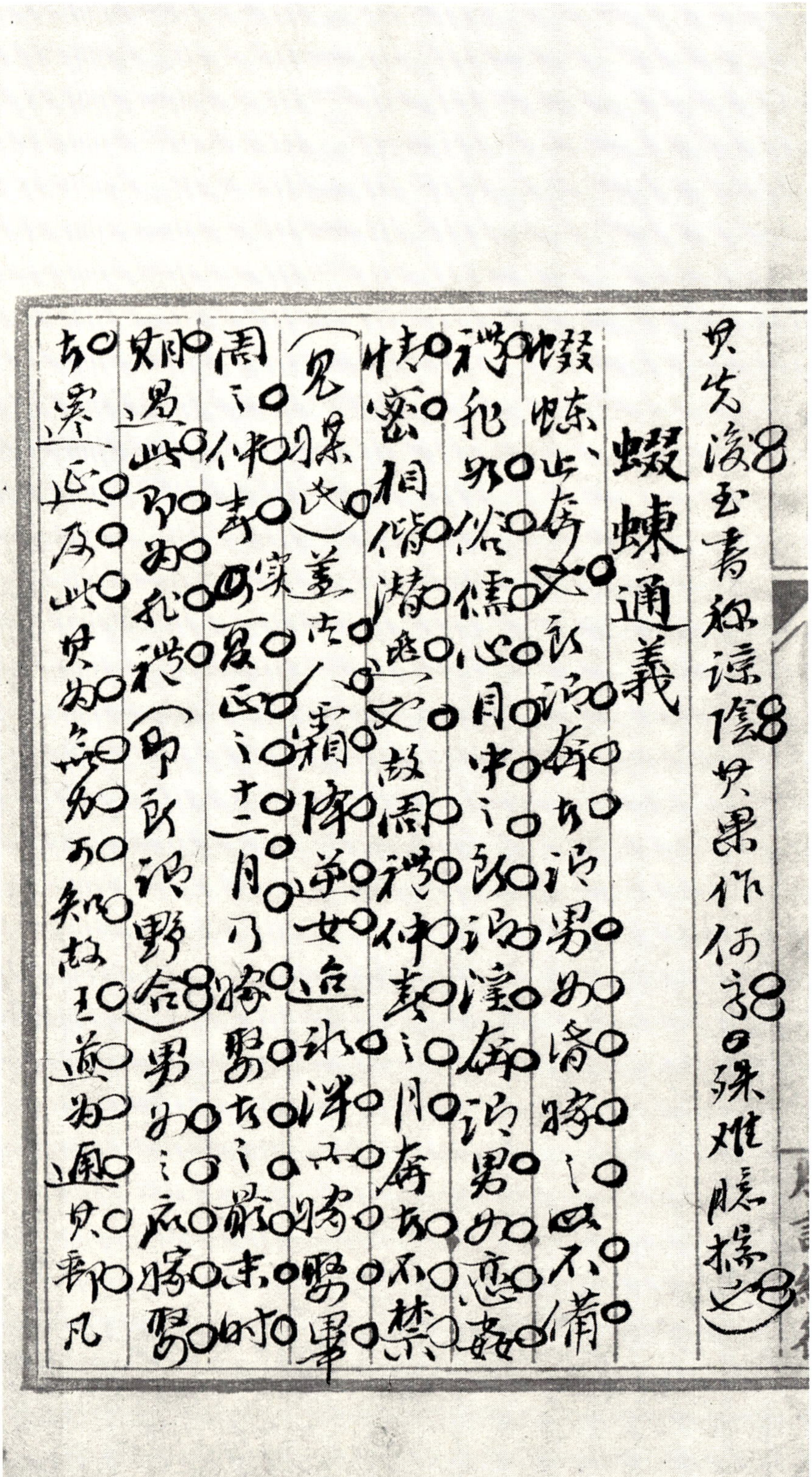
蝃蝀通義

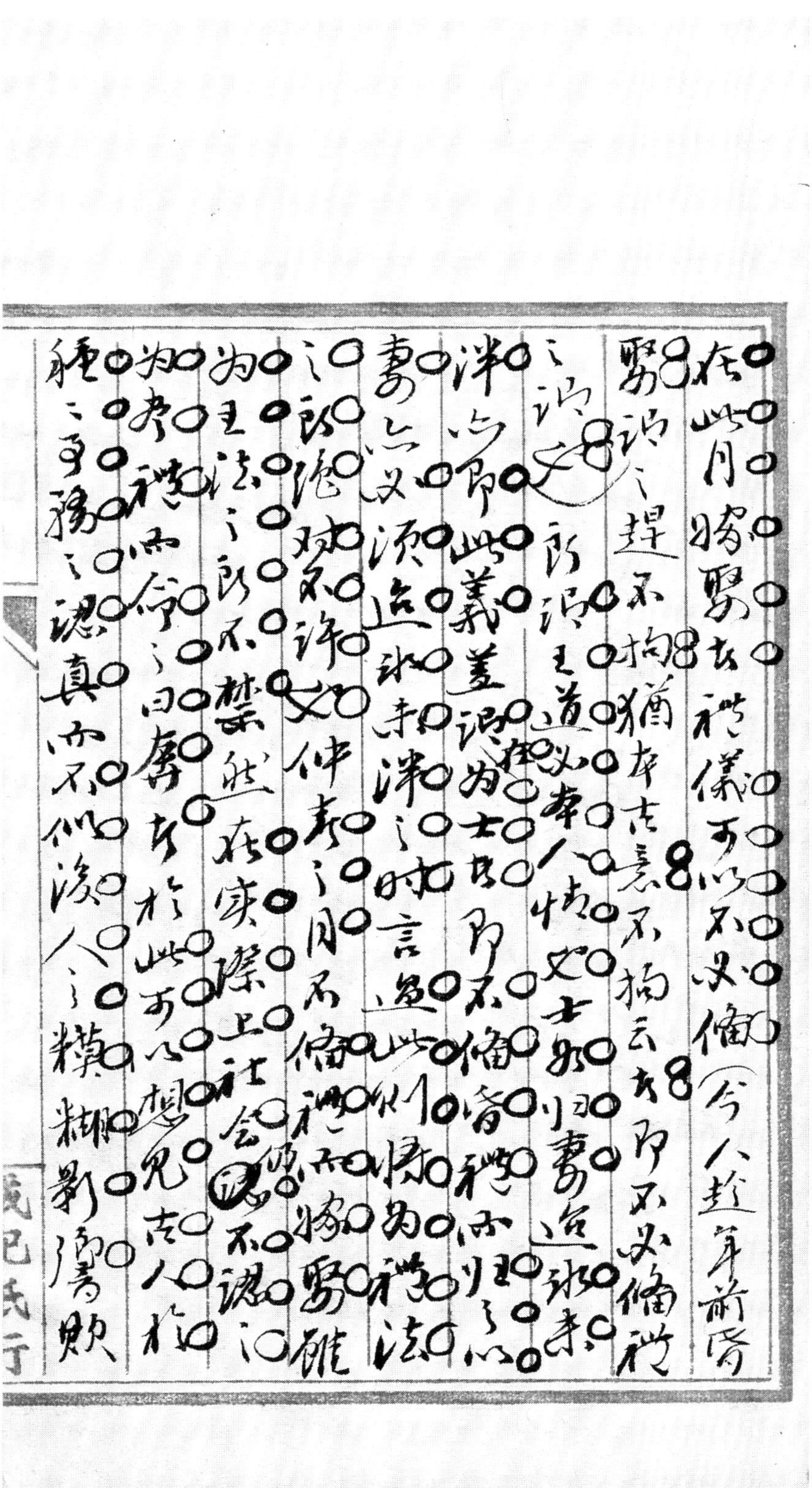

在此月將要去禮儀可以不必備（今人趁年前將
要說之趕不拘猶存古意不拘云云即不必備禮
之說文所說之道以奉人情文士歸書送來
洋向即此義蓋說為士大即不備禮而歸之心
書亦以須送來洋之時言此時為禮法
之說總就不許文仲春之月不備禮而物要雖
之說法之所不禁然在實際上社會習不說之
為主禮而今之日多者此可以想見古人於
為考禮而令之日多者於此可以想見古人於
種之事務之認真而不似後人之模糊影響敗

人自欺良由莫辨矣奔雖只為害不備禮之說故

法今有時可以不禁不然則男女之戀愛自由備逃

此無論何地何時代斷不之論也亦不論三代至

人之法有異耶（此種現象雖近自提倡戀愛自

由始之家族之間時有之然以其係個人私事代

人無權為問若據球各國稍來門有許此者

此謂序所言之奔者正即指奔者不禁之奔字而

言故化人猶得以知之猶得以止之若果為偏遁

私逃則多前此知不肯令人知之陰奔矣（天鳥混

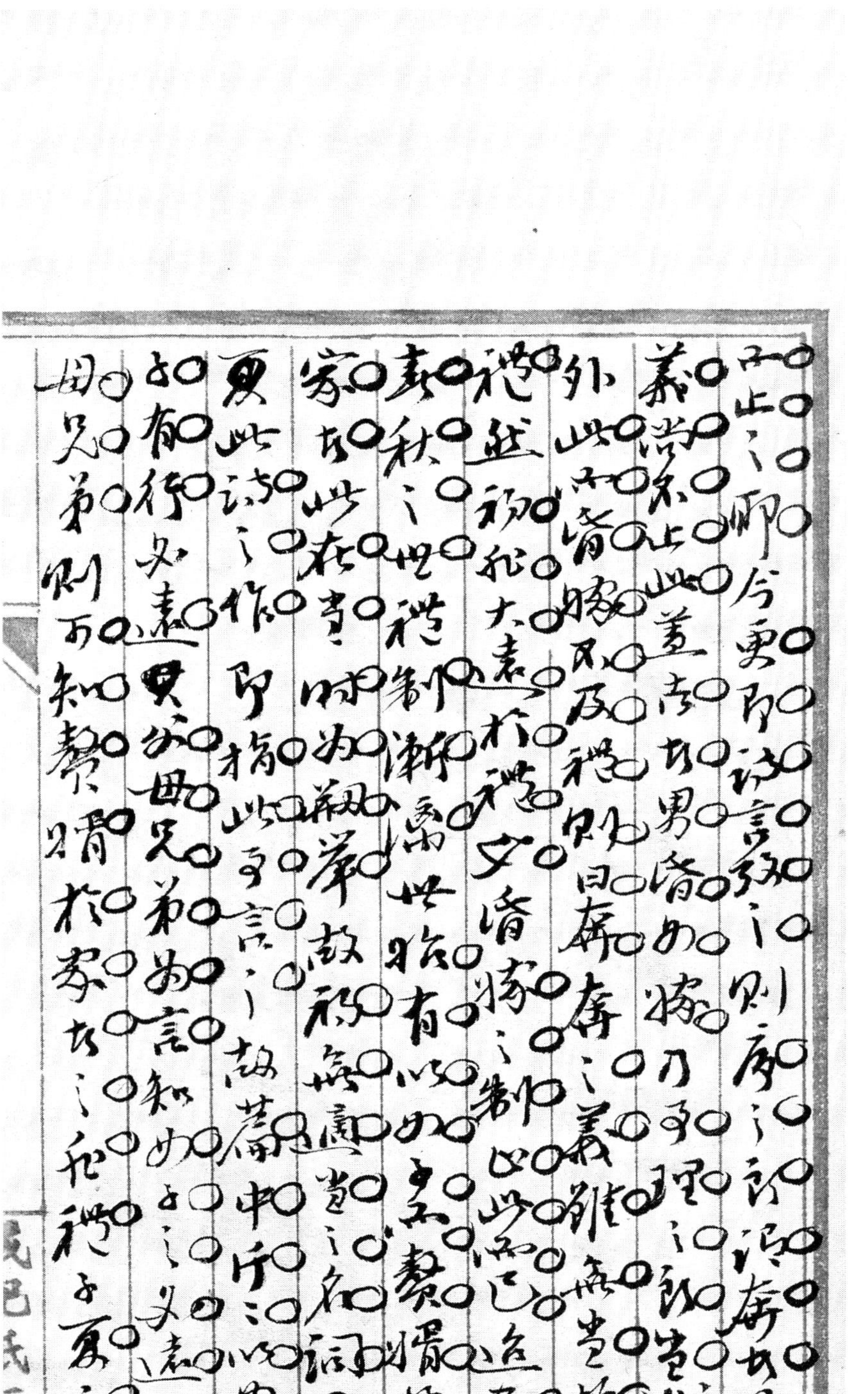

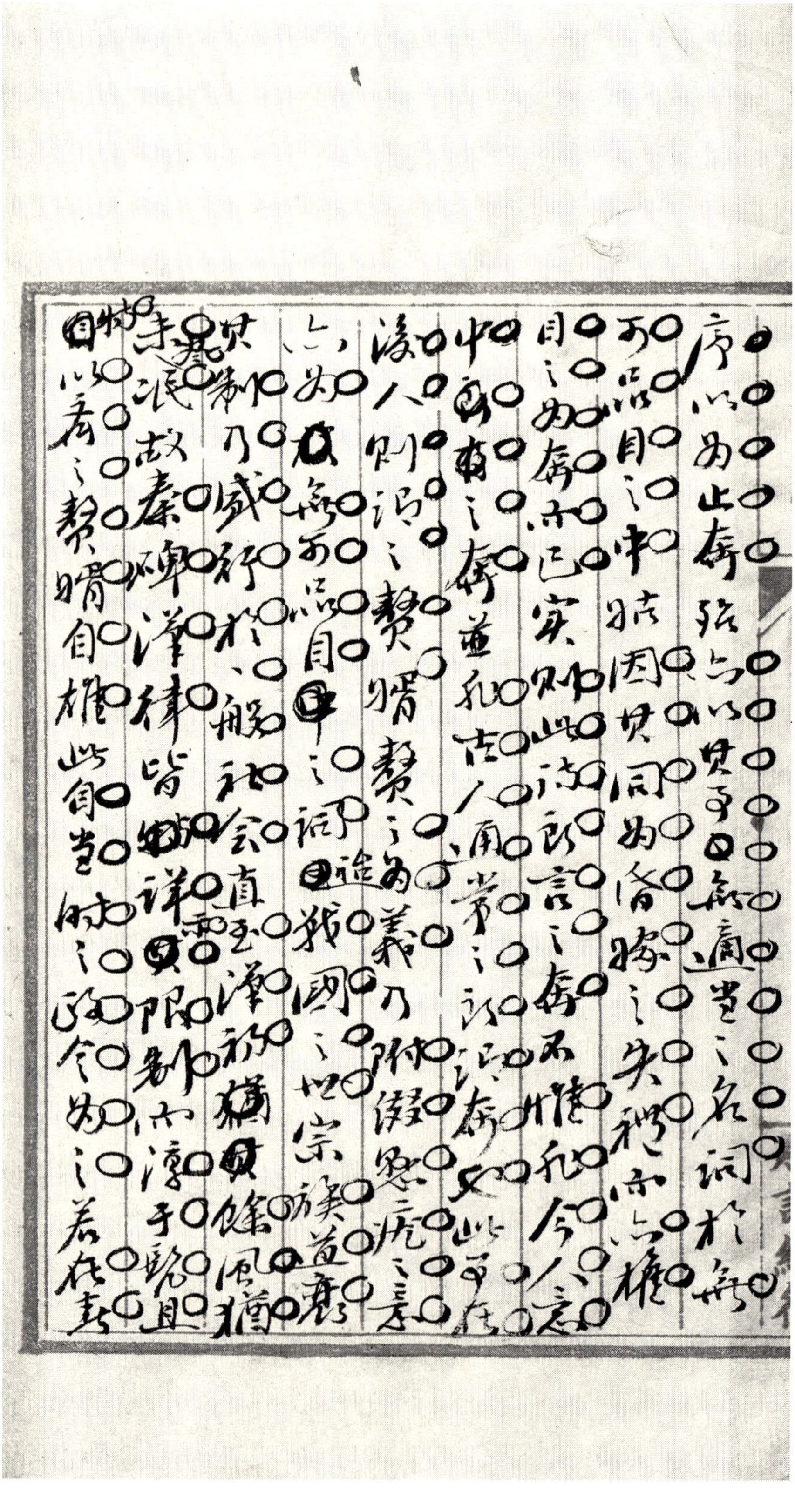

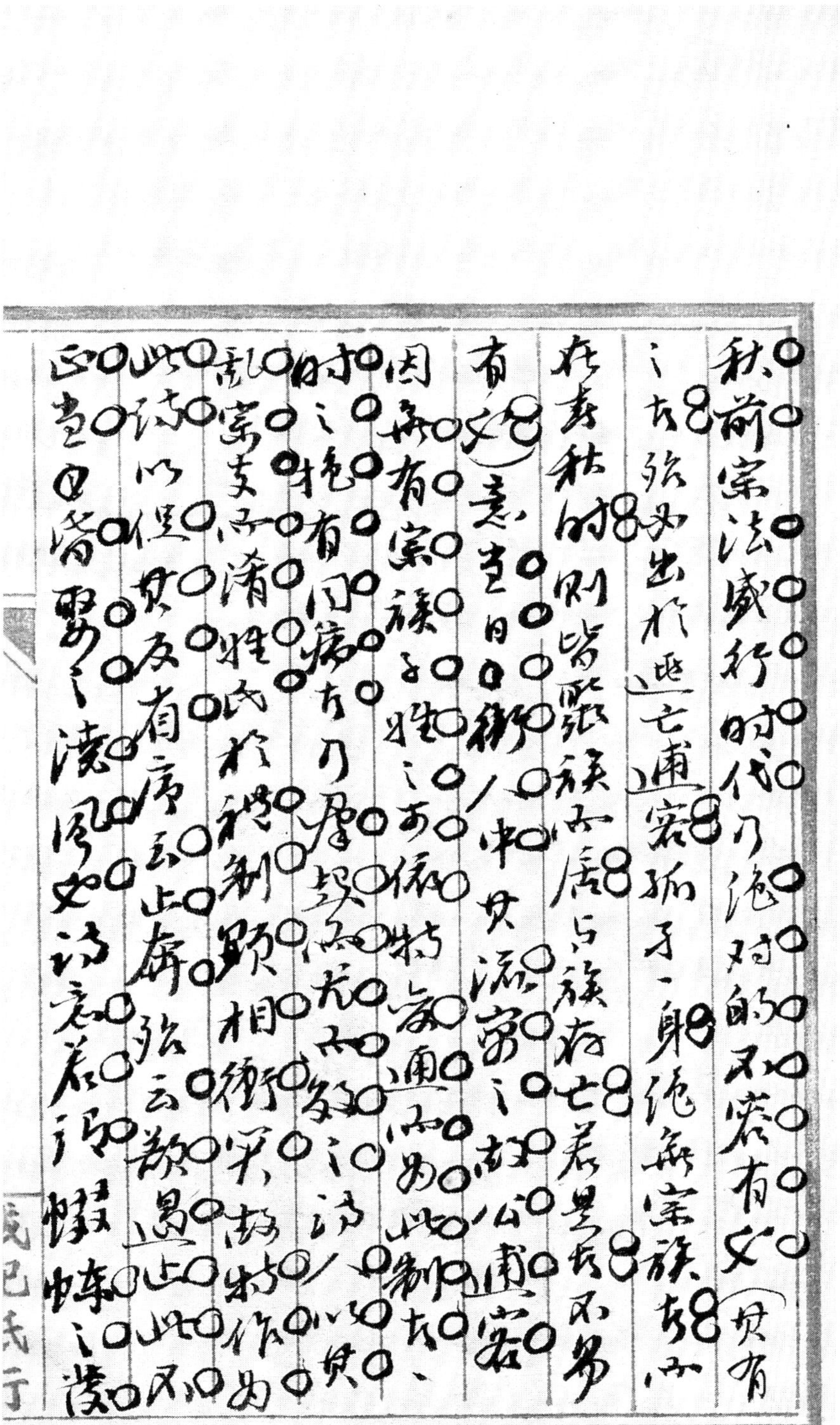

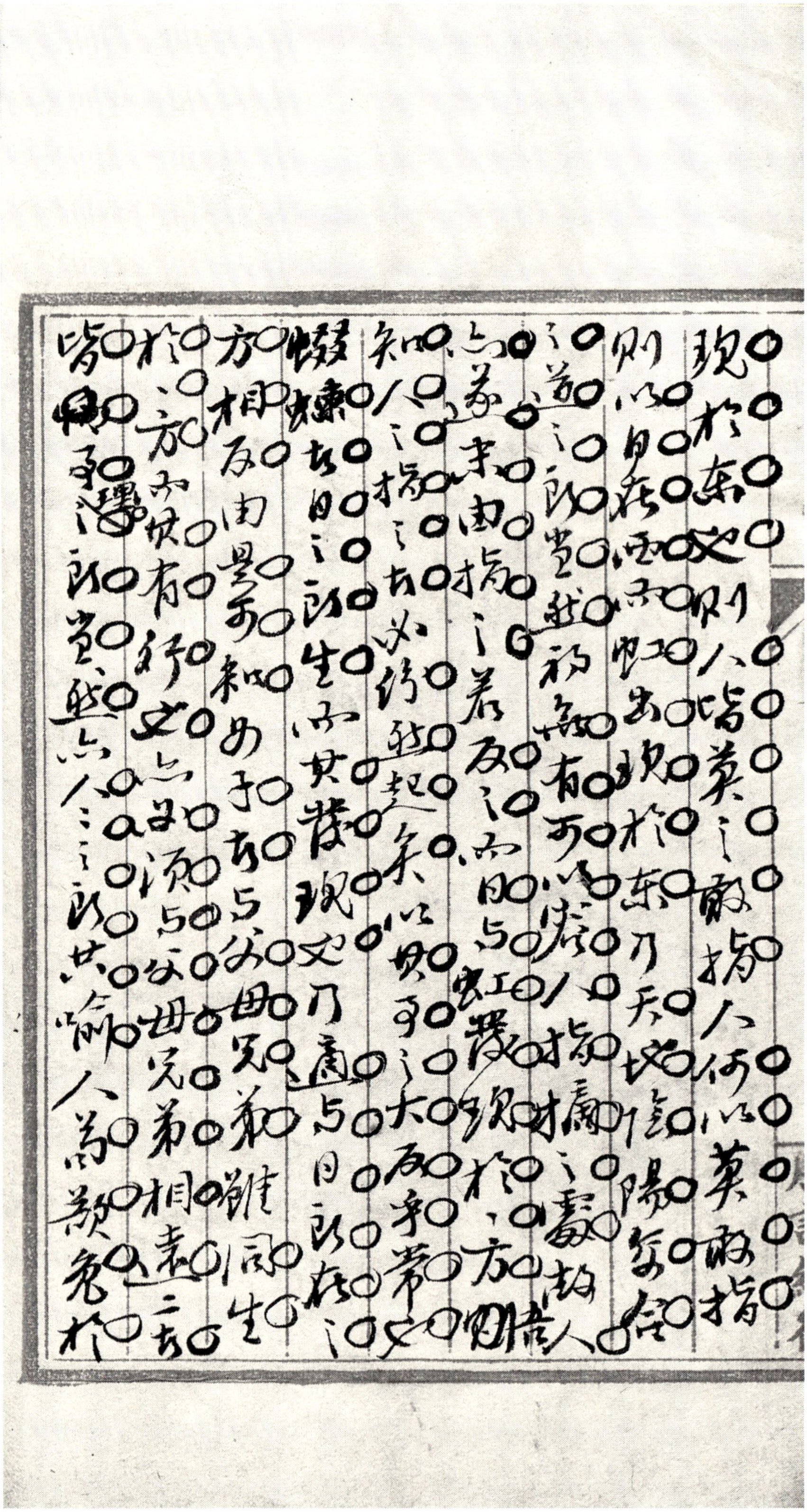

指撝舍此道固莫如且此義又見蝃蝀之
在東為虹彼云朝隮如亦見發現如此在乎
云其義亡猶是如朝隮在何猶今人之說朝
霞如日射雲氣所映異彩狀極絢麗與虹實
異倘以物書傳說讀薈兮蔚兮南山朝隮在
是如（鄭注周禮直以隮為虹全由於誤解此
說虹又見渴稱之為薈蔚）隮之為物朝夕
嵩前汀大抵夕至晴而朝至雨今日猶每用
晚天時蒸云崇朝如雨知吉人亦猶是如崇毛

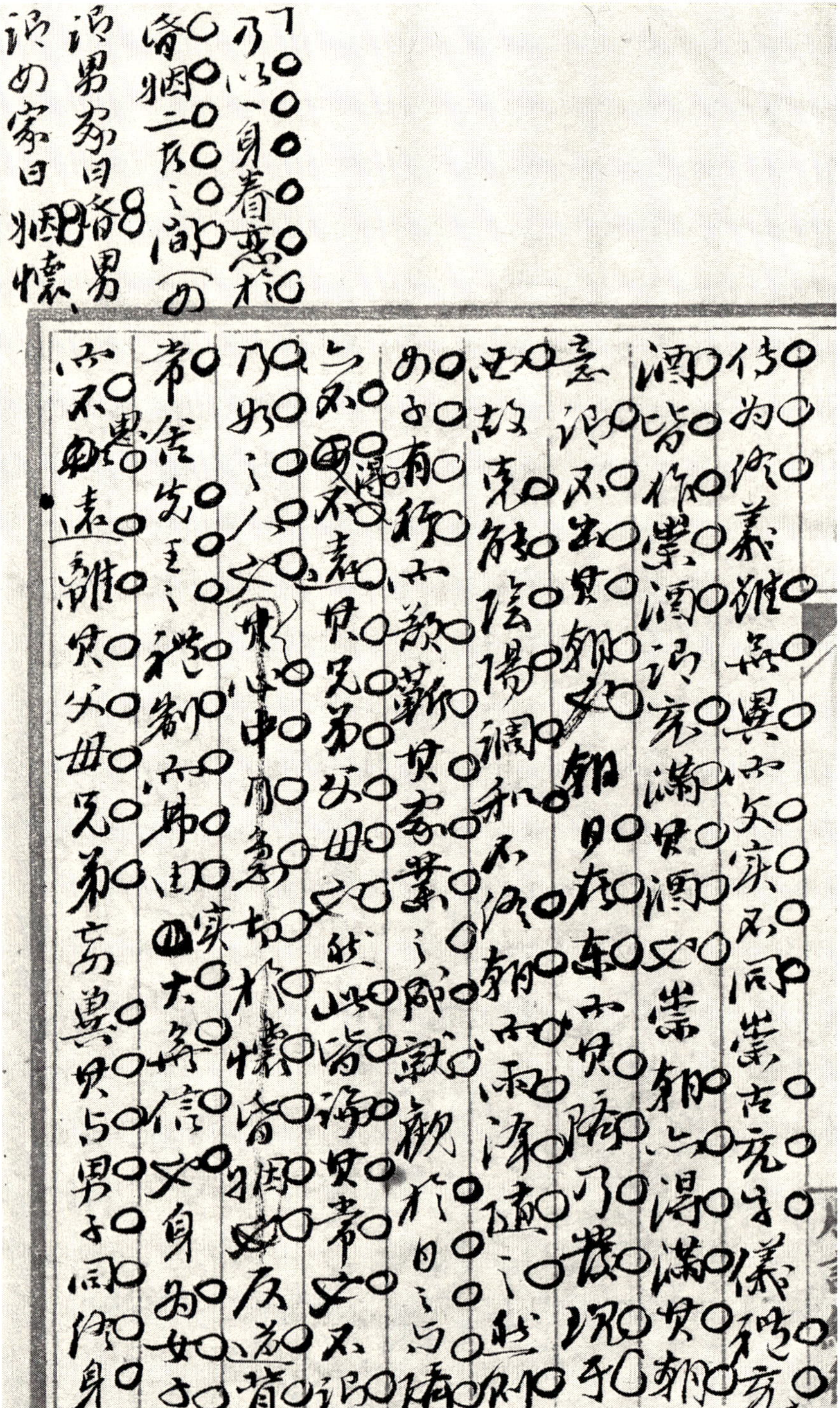

着意如〇語之〇行〇
不知〇而〇知〇語之〇不知〇行〇
之知〇不知〇而知〇之〇添乃炎
之人也文下

〇撐〇拄〇於〇家〇族之〇間〇是乃〇不知〇天之〇所以〇命之〇於之〇
家〇如〇如〇如〇使其〇爲〇以〇仍自安〇則〇〇〇〇〇
爲〇如〇子之〇間〇旅具〇於〇〇〇〇〇〇〇〇〇〇〇
此〇諺〇之〇詞〇肯〇本甚〇以〇乃〇歷〇來〇說〇詩〇者〇不知〇於〇詩〇
〇求之、昭注重〇原中之原云乃深〇於〇原字上〇膳加〇
〇之淫〇記〇於〇是事〇、深〇而〇無〇不〇淫〇甚〇至〇於〇於〇天〇成〇象〇
〇之〇紅〇虎之氣〇膳〇指〇如〇天〇地〇間又之〇正之〇〇之淫氣来〇高旺〇
至〇此〇將何〇事〇不〇可〇以〇治之〇淫〇事〇充其〇德〇御之〇心〇理〇者
天氣来〇上〇月〇騰〇地氣〇來不降〇聯盲〇否〇隔〇閉塞〇不〇通乃天〇

地間之正氣乎然彼華陋儒除淫外尚知有何
事耶
懷香嫋娜向初奉華華讀過故初禱云
越明而覺覺又不肯何以依文理讀之此四字當
如遠發留只知之府而不然則文勢為而轉
正之因原就原文殊之將知懷香因三字之
與不察以倒倒讀過此三字實為一倒之轉
其只云全說之說棄後人於指髮之不議論
誰解藹果贖修與宜乃此三字之下錯見血

文俗儒以其不求甚解解之服先全倘當來讀
完便殺然援筆作注又何懼爭其然人自敗
不何知於不通引然則中國人果何時而能
有生之有理性之人說
三百篇之作不又參出矣八不風詩則尤多
樓玩於歸儒之只其義理之暖確文記
之精審從頌學鴻儒傳像以如葉長模
據之之不能及其十一在智識薄弱者則鄙
之為天顏八顏之作用特異吉人何以

從孫子仲

獨渴夫天下穎厚淪人又何以獨渴人穎是
天獨厚於吾而薦於今年此皆由淪人之
知識日淺故只於之切乎理以及於此字之序
又目儕起只清果然此實則古時之儒康
只知識之發淺世之至賢為奇之於朱
嘉業吾書滿古人尚生主今時見其子孫
之深淵若此界府氣來死而今人有子智自
植文然後不過相與為儀人之如樂園

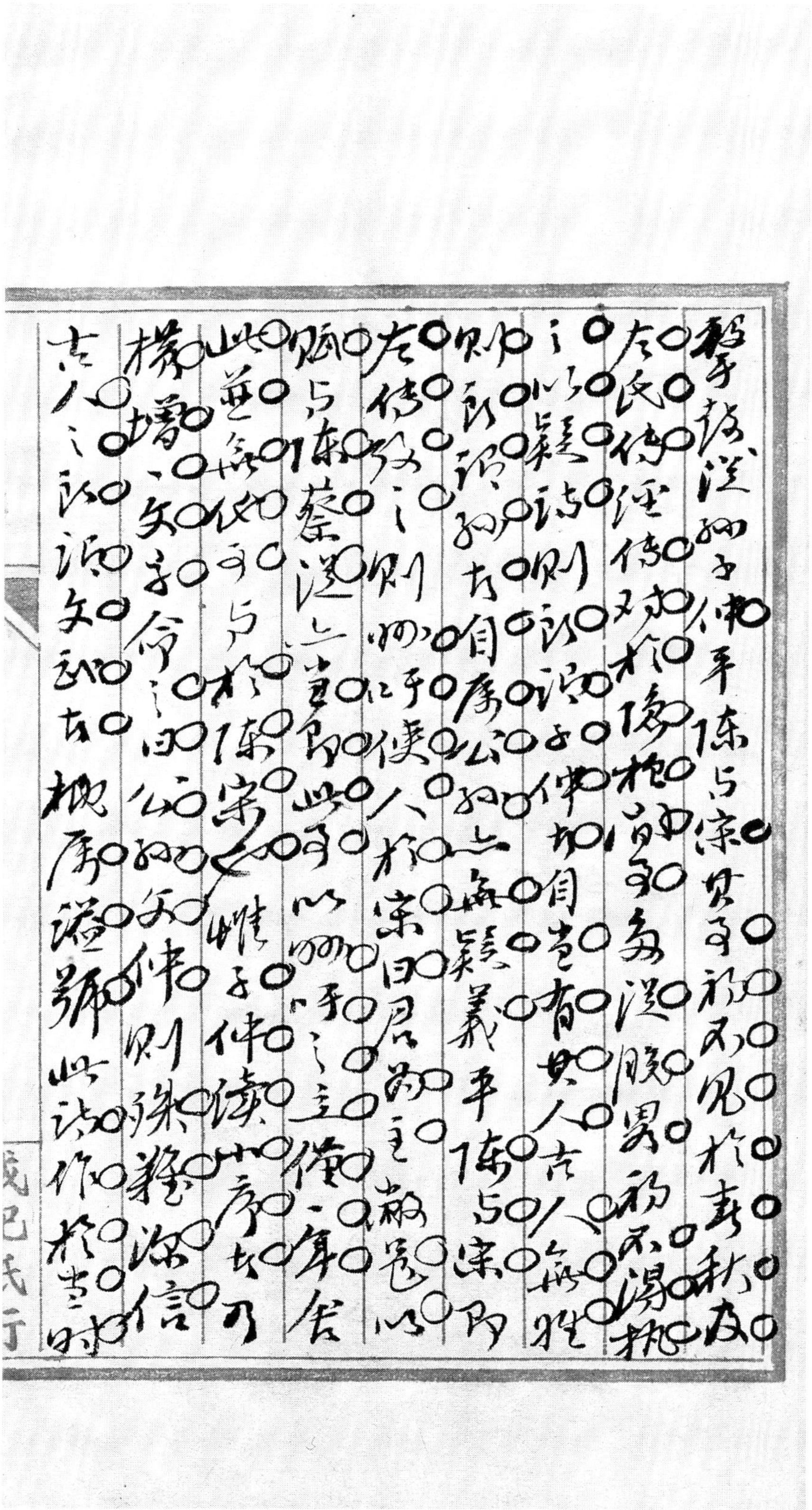

當然無疑，可稱至論。今人則並其名而失之，更何
漢而得其證也。要序詩之意已二百年，尚無其
名，則後之儒序之序，其並詩與序之義意遂亂。
能知更何從？獨以知其說之為，與爭。大抵讀小序者
之。鄭箋於詩一切人名時代，無不敢隨意擅造。
以自賦，以賦人者，於國名風之風，凡時代之
之而役其後，以做其前後，可發之詩，而家加
以指目為柳風相角，則指之以為頌公嫁娣于
旌因其次定之家中，後文則以為知公主風之

兔○爰○丘○中○有○麻○則○知○皆○以○為○桓○王○莊○王○之○以○時○詩○
孫○之○孫○係○之○不○為○信○以○許○詩○羅○所○君○周○世○居○之○時○
代○而○就○詩○順○數○實○則○詩○之○節○後○絕○然○以○時○代○為○
次○第○文○此○之○公○知○父○仲○之○名○孫○之○以○公○知○子○仲○之○名○
不○甚○順○以○六○矢○仲○二○字○則○以○減○矣○仲○之○故○為○人○
詠○耳○遞○降○律○因○言○攙○為○此○名○無○況○濃○小○序○去○
之○去○作○詩○已○四○五○百○年○後○書○不○見○異○何○所○據○而○
知○之○卿○在○後○世○儒○生○則○如○同○世○相○去○之○何○代○數○
近○詠○言○曾○必○有○本○曾○必○二○字○已○不○合○理○殆○蓋○與○

其果可據乎何也詩之義至何獨不必取此乃
後儒稱不詳古人之時代其人為南人其心目
中儒謂以為周以時代序即古人之50古人其遠近
周大抵多孫文然陋儒之識解略及此其何以序
如此陋儒耳 近之陋儒且以漢學名家鉅子
於漢以前猶視孫文更高敢議其非此輩
之頭腦大率以中國之經始於漢儒中國之
文鉅於說文前此更無所謂時代文字者

辛酉中秋

秋輝氏初藁

侘傺軒説經

卷十六

侘傺軒說經卷十六

臨清吳桂華秋輝氏著

騋牝三千

黎、來、麗、古本一音。故常可通用。藜字之異文或作陋，筆亦麗。和卜、明用之以代離字，即其證。黎本赤黑色，此黧去聲黎及黎民、黎明、黄黎，亦黑也。來、文見在牛知，則謂之犂；見在馬知，則謂之驪。今語猶然。字雖有異，而其圖為黎字之同音假借。以閭玉驪之作騋，此猶藜之作萊，乃文字之

時代之実俗父一大抵来字在先而麗則敷晚衛
風騋牝三千家駒驪牝三千頭牝馬之為青黑
色乃至於三千之多極言其純不雜父上下匹
直也人秉心塞淵言即所匹直人也其秉心塞
淵此之和靜即馬之牝长亦卷作黎色純、
不雜至於三千之多也三而乃出於泥相濟而牝毛
代不知騋之牝羣子不解秉心塞淵作何語隨
意指目而於馬之身又甚爲不精於是乃不得仍還
用其圓滑之手段含渾釋之曰馬真又尺以上曰騋

大古今來之言馬者多知遂有之說其尺數者哉
且馬經諸尺數之說概由隨其尺數之異而
賦以名之大抵漢儒之說說自某之以上以下者皆
其窮於指目而為且支吾指山賣磨之說以自腸
以上曰尾自股以上曰涉自輔以上曰軌之類此人
之皆愛煩瑣而不知、換之理殊不思天下寧有
此等恍惚迷離之字義者由此可得知論語
子謂仲弓為犁牛之子者並非所仲弓之父為又
善不過謂其生性古執不合時趣不知仲弓之能

(12)

論語集注因此為誤
朱子因此仲弓之父
賤而行惡亦是誤
據此注加の蓋出上

為○時○王○所○貴○蓋夏○尚○玄○殷尚○白○周尚○赤○三代○各○

有○所○尚○犁牛○若○在○夏○代○亦○難○得○而○可○貴○者○惜乎○

○其○生○於○周○故○其○為○騂○且○角○如○之○貴○賤○何○異○之前

○不○識○者○義○隨○意○為○解○語○犁牛○為○雜○色○之○

牛○若然○則○是○以○其○子○騂○其○父○矣○苞○孔○子○而○有○此○

說○

君子攸芋　獻羔祭韭　禴祠烝

斯干君子攸芋○毛傳芋大也鄭箋云芋當作幠幠覆

又○皆○不○識○其○字○而○信○口○狂○囈○芋○何○以○為○大○又○何○以○也○

作○瞭○字○義○如○下○如○是○解○釋○將○無○字○之○可○以○指○作○某○之○
知○今○按○其○字○實○尊○芊○說○表○秋○內○外○傳○說○假○之○以○
代○楚○國○之○雅○也○楚之雅○奉○作○矚○見○王○子○申○餐○敎○
滌○以○其○文○祭○為○僑○用○芊○字○代○之○以○芊○熏○之○苟○蕢○意○
文○（詳見拙著楚詞正誤）芊○說○文○作○半○於○各○種○字○書○
作○則○作○芈○而○左○氏○則○實○作○芈○不○作○芈○此○則○由○作○者○
書○故○知○芊○本○為○古○羊○字○今○芊○字○之○音○義○與○羊○
過○殊○則○其○字○之○又○有○異○因○腸○為○此○文○乃○真○有○既○
見○說○文○釋○其○義○為○羊○鳴○之○全○屬○囈○語○不○過○圖○

貝字從羊，故造為此說。古人之於文字思維，遂名物

之鳴以為別，以名詞者。名物之鳴之有專稱者，雖

雞之稱雌雄，然鳴與鳴實有異，以雌有文，猶美

乃雨偶之鳴，雞之鳴亦是，故常適用之，與飛為雞

鳴造此字也。羊字記於古，知不概見，惟古美字從

之作羊，乃於羊之兩角兩側作一卷，命貝與兩

角羊，以表示貝為羊之無角者之意。今人誤羊之

無角者曰羖羊，羖與羊殊，羊之聲之轉也。羊性柔

好善，故美善義羲等和羣從之，羣義羊羣

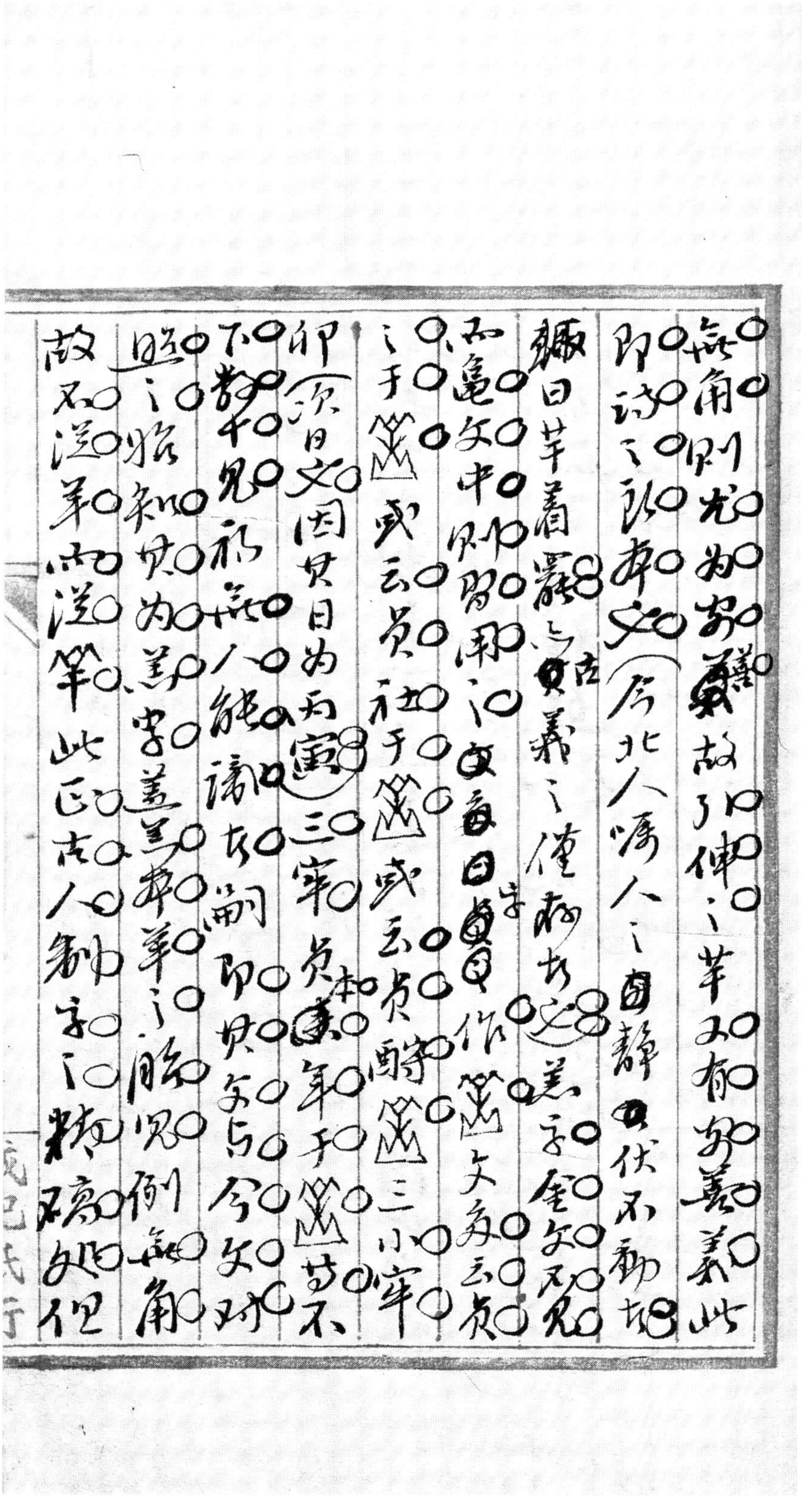

以

筆之精角稍不止於筆端（如筆筆惟筆不
足以傳其作之筆意之義意故於其下更加以失（下之
語從孔山字古山字不如是文）於筆之義將完其
加之以如加以古人之含筆例用失鮑之文（古人於
筆兔甚小篆勇用鮑之末以泥塗其外用失突之
文揚子幼根孫会宗書烹羊炮羔斗酒自勞
是其依玉漢猶然文由是以思則其為筆之文審矣
但其於文義甚又合筆若以文義言之則其字又為
祭名或鬼神之名（通）方合二者舉而可以語於筆之字

文從又倉字之中有禳經傳雖用為地名然以於本
義（古地名因名人名皆各有所本未有因此以為
別之字者）其字從示則其為祭名無疑（今山
東尚有以其字名者為證）就字書檢之則其音與禴
祀蒸嘗之禴同而禴又為其異體御覽則更有獻
羔祭韭之說丕此禴悅然邑矣之說羔也即禳
即禴即祠乃春祭之名而卯風之禴羔祭韭
即指是言之蓋在一歲之中畜類則以羔之生
為最先蔬類則以韭之生為最先故春祭例用二

古祭之名，盖以指献，盖言之如（若周之释菜，則指祭

進言之，至後世則專之剏，與則更從旁加而以防其

相溷而後人又以禳字之為形聲，如則更其偽之訛

言之字以代其盖字，禳祈為字，於是出而禳之本義

亡於此，不可没，鬼氣，卯風之南，盖祭，非族四之日則

正與仲春釋菜合，知古人之表祭用仲春，周之則

先已然，古人多於此祭祈，國年又表祈之祭，亦非此

不表故意知云之如，古文此之盖字，而後世乃著氣不

然禳禬禍三字則文字鳥潟不日益加多而無用

按古人ノ訓詁新[illegible]

[illegible]

如跂斯翼如矢斯棘如鳥斯革如翬斯飛

[illegible]

一長句收之此言詩之自然也四章承鷇賊翼承
矣則鶇為鳥則羣鳥羣鶯鄉飛之而亦然者皆名
自句中用靜而末用君子以結一語收之然世儒
昧豳風之長則以中節為鳥飾華而失靜故也不知
此鳥字實隹字之誤古文凡鳥字皆作隹後作
焉也故吳清卿氏作說文古籀補常假不得焉
旁字後得、鳥旁字頗自喜而不悟其文意已
大抵平安君鼎無後為秦以前物則古文之
今尚不見有鳥字也援說在蒙知古文作隹旁

字後漸作為而此佳字之遂御廢作為字
而不知此佳字之適當用韻處与下第字乃有
密切之關係者段以爲息上下遂不相承矣蓋
佳本音適即安音如集韻与第字同也以入音与
上下三句正同、像第字在今知實豈從勸字語
如為之迴旋反語於做勸字皆誤作偉第則
此第字之爭同之律其為誤寫疑反做勸法既
無之作偉第與偉第語之無之作做勸於今後
其字强說之原本如是蓋古人於字之偏旁多為意

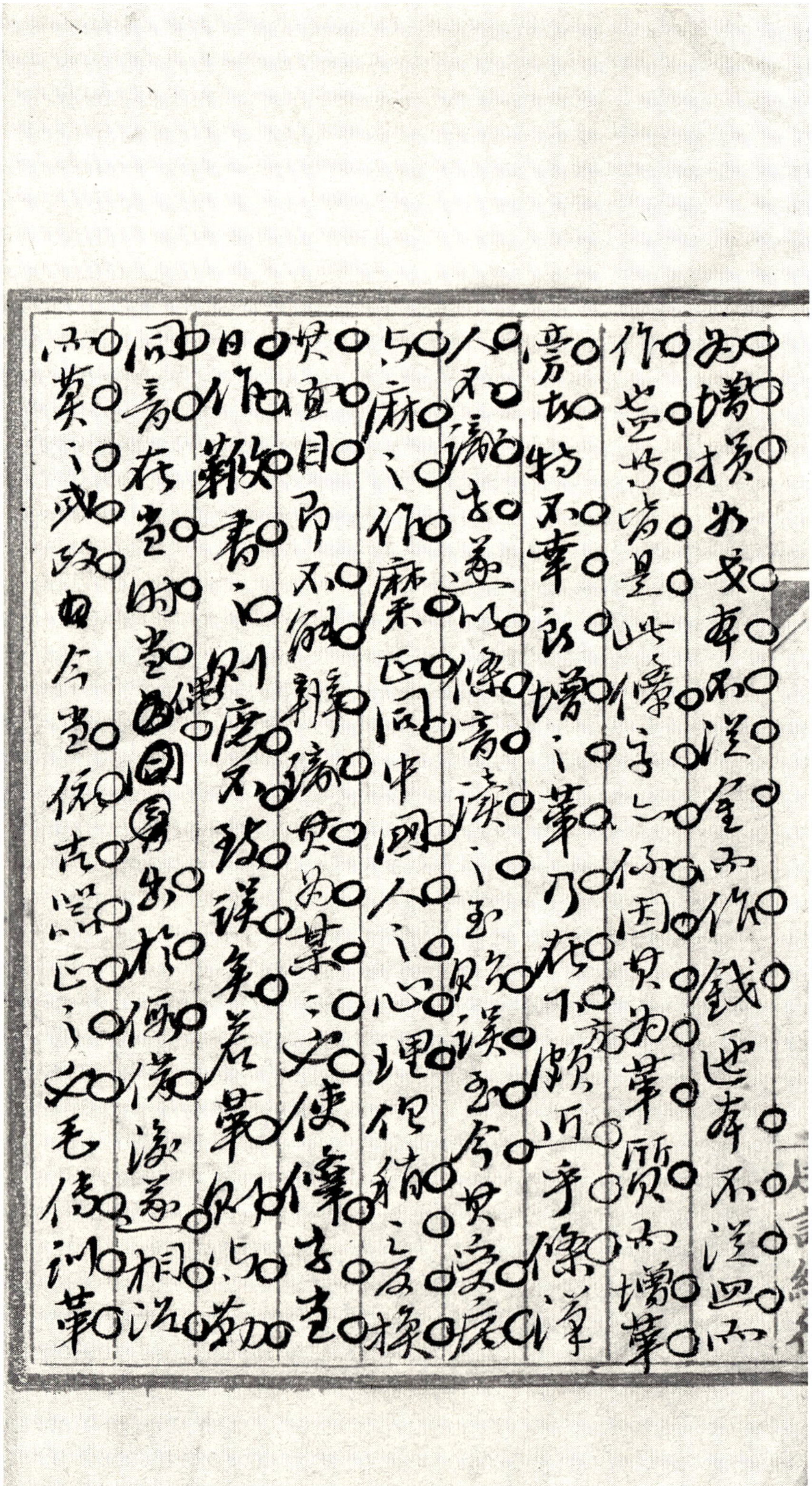

為翼極可笑首敘已云孔路與翼斎不知其所

翼古今有孤是垂然所理之文字乎鄭氏更

也為之原曰孔安帝華時之故翼直是使人曉

飯安帝華而故翼是歡帝華而之故翼乎青

但云是歡帝華不言其翼居何鄭氏何從知帝

華之如有事於翼乎真可憐也

侵鎬及方 往城于方附

有、侵鎬及方、鄭箋、鎬也方也皆北方地名、殊

不能明言其所在蓋俗儒任私臆而不信經文因

疑謫為周之京都狁猴雖內侵不病及是故往

矣雖然之言謫亦不信之其至遠安在（列句）乃

謂造為千里之謫之名詞意強調凡疆謫京千

里如皆可名謫者無論其說之無稽若畢矣

其說則畿內之一切地名皆可廢矣下而何以又

貌至於涇陽邪之（涇水所在謫京附近）洋人政

不以謫為謫京至宋人益迎即以方為朔方由

是之從橫千里忽北忽西忽遠忽近猴狁之

師不得出沒無常矣有是理乎今按謫即

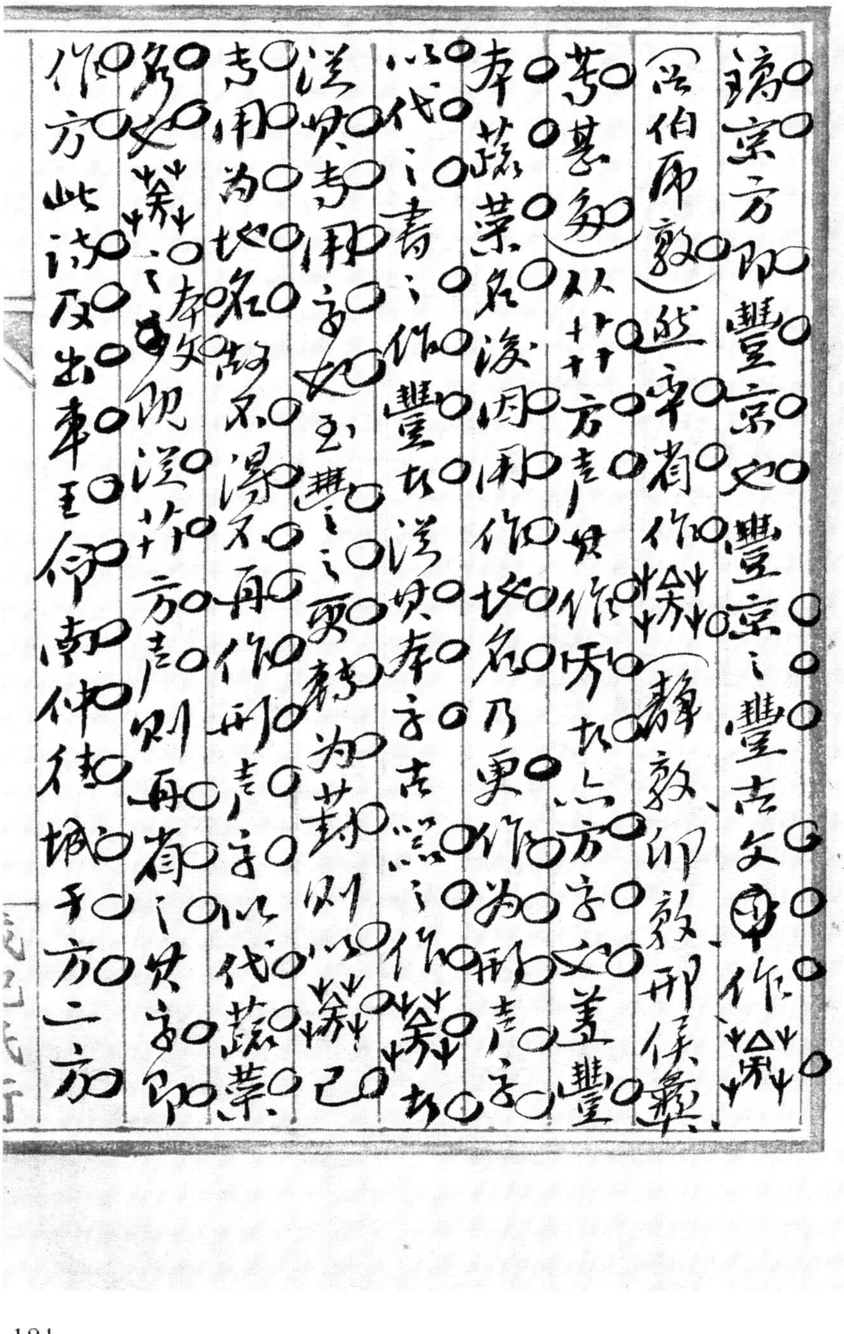

子○皆○是○也○往城○于○方○之○方○子○奔为○豐○之○省○故下○文○
又○旅○東○至○出○方○子○云城○彼○朔○方○之○世○儒○不○通○古○人○
子○又、讀○古○人○典○禮○見下○文○云○城○彼○朔○方○之○乃○之○
解○此○方○子○為○朔○方○矣○朔○方○之○亦○而○單○稱○為○方○乎○
旬○王○命○南○仲○往城○于○方○、○宗○乃○以○上○之○字○為○、讀下
二○子○為○一○讀○蓋王○于○方○命○南○仲○往○城○之○古○文○命○
將○與○俾○及○一○切○大○典○禮○皆須○於○廟○行○之○周○之○豐鎬○
太○廟○祖○廟○及○文○武○周○公○三○王○之○廟○皆○在○豐○京○至○康○王○
始○別○立○廟○於○宗○周○故○在○周○初○之○世○有○事○則○必○須○往○

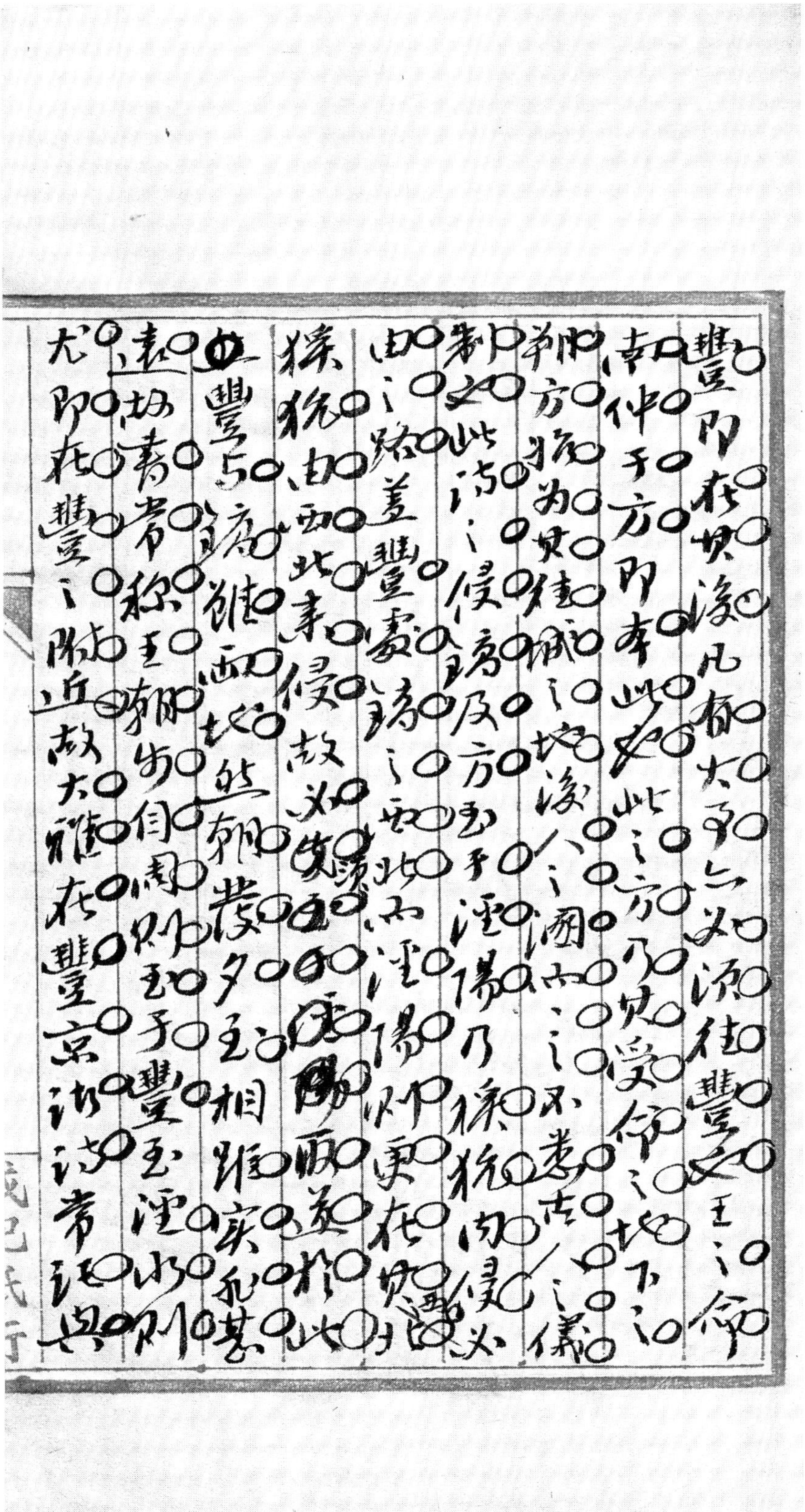

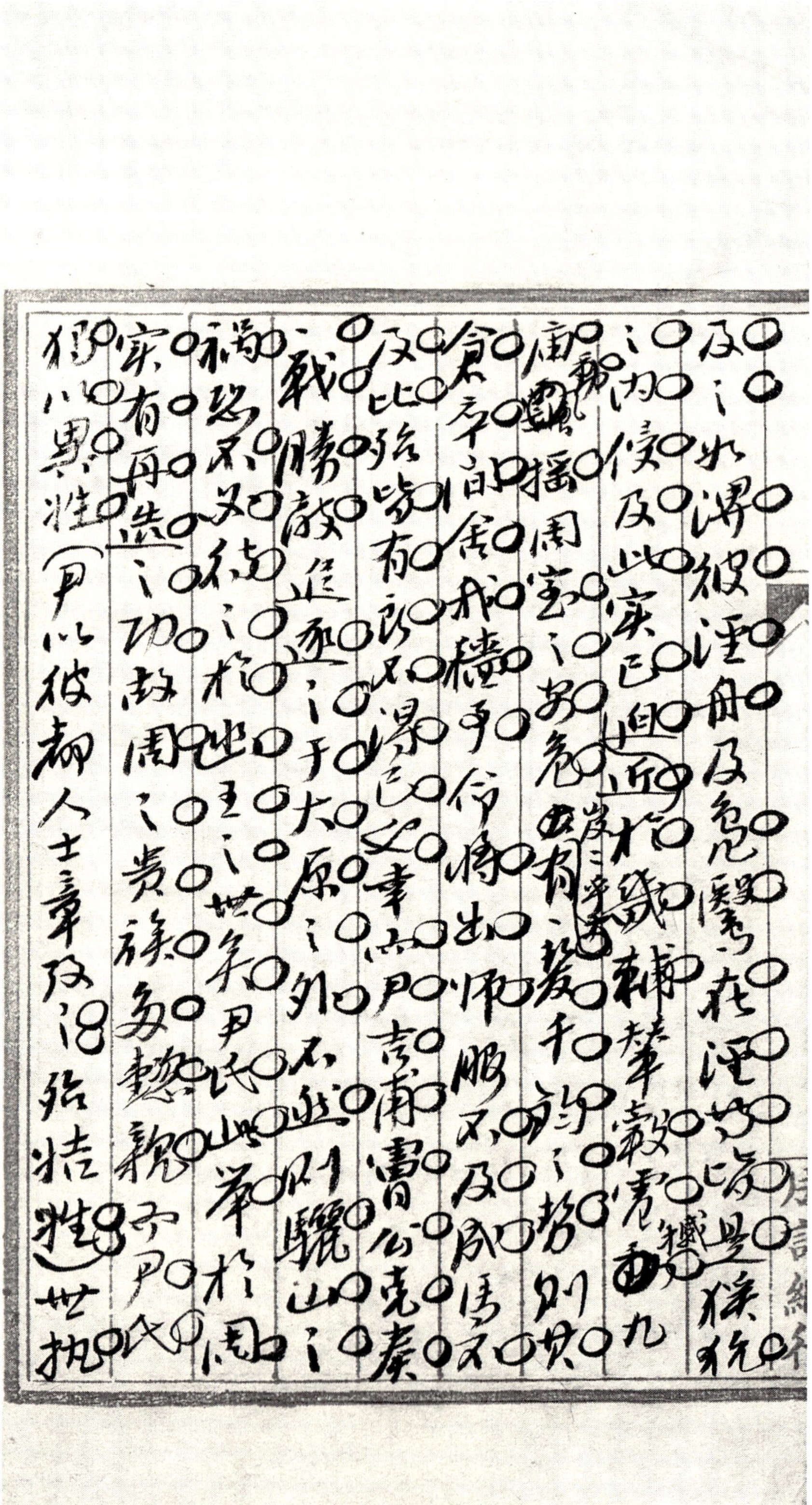

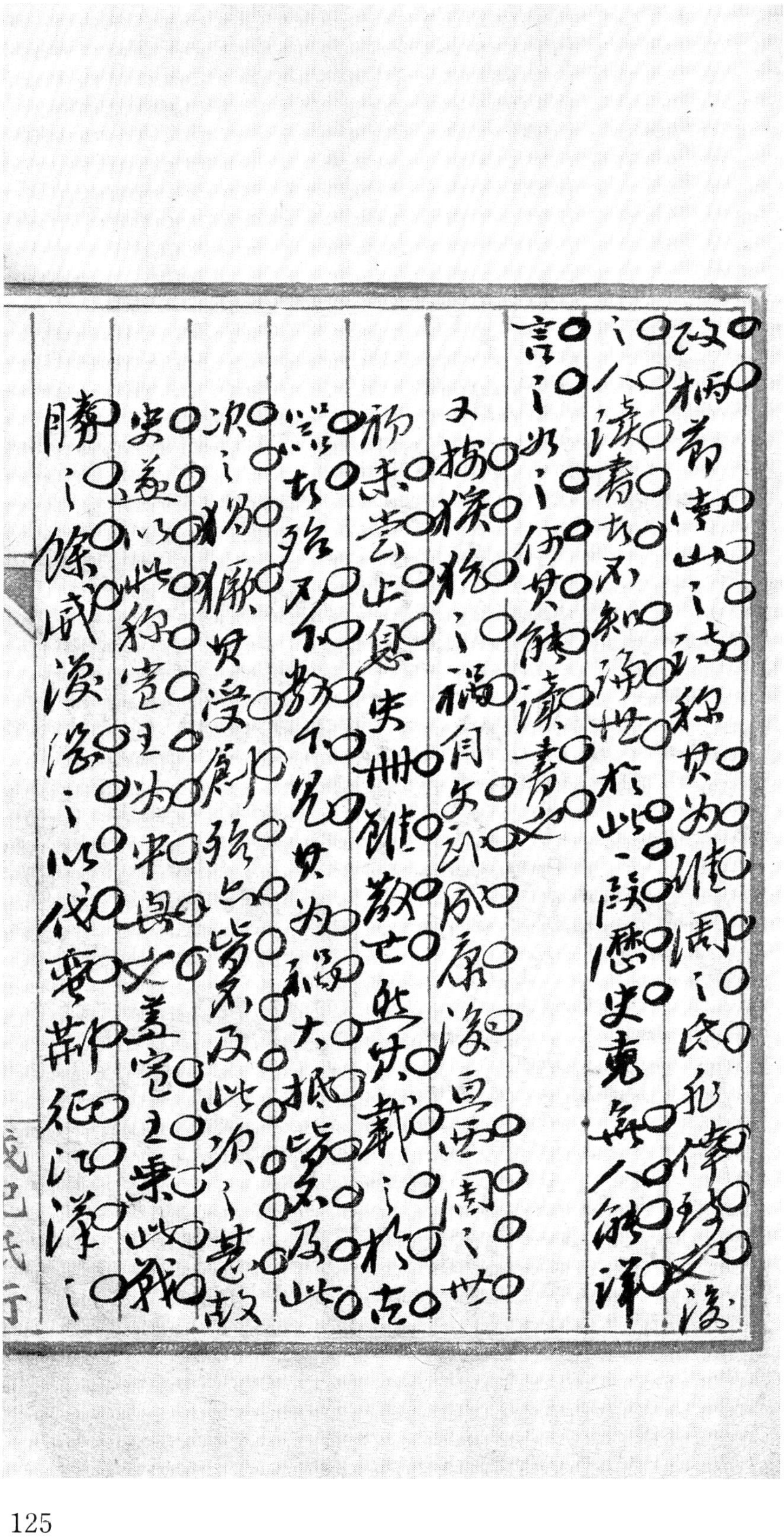

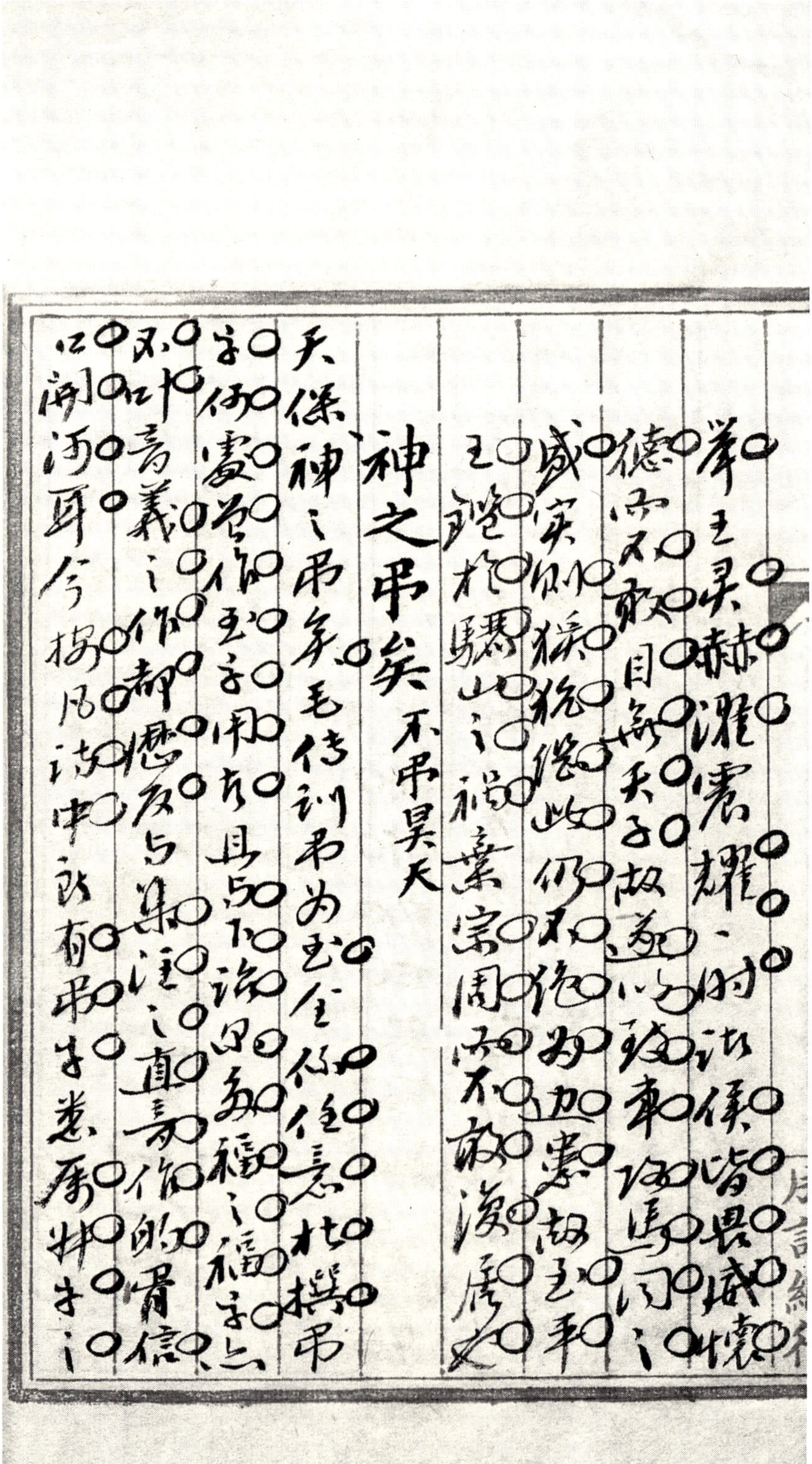
神之弔矣
不弔昊天

之溪其忘似而非不之見律令文者不識古文篆隸
誤而為弔，只善古人之語，義為淋，而淋字則常假料
之為之不再加水旁（間有於其下加皿者，薛青之盤
和之鍾是也，盤和、前人皆誤釋為盨和，若窃寵料
公及遇人不淋，時內則其從令知者，叔字古文當作
弔與令知，君之器，即旁于寅以敦，不弔康乃聊
及盤和鐘等皆以其以淋字作淋用或若曲者
之本義則為伽淋之淋字會意字，其義在金文
中不見而龜文則其義甚顯，蓋其文本作兮，又古文

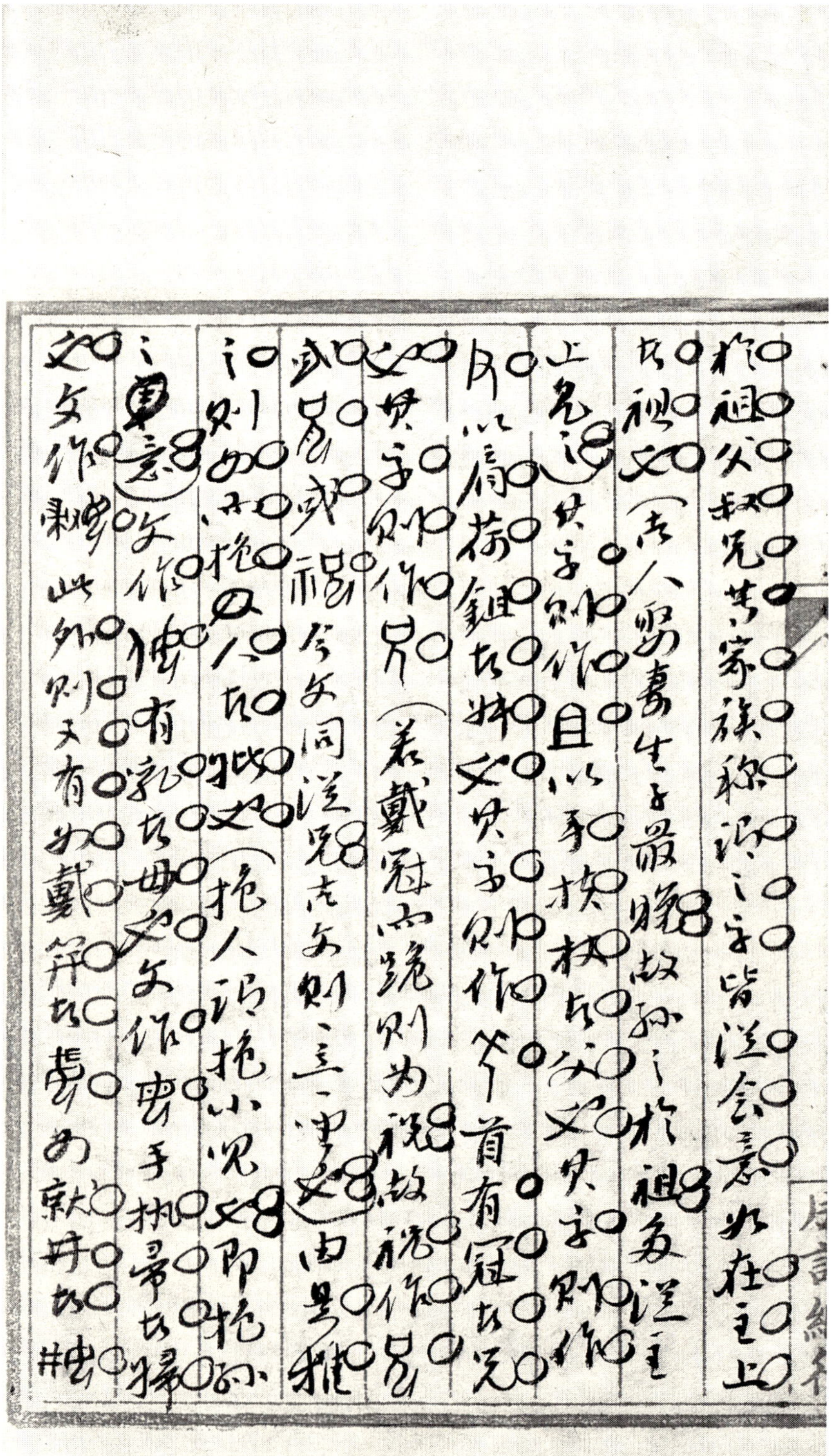

其義今尚難説，然其亡也，為家庭間之一種私語
則為可疑矣（卷□之□注）思實為古之深讀，意古人
凡□語深讀者，皆假義於此，不惟深讀時予為然也。
又其所從之以，亦與化字較異，蓋其下必作思，而不
從止之形也。後字之作後，所從此得義，亦□人皆闌
實察矣。林之本字如為卜，然從以其曲折之狀
形也。可就其筆畫而遞之，於是再求卜也，而
宜為其矣。蓋其所[illegible]任置之間（中略篇紙
下所以不違，則為古林字矣。初無多岐異也。故今日

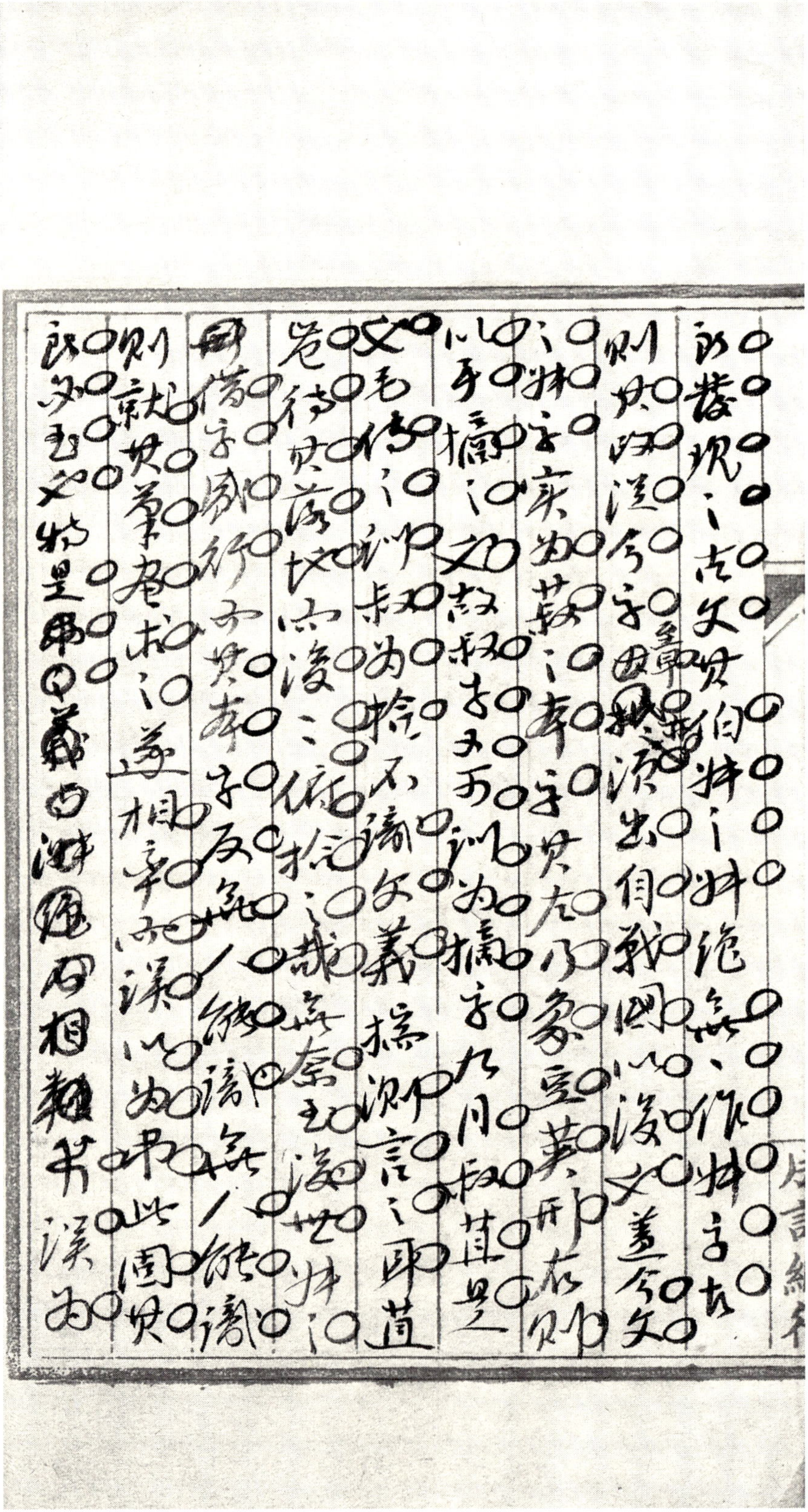

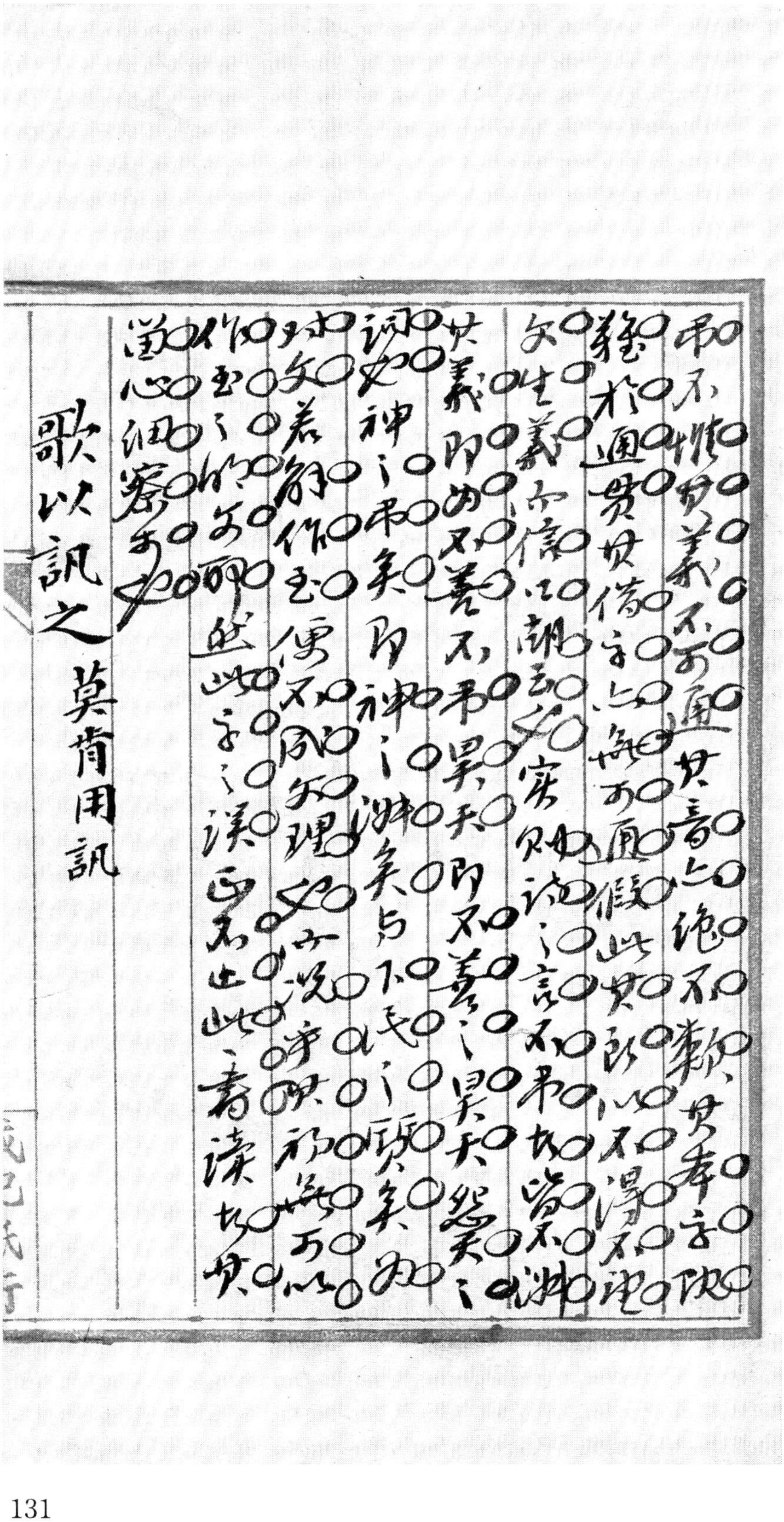

歌以訊之 莫肯用訊

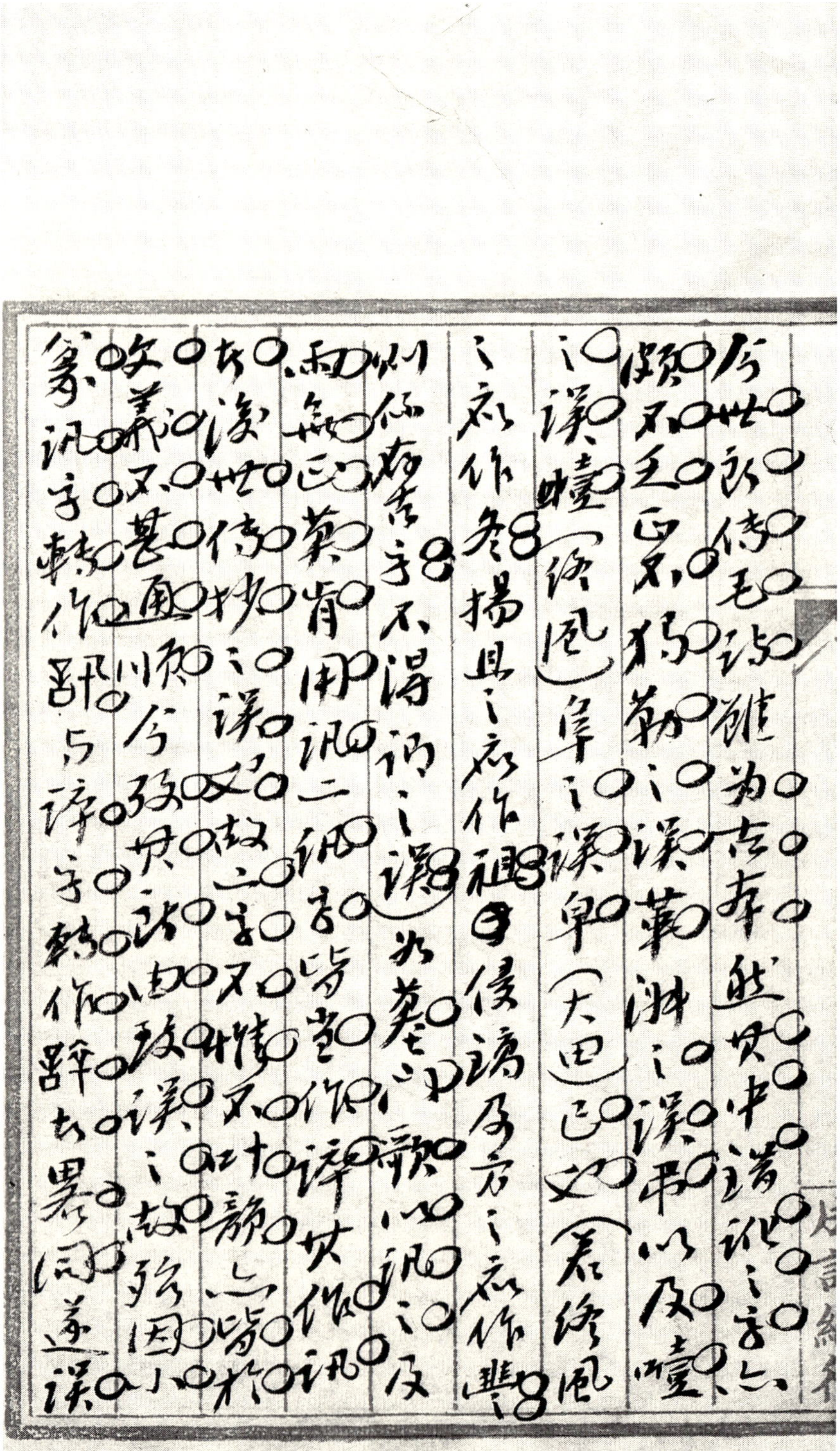

合如之文实则二字在古文中相去殊如风马讯
作中略而论者则作验也（寡子卣）则其误、
当起自秦汉音只文辞姿作诉詈解此其
只如义辞逆言逆承乃夫言之意犹极言之
文由其因恶意、方言之故为诉詈若如其善意、
方言之则如极谏之人之用此字多主于恶意、
方而古人则多主于善意之方如歌以辞之犹云
歌以谏之莫肯用辞犹云莫肯用谏其书
惟作讯字解不得即直作谇字为义解之、

有所不合文（歌以譯之，猶可。若莫肯用誶詈，
則不成語矣。其義見之寡，寡子，寡寡不如孤寡女，
寡於從國，而寡婦如夫亡之後，因有為亂，故其
言詭云子惟序家康乃邦，蓋子民玉，
此惟是篇天下朝四夷，代此不游，以人以康。
静其邦國，文辭二字連用，且旋說之，常則
其言得為惡意的顯然易見，此語之作當
猶在春秋之初，自故其義如此也。至吳語吳王評申
胥則已絕乎今義矣，宜乎後人直誤為恥辱之文

后稷不克

雲漢、后稷不克。克字毛無傳。鄭箋云。克當作刻。刻識也。貫說限不通。又復不成語。故集注改刻云克勝也。言后稷欲救此旱災而不能勝也。雖禋祀禱說較為近理。物矣。只云不克。何以即見貫為欲救此旱災乎。不克且又何見后稷之必能勝此旱災耶。此皆不知貫誤。而后稷也文生義。牽強拙之說。仍據此克字在原文實當作顧字。與下上帝不臨之臨字為對文。謂后稷不顧貫事也。蓋顧字在古文原

作頁象人舉首仰顧之形今跽字所從之即

此字之變遷古說文家以為系從儒之家作頁

既存古文作𩑋象人跪坐舉首仰顧之形示

食畢如頁字在龜甲文中乃習見之詞以龜甲文既為

多為祭祀之事（祈禱文）其詞或云帝不我頁或

云弗其頁或云御于祖丁不頁不勝述頁向

者作頁如則華勢之精象文知頁之為顧於以

顧字隸書尚或作顧（見日月篇寧不我顧義）

其說從之于飛危飛危實為頁之變形然頁字後

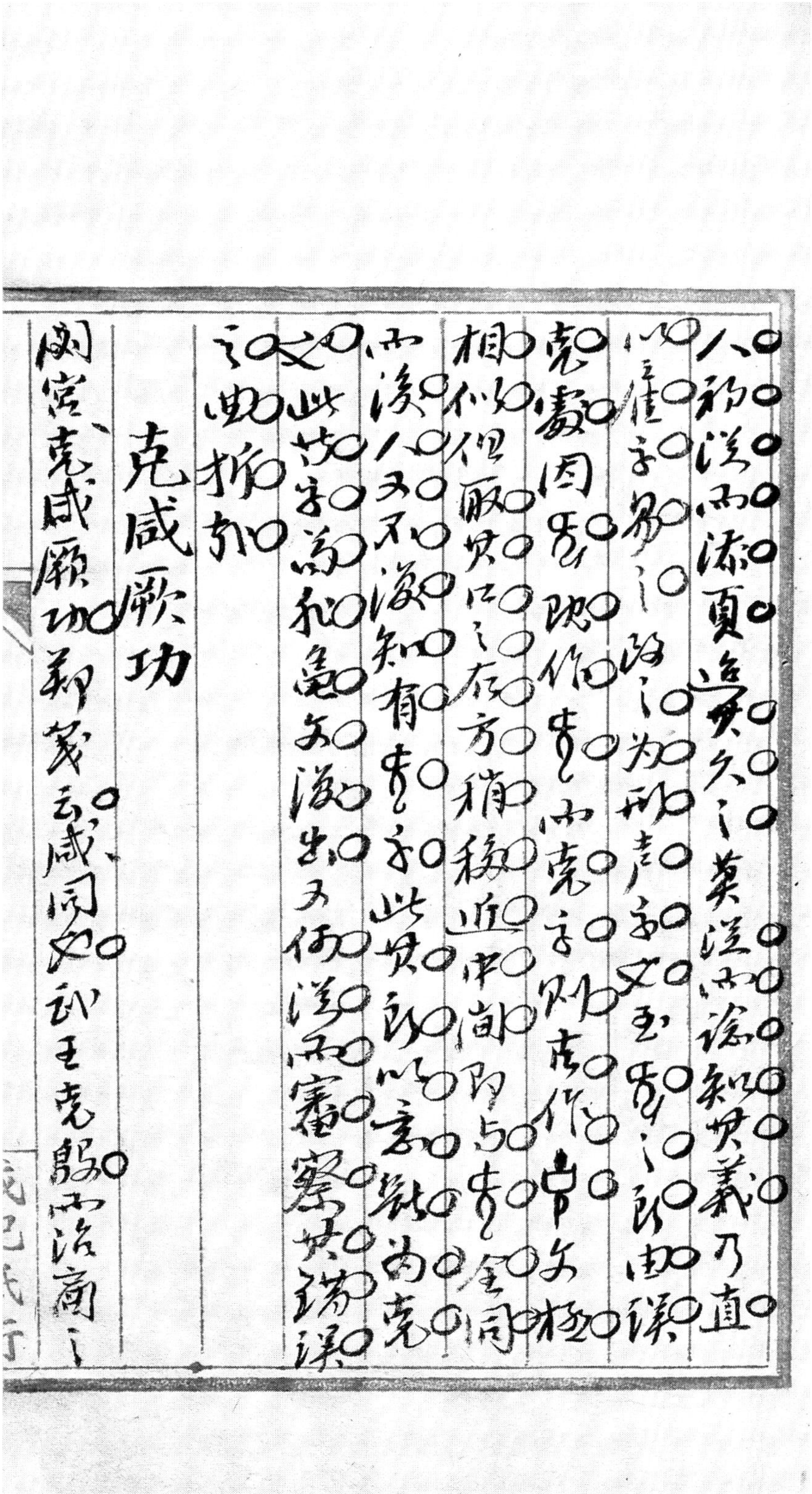

克咸厥功

臣民○使得其所○能同其功於先祖之○其說○極○文○離○
而○災○集注○憲○其○繆乃以○如○以○歸為○之說○云○言輔○佐○
之○臣○同有○其○功於○周○公亡○與焉○之○由前○之說○則○功主○上○
同○於○先○祖○由後○之說○則周○公又上○同○於○功○主○其說○
能○不○同○其○功○成○為○同○則○、○鄭之○說獨○知○從○上○文○大○
王○勞而○著○勳而○未○之說○則○全○膺○○中○生○有○任意○
胡○云○要○之○其○為○文○通○則○前○以○異○文○蓋○感○之○義○雖○有○
時○近○乎○同○其○與○同○字○牲○疏○上○之○相差○直○不○可○以○道○
里計後人之誤感為同實為不知感之本義而模

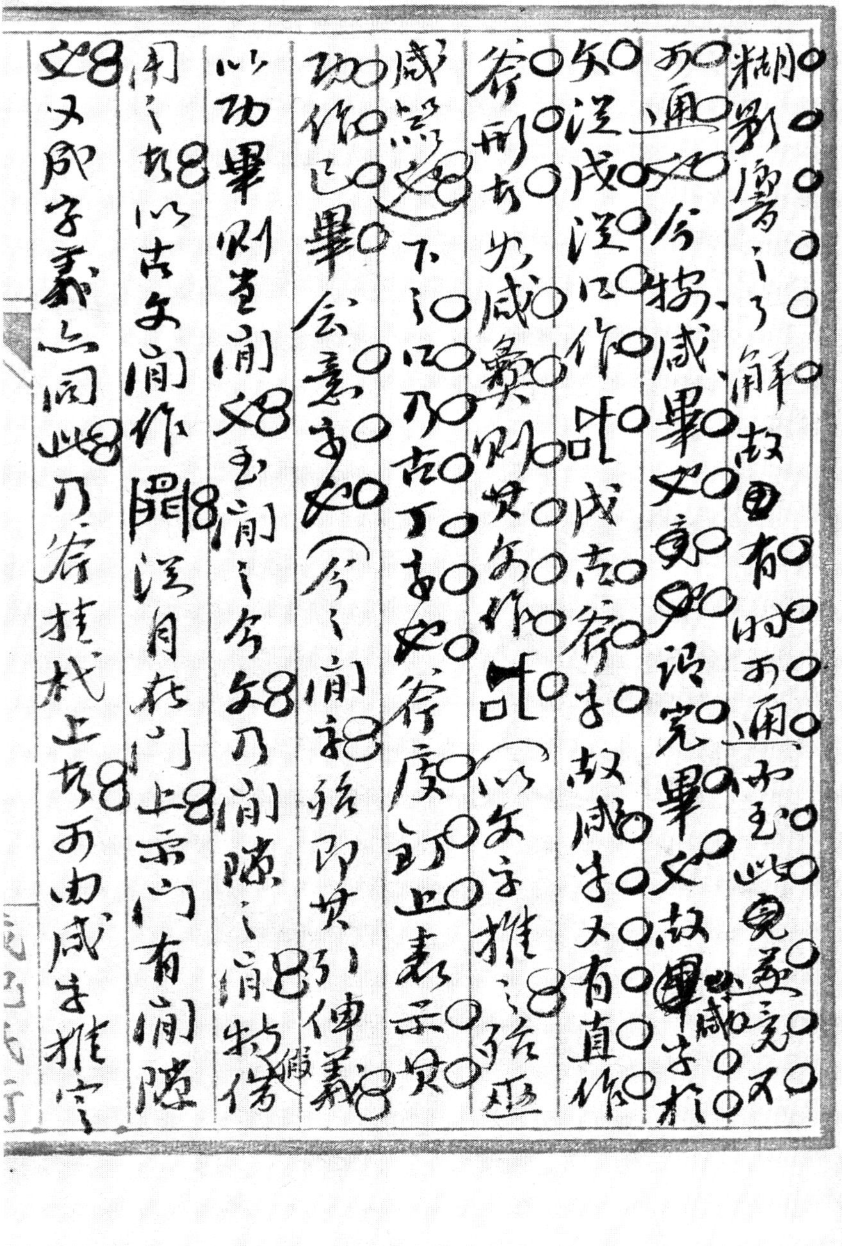

之文咸之義既為畢畢則全備故乃傳之其義
又為全為備書之咸有一德蘭亭敘之少長咸集
皆其義又此後人之說以誤認為同又後人識字
但若知其概義其本義則無人解所究之故其
於字義多存模糊影響之列而存古人則文有
字之義各不相假稍有出入便覺扞格不通者後
人不知臣既見之未確往復疑古人用字之難解
此其說以又於古人文字多多穿鑿附會臆為章
抄文即如咸字存古照中頗多見之如趙摹云

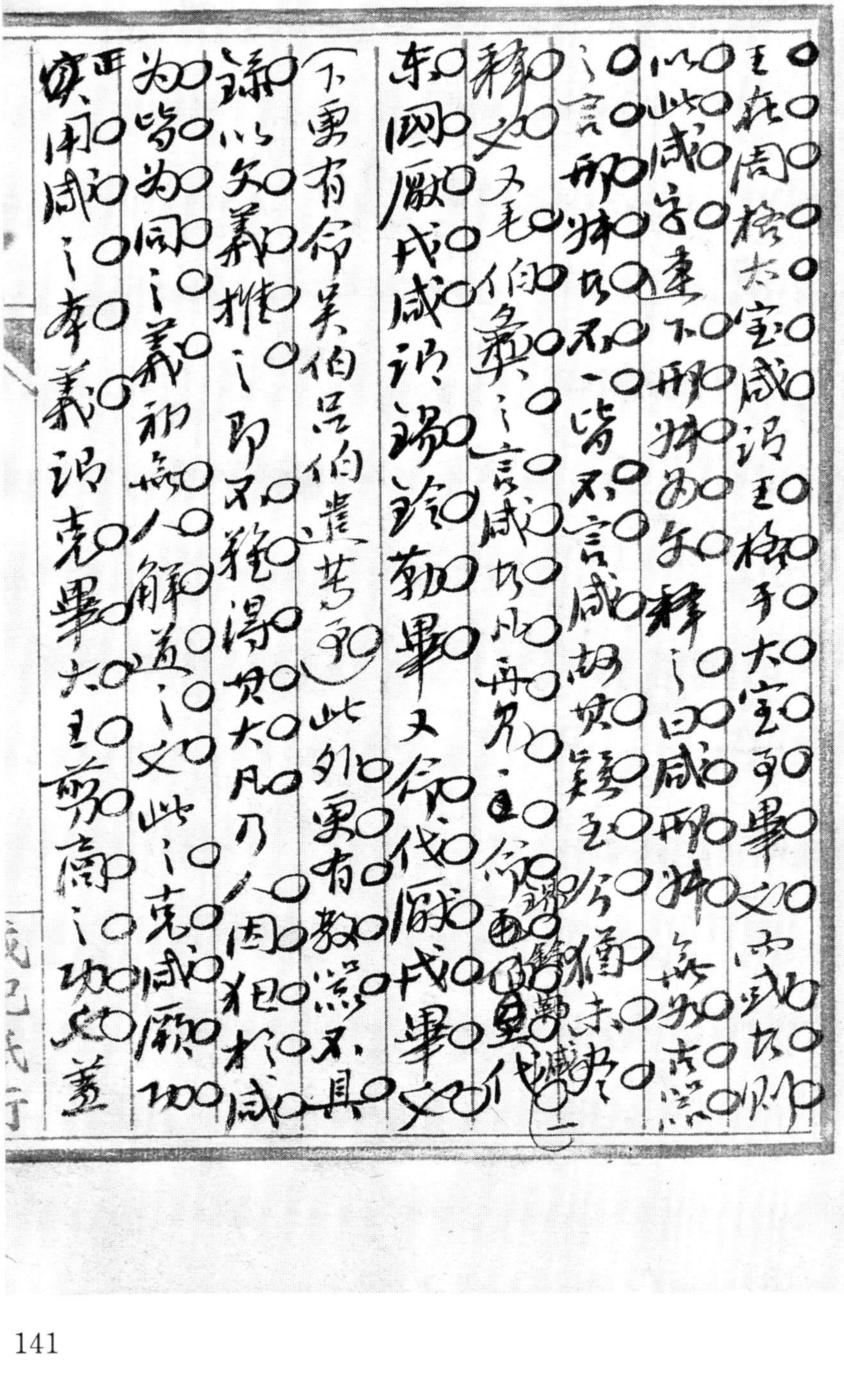
○王○在○周○格○太○宝○咸○诏王○格○于○大○宝○鼎○畢○文○而○咸○坎○則○
○以○此○咸○宇○建下○冊○孙○如○乎○释之○曰○咸○冊○孙○旅○奂○吉濕
之○言○冊○孙○坎○不○一○皆不○言○咸○故○贝○䝿○王○令○衟○寺○𢦏○
彝○文○又毛○伯○彝○之○言○咸○坎○凡○再○见○王○命○西○鼎○皇○代○
东○國○厥○戎○咸○诏○遷○玫○勤○畢○又○命○代○厥○戎○畢○文○
（下惠有命吴伯吕伯遣芮○）此外惠有数○濕○不具○
遷○以○知○義○推○之○即○不○難○得○其○大○凡○乃○人○因○祖○于○咸○
为○皆○为○同○之○義○初○無○人○解○道○之○文○此○之○克○咸○厥○文○○
正 實○闲○同○之○率○義○诏○克○畢○大○王○前○庙○之○功○亦○蓋

又按節南山居之外
屆之屆之與不居之
作玉之解故為伝不
玉之不循字照說段
訓先之為據字前

節南之篇大王臨之訓主畢之此咸字實臨亦
上文臨字來古八用字無不與有疊錘文此二千餘
年亦無八解契

致天之居 不知所居 君子所居 靡有夷居 君子如居

前人於居字多釋作玉玉字從之然於義實多未
安今殺貝既以訓居為玉古稱亦有依據不易因
愚謂舟流不知所居二語理亦生義揣測為此說
取其說於靳驂靳驂居正居二語似亦可通故
世蓋不知所以梅賾玉擾之以入偽古文（尚書）帷

人有此法，故以便
失岳不可解，故因
只於字義可以隨
時照上文。但居子
此極乃全然不能
成語為不成實性
強解作至，而如在之
知蓋動字，猶為動作
詞於全文雖不通承
存者內容勉強成
語義極字則為形

德動天，無遠弗屆。仍出東晉梅賾偽古文，實則屆
之可解，可解為至在。惟以尚似是而非。至采薇則已
不限語意。君瞻卬。至宮之詩，則繼極力陋向
與不可隱通。如蓋鄰騙鄰馬，駟馬之成三成四下
忽從之以居子所至，致只此居子之馬，三駟四駟令
兄畏吉上而不言，惟言只為居於所至，是我前言
只得條語上語無所將下語無來朋所（所至二）
字之不餘，疑之不知所至可文。若謂居子所至，則不
詞矣。然此甚處則非人能領會。如此猶可曲為之

容閱今之知字絕
無此知理文今標
此處未尤異知古
人以居為命之標
蓋此居字與下僞
民心奏相屬脚文
亦之下居之知夷之
夷字相對臨居知
命令語居下有所命
令無一不傳民心

說文玉篇印麻有夷居閟宮踐天之居二居字蓋則
維以澤傳之訓如而亡無能為力矣故毛氏於此二
字皆無俗縣的知前郵至音之不可通而又窮於援
據●結搶因盜於樸樹置之耳遂鄭氏作箋
首雁貫囿雜以至字訣不可通遂勢不得不就至字推
次以奧就之因奧易釋貫字為極字而朱氏作箋注
之蓋遂因之蓋段因訓為極雖仍又改讀遂殷被訓至
字似當微為以莫於從文無以麻有夷標與殷天之
標二語殊涉晦昧無論古今文字絕不容有此好不

廓然其失之甚反而

不若居于平素得

無所仰今猶得

以違遠於甚遠

之此之居于即上文

即言之雜誌大底

指尸氏之文四向乃極

言其即便之不善

其為即今之代名詞

知上此居字此居

曲了解之語而古人尚執不通文字上當有以知其又

又肯出此之（後人對於古人的文字胡亂穿鑿附會長大

抵皆不知其自己之不通而妄忘古人為不通故故勞

其曲為臆解之意，古人所以為是者，則古人亦不足言矣）

今按居字於古文中尚未能發見（古文中或有之而

今人尚未能識之）其即從御字殊經斷言以今文

言之則從尸從古乃古婦字其字似如刑者尸人有

主字義（按今文尸字多為古文尸字之誤後乃為

人蹲踞形，尸為祠祭祀之主，故尸有主字義，宋世類誰

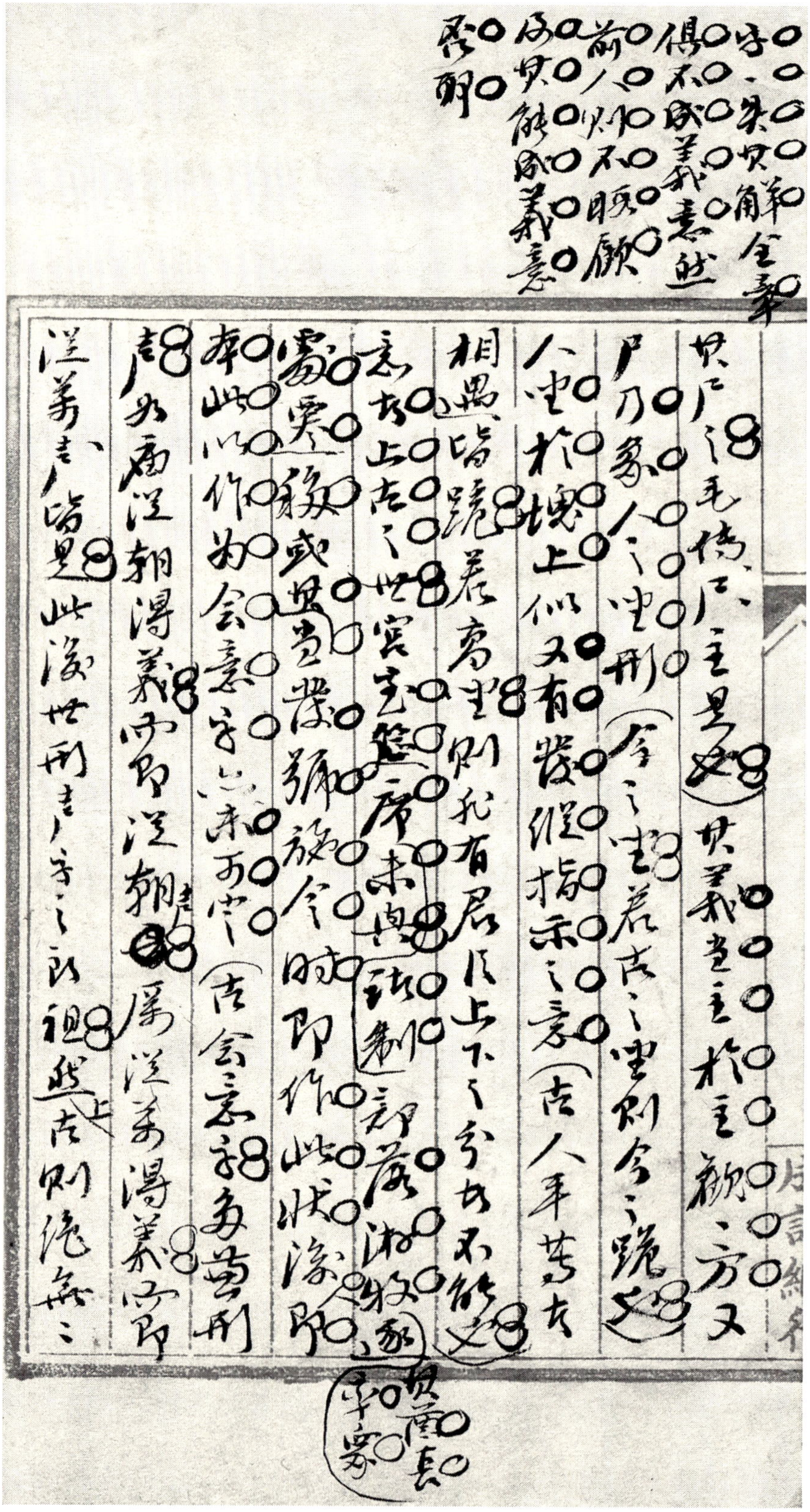

其義亦惟同其言之蓋令以古書所存語屬字證
之則其字雖不害作命字解於其字之本義爲相
令文小弁譬彼舟流不知所屆（實）誡譬彼舟流不知
所命語不知其何所命駕文即我瞻四方蹙蹙靡所
騁之義彼謀解爲至乃例果爲因文（有所命則有
所至命即命其所至文故此屆字當可據穰以解爲
至字文節南山載驟駸駸四牡屆于所屆語馬之或
三或四則惟屆于之所命文瞻卬之靡有夷
屆夷善文之平和文語靡有平善之命令文闕

實之理天之在則其義尤顯詔實行天之大命

又凡此法在字數皆爲命令之代詞其與主字雖摩

四若以意看度乃謂以千里而世人竟混謂主令

則以國人之理僅知失錐指鹿爲馬亦須爲之錐毀

又若今人則更以在字作其字解蓋不可究詰矣

載芨戴作

詔自我國後不惟其義爲之錐通即其字人亦盡知

如

然而諸以同一民族上下僅三二百年間而智識

之程度相差乃如此之甚由是可知初況之貽害

人心其为祸之烈，天地间直将其倾比而教化，失民
德之传，茂能影响者之，莫喻其捷，世之不仁者之，岂思
犹范其内愚而贻为其子孙，至一地步矣（战国之祸
皆渊源于人之欲，纵恣其内欲，以人欺乃甘与禽兽
同侪。故其近祸为互相残戮，其远害竟至于使一般
人类失其审理之作用。今则社会人之思想又迷离
于我国矣。其係极殊，不忍揣测。又吾愿稍识界中
人之省察之。予观不能知者谬己，则于其不谬己者，不渴
不适真口，杜撰之而一般人民同是此理，甫解既失之

餘。後則有一家人倡之於前，諸盲人即相率而從於其後，邪說襲謬，則能使諸漢以後之儒又能悟乃其知此說乃生於此者，無由望其為此外之觀察而不覺，而大序之真象文三百篇中其為字後人致使諸儒隨以杜撰於錄難傳數，而其最高者尤莫怪於芟[illegible]周頌載芟載柞之芟字，芟字言義注為所衡及音移，世皆從之，詩類因列入咸類訓曰除草。又其所舉者，則左傳芟夷蘊崇之，周禮稻人凡澤稼夏以水殄草而芟夷之，及齊語耒耜枷

茭首是否周禮肆師有嘗之日涖卜來歲之芟之文則象罝而不言鄭注引詩言釋之曰卜右向

後歲宜芟不（即茂字）芟說直令人失笑夫周之有萃芟茂芟是後下句況芟即下句更為來歲之萃芟

草猶未生而即須先卜芟豈芟芟不豈芟耶抑芟田園絕不加以整理而一任野草之滋生耶古人雖愚亦何至甚是耶而豈有其字從草從芟從斤

刈草之物而不得指為剷芟而為芟之義與祁字相

又刈直斫回斷絕不相蒙更不得指為刪者然耶

读者果何所据而知此字之义，读作形声耶？今

试一推求其音韵之心理，殊觉初有不识其字

义作何语，及偏旁各有知其义之当为隶草（书长）

师之文，则以精解故遗。又念隶草则其字当作

册子，因是遂誊写此变字（之形）为册子之异文。然使果即

据此以指变为册，则二字（之形）又缘毫而后指为相

同之处，于是百计图维，乃取其实而违其名，龙鬟册子

之意，而又故令其微有出入（形则二字在此语上虽

同，而在韵学则各异），以表而其音死之字，而其音实

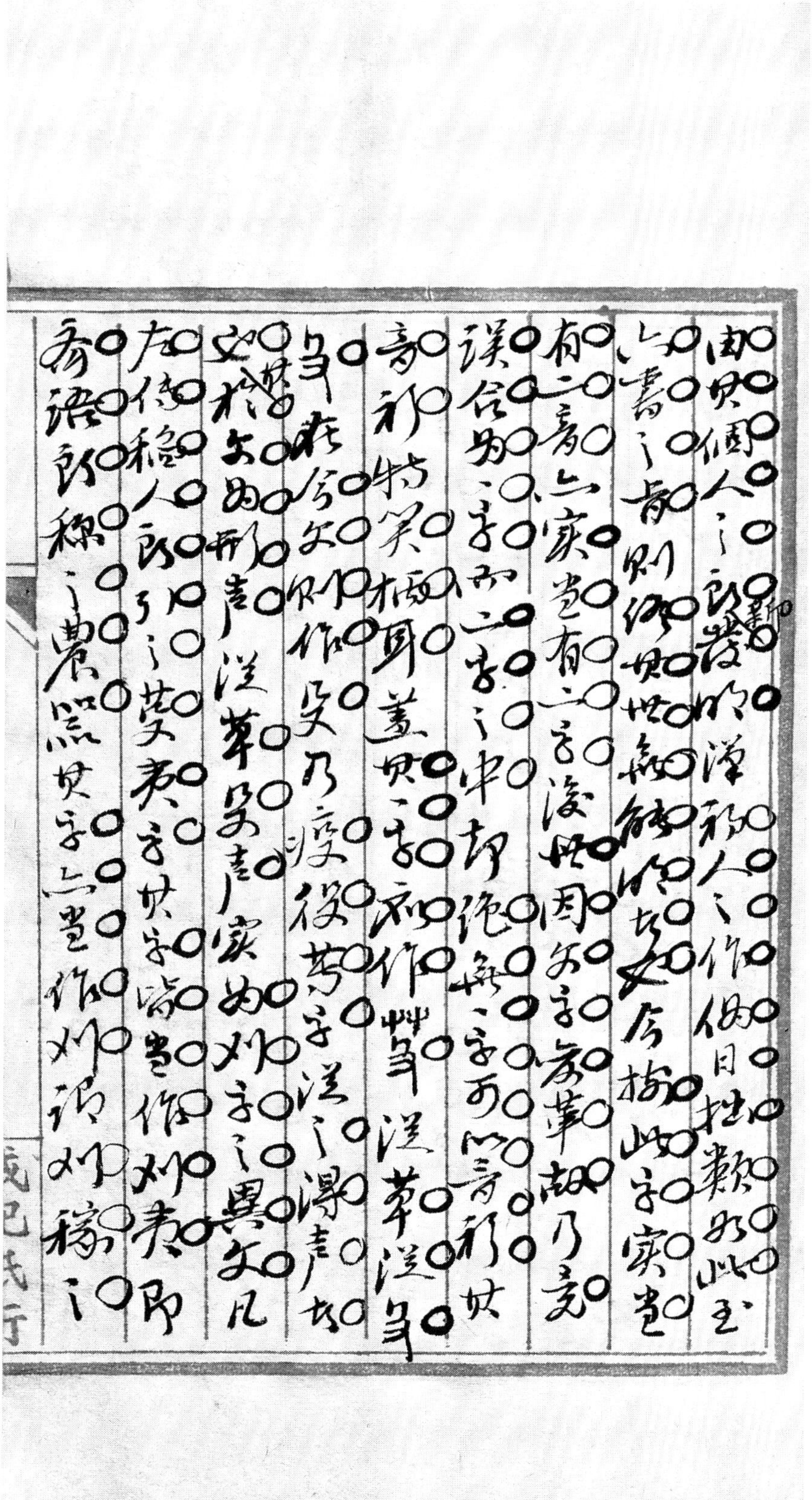

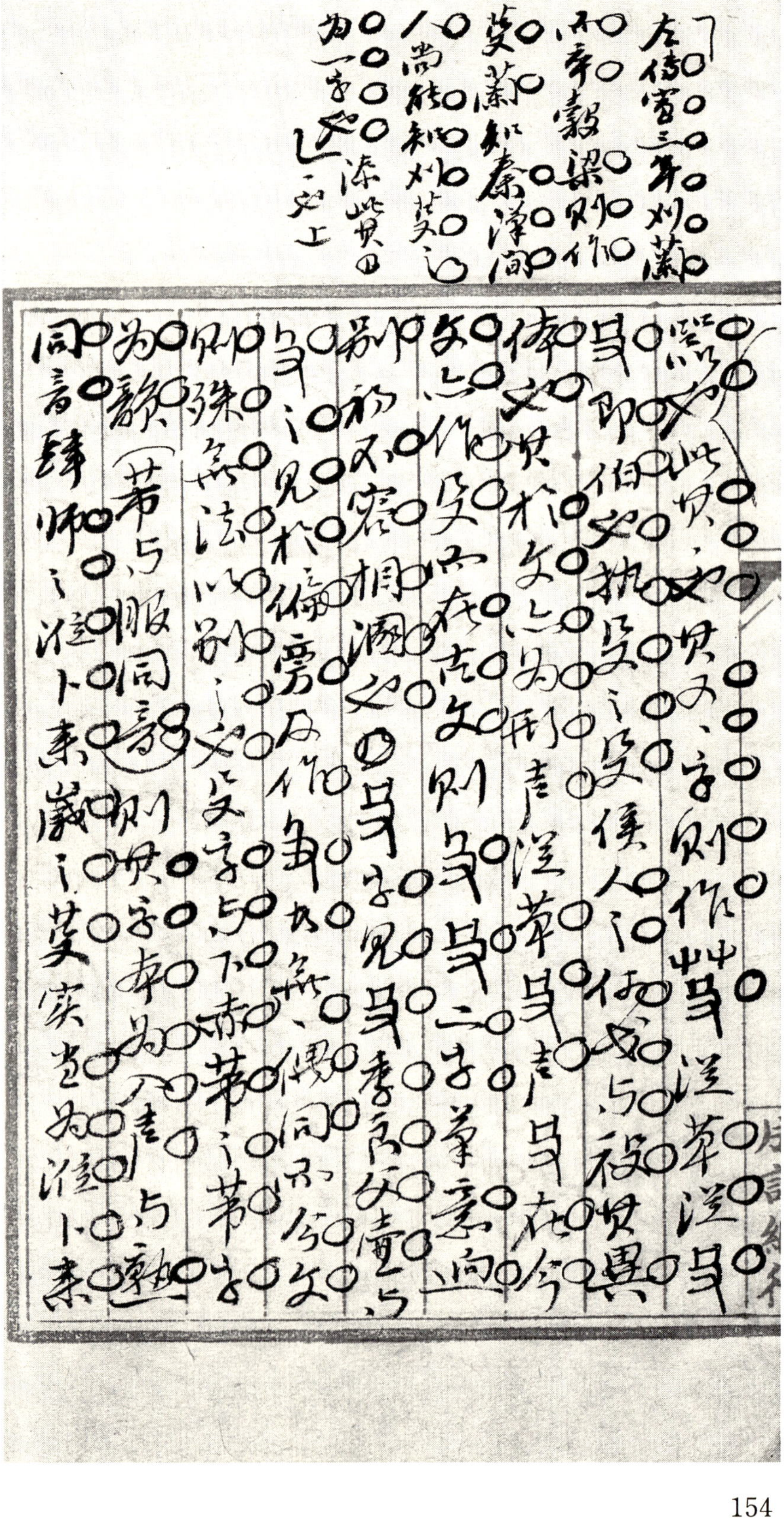

歲之熟其作艾者以熟為通用名詞乃更作如
此刑書者以供身穀所熟之去用也如此又其、
文之字既不得將合為一而更為之字亦以讀於
然將種流傳至此已兩千餘年矣

以蓐荼蓼

戰國後人不能考證前人文字其字形結構異即其
不證而隨以意讀之始是異其最是為此二千餘年
中人理性既失道德懷疑之故遂於則其以意讀
之音必須於原字絕不相蒙以表示其讀作此音

者實確有所授而我後代人之理失生義推測
偏旁者之所能比故其所作之書無不出人意外蓋
其心有所歎異藉此以掩去其作偽之跡乃因此而
書義雜亂而相背馳其蹤反愈不可掩古人之所
謂作偽心勞日拙者正不啻爲此而言之此種心理言
之要言此二千餘年中社會之心理殆無不若
是矣字特其一斑耳然其心理則固無不備此執
道健行者也今讀經其旁讀之書亦錄之即不
難得其大概此於之讀書之類之讀時之歷之讀与疊

以文莫之讀冊文樣之讀歷史即名原字義之皆

徒不能得其所以讀某之義而試之研究其所據以

讀某之心理則殆鮮有其字以意於其□□背後（為

豐之意在以 莫之意在冊之類 而徒加之於此字以為

不知此不足以助人文往復思推而但思為助人之計此其所

以於正義反不能明而助人人較不能參助文（其所

以得助無今故 和其技之工 特一般人皆失即理性

自不能辨耶 又如良耜以得茶蘼之學字自得

以來人皆讀若萬其字甚惟得如得蘼蘼

滋草原序　此字滋何處而得來讀如葛者非也
是翁此滋之出崋菊之軒文今細尋其說以讀葛
之故蓋此地俚語常有滋採採為葛者（讀音本無）也
其字乃不沿前之讀法而至此籐字讀不能讀而以
舊之音又久如傳無滋而資以改定于於是遂即以其
字來搭作葛之本字而張冠李代矣說文云籐擬
因草文正足以上合一般陋儒之翁意蓋舊儒籠朧
搭籐字為葛字而於心終覺有歉故翁郲知於此
字皆未嘗加以注釋以圖模糊了事　因其字尚詳

說之於文義尚多未合文蓋依段說葛氏乃以手
拔而此文明云有鎛則趨上下文驗相矛盾者之何可
耶之於文字而許氏作說文則稱未詳德及此乃
為芽見段以渴自見先儒先師如大書而特書之此
見許氏稱私者門之經學者故見於經學之處實不
明駁改詳而略有此瀬裂之華文（許氏拔田草三字充
有趣此未拔草可矣乃以曰拔田草是拔他處之草即
須另作二字今拔薅字實薅之省文而為薅
字之假借查字源耕易薅之薅即見本字張周初

禮運謂學以禘之上

此句添左傳上

時尚有其故物，假借禘字為之。又易繫辭未禘

之利，以教天下，蓋取諸益。左傳曰季冕龔冕御禘

周禮甸師掌帥其屬而耕耨王籍，以時入之，是民春

秋耨。耨柄尺，其長三寸，所以間稼，則耨字在古時實字

所謂周閒閑周長乃不意，便家人之附會矣。殺以為

蓋以玉禘字在今文則已亂為禘，然其字又殊於

秦漢及戰國晚年，若在前此則國德不許其有

此是既理之文字，又蓋禘由本乎和數，則其字又

為得從衣。惟時至戰國之季亦尚失傳，世人始無

暇致详，但遇有器物之如师帛磬石即命以敕

（念祠諸於古文實未有發明，張氏後起字）林

詞鐘字之從作鐘，即其例。又博字在古文即晉作

薄，從專厚言，削言字。又今以字篆推之，則古人之

薄實皆以草為之。今之草葉蘆孫即其遺製。（遺著）古人

之牀榻頗不若後世之高大，概端席坐而川草取其

可以阻絕潮濕。故薄又從草為之，附于地下，上

覆乃寢，所謂下莞上簟，即指薄而言。莞或

作莞（今之涼席也，吾人語又）至後世又敕作簾冗

三国志注云：都官即今之所谓琅琊草，又贝草，细长而柔韧，最宜作褥，故当时人皆蓄之以备作褥之用。陈风东门之池，可以沤菅，即其事矣。今人不明古人情事，故对于古书义多所隔阂，断于千载寝之长，亦其一事。若以今制言之，人但患其生焉，亦不免无情至此，不知古人之床与地相差无几，止上下之间耳。古人之褥，所以草制者，故其字即从草（其用草絃，所以当时无不称故）。左传秣马蓐食，潜师夜起。所谓蓐食者，即谓寝食于褥上，食之盖中

皆而起暮不及收所含於其上故以形容其夜起

之急迫也（此二字向無人解）今人誤歸人生肩爲重

暮西日西暮子初生日落暮夕日落草亦古義之

僅存於此勝字之從如即象如字生勝之形也（蓋）

古文之假義於生於（即今之號）多作如形以如之

義主靜又屋室之部本如之即膝也凡如字家

字（即號）從□從此湯義勝之義亦如此以

如生傳於多如如字之以古文之作號形於如字

便也如字從古知中常作字皆象其號形無作

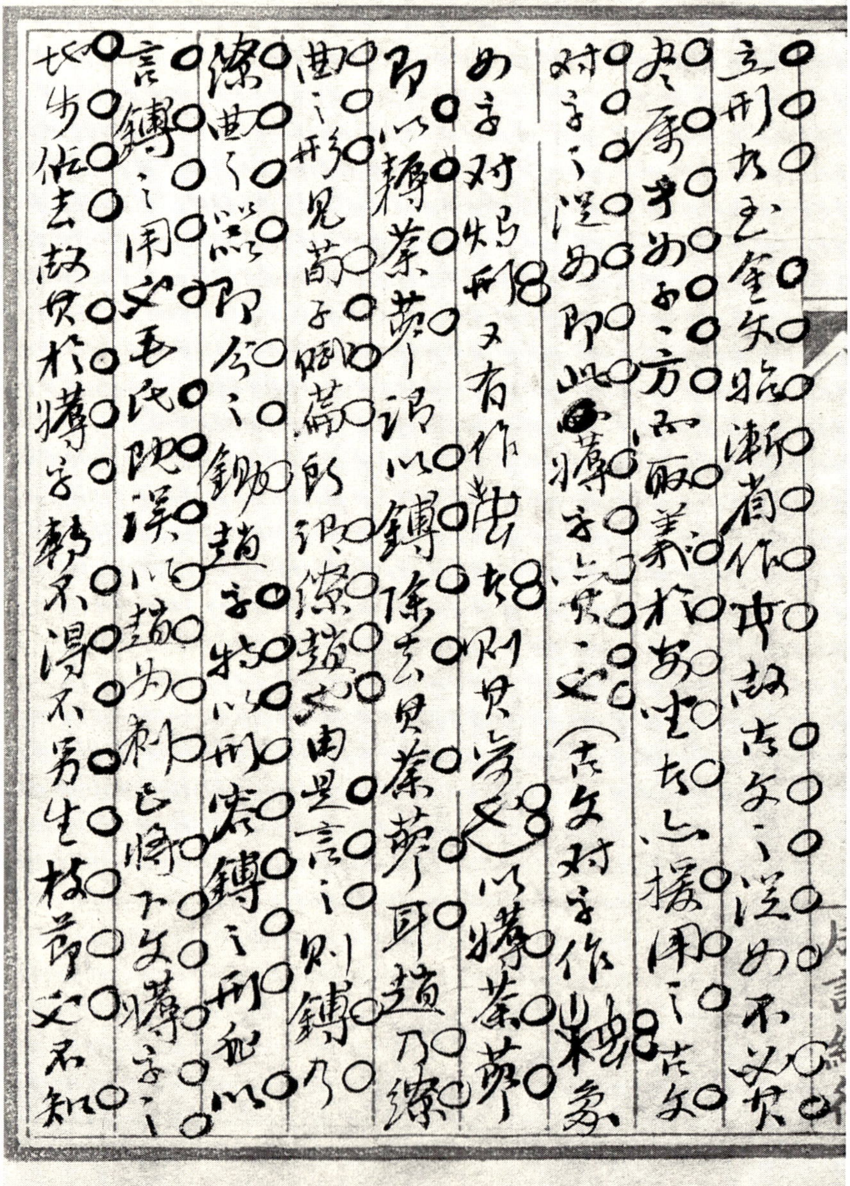

○就○僅○文○迹○手○推○求○乃○雖○是○任○意○胡○亂○指○目○不○究○理○僅○義○
之○館○的○射○乙○
又按○穆○本○為○係○萬○之○名○後○乃○佛○之○則○既○用○以○係○
萬○之○諡○之○名○為○穆○出○爲○之○郎○以○5○来○黄○稱○而○居○
氏○春○秋○郎○以○特○詳○其○制○文○今○以○其○制○孜○之○弦
即○匠○工○良○耜○郎○言○之○鎛○管○者○之○郎○說○銚○表
秋○戰○國○諸○之○郎○說○穆○而○今○日○之○郎○說○鄉○文○古
春○中○初○不○見○有○鄉○者○凡○言○鄉○者○皆○為○穆○云○表
秋○時○鉊○有○鉏○者○此○為○人○名○(如○賈○朱○鉏○等

迴之高切其是邑即為後之趣者殊雜故
字書櫌字即為耰之異文以憂字古亦為
摟手音與蔞字音相近公以佛相論
作公以佛摟（摟字今皆讀摟殊不笑俗儒
以摟今音如傻故作此怪說乃並為風摇字
亦改讀為摟其無識妄改直令人恨殺詳見
為風摟在古音本讀如叉乃其證矣
至之言銚（男之來之銚之刀）乃因誌之言有鏄
斯趙之趙字得義（趙乃句曲之意今方言

猶時有之大抵以手扁物下覆或回折皆曰
趙如人以手置目上則曰趙耶即狀鋤之形
或亦曰向回趙或向後趙佑多謂為
罕言實未見合之後乃因以為名其狀猶
耰之因其用以為名也（銚本音趙後人又
假其字以為專屬此器名別音弔即葉銚
葉銚是也此則近時代之事然今人則多知
其讀弔也耰之初名為鋤不知始於何世
大抵書出於戰國賈誼過秦論中即以耰

迦菲称实则榎即为迦二物仍本一物在
戟国前人总不容有此语又岂知榎迦之
为之物长民专秋称榜柄尺语果以全
语为之柄又此外加躲有木柄则人各权
果便为之为与於榜之本体故不计果长长
寸长语果丹之长为与寸又要称果语以间榜
则果为迦盖昭盖迦之用跣主於除華盖
苗之称生与伤於过蜜无随以容果滞长
则果稀之稀理昭实故和蔗之过蜜如之

源條而去之，留有間隙，以通其叢肩曲種
其功用在於使和藹圓圓之吻密相勿是
以稷乃可以稱耘。即區氏之說，諸間稀文陶
是言之，則余鋤之外，更另有所謂稷也，世人
讀書不求解，多且含渾，無人能覺言之耳
（其為漢儒離地或隨獻稷鋤二地而判為大小
此乃中國人之習性，必由思想上證以求其研究
之二物之大小於何分之，誠說當是標準，雖
區氏所言之尺度，以今制較之，似為稍小，此

乃周古时操治之术未精，定质甚为平贵，
故其时所制之切之金数物点无不概从滴，
小不止此。此之字然文（观古宋器即可知之）又得
古器中之所谓剑其全体之长乃不过三
寸。大概似今铡草人所用之物乃欧命中冕
亦桃氏文，则剑之即稜无实疑乎。
又今既知稜之即锷，以锷首部锋，即柄即茄。
知语遇夫人以枝茎，镡之镡字当从说文
作茯，或作镡，其从竹者，实汉篆之讹。古文

此作二字最易誤以致異矣僅有二樣卷
之上曲下勘之莜即穫之異文以後夏同声文
其作條者以其柄以禾制之故不更從木條字
在古本與彼書文古尤與蒲韋席常相通轉滌
之轉滌為搖舟之轉滌為潮皆是彼之轉滌
為條與其例文但條字音轉而蒙君與之俱轉
故後世遂無能知蓧之為穫者迨淫州者矣
謨而為竹簿儒更勝角解之為竹器而與下植
其杖而耘白遂不能兩矣蓋子路初遇丈人

時適值其往田故以杖荷其耰迨後至田畔
時遂植其杖於隴畔而捨取其耰以治耨
上之蓧字正與下之芸字伏應蓧字如解作竹
器則不惟與着落竹器與耘田之柳杖
又植之於旁然則此丈人其能以徒手耘乎
然歷來讀者稍未有人知以求之一切實之講解之
又耰耘二字雖可通稱然義實有別耰乃耰之
動作而凡用耰功作者皆可通用之耘亦即
概括於其中以耘不過為耰之一種動作之耘

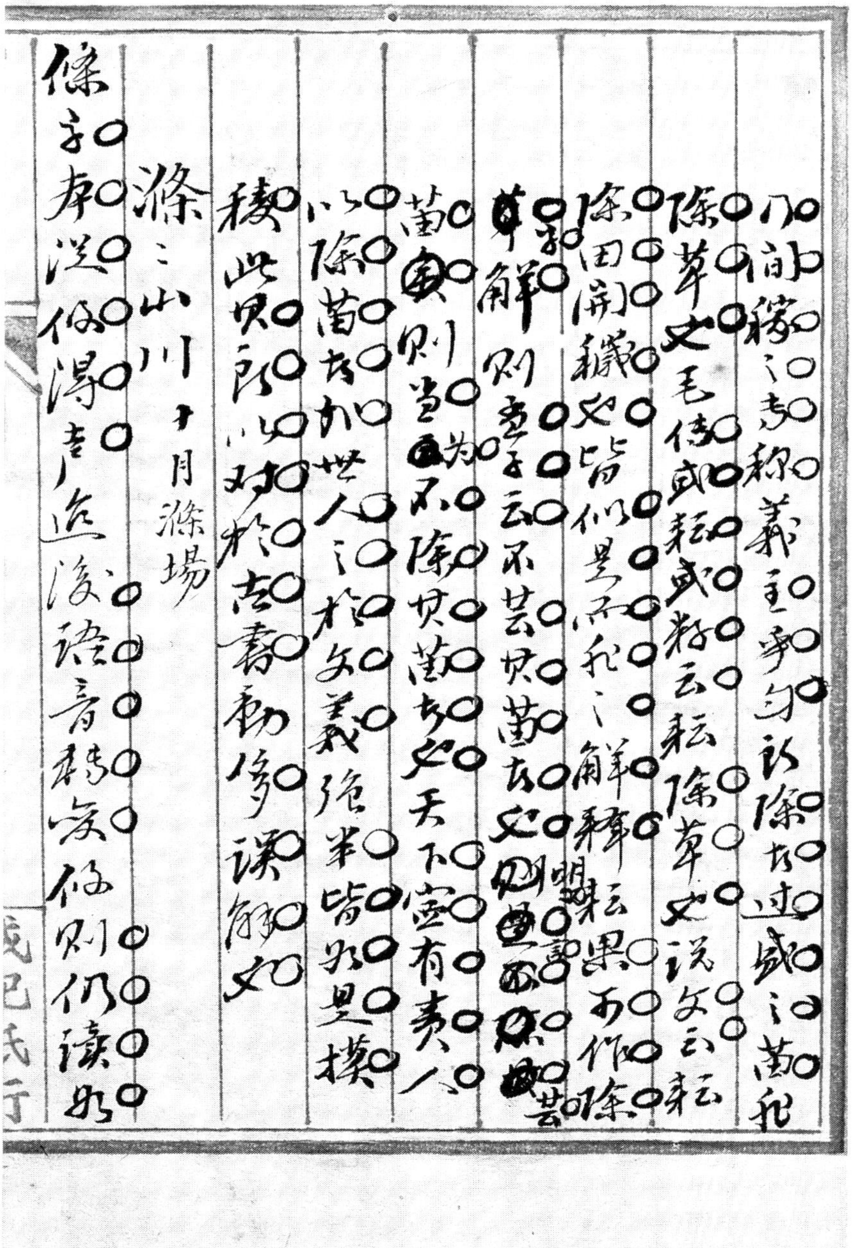

滌滌山川 十月滌場

褭而係則轉讀如黃貝流極乃大異然在古文中
則仍二音稍不甚分故仿勒今文作偉讀乃如係不
得謂之為極論之證讓特是係字之以此二言此七
外不得更有作書文乃雲漢濼之山川原鄉風十月
灤場語濼字也見讀如狀不得語私憐予文灤
字在經傳中乃所見其義以作說灘解别底
異義其於文從之從係者然如則書寺而係字
德不能得有（係）狀聲之證擄則其字為義國後人不
無知之書而遂騰高讀以貽誤回（直）至於今而猶言之

今致其所以聽讀於狀之故，殊因滌之義為洗濯，

而濯字在古穿於具有滑狀，二音以濯上為形聲字，

濯本音宅，而曉母下與狀字通用，故其形聲之字其

音亦當有兩讀，然在古音中則其字實為音渦，

為擇其以濯之數讀狀者，殊不為見，今乃曉中宮，

取其音[illegible]加於滌字以異其音，豈濯字異音之用至其

字之俗，以能讀為狀，則[illegible]雖其義不惟，造謠者不

暇知之，即被欺者亦無人見及之（寔則至今漏

千餘年，亦無人見及之，又宋衣亦，不過，始以[illegible]中[illegible]訛

傳訛即以滌為濯而已滌之於文義概此也
今按滌濯此滌言其書豈讀如若或讀讀如排
排則語音輕重時有不同故其義實爲今之刷
洗與通帚之洗濯之圓不容以通用文蓋滌之滑
言之若者強爲物之帚字以若爲之刷文用帚
故以帚刷洗時即說之若滌刷之義實爲刷
丹蒐洗故其字林注水而附以滌音丁卯亂之十月
滌場正用其本義即謂掃除而加以洗滌文
滌之本義雖爲洗刷然引伸之則凡以刷容洗

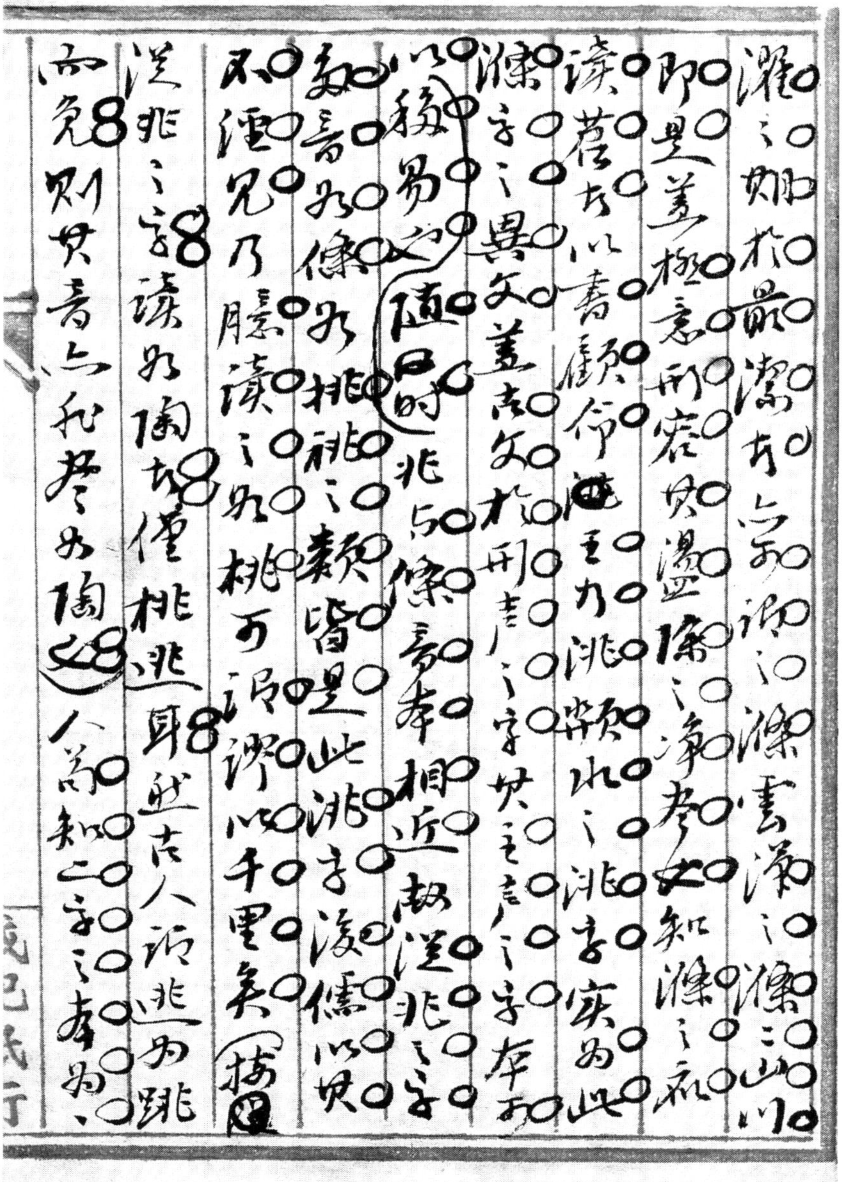

以儒○鄭○注○疏○之○者○
文○陽○作○浣○言○則
疏○之○音○要○何○乱○標○
本○監○鄭○氏○所○説○之○
志○○文周為○古○道○中○

字○則○條○之○亦○讀○條○而○不○得○讀○然○自古○想○見○後○世○之○
讀○書○○去竟料○而○二○之力何○悟○乎○文○字○日○繁○而○適○用○
者○存○日○見○其○少○乎○
力按○顧○命○王○乃○洮○類○水○之○洮○字○既○明○條○
之○異○文○為○上○述○更○改○類○字○世○俗○讀○如○悔○甚○者○題○
類○由○面○此○讀○作○出○面○聲○從○便○儒○不○識○其○字○
乃○識○以○血類○字○之○義○豈○之○而○熟○考○中○乃○適○徒○長○
蓋○類○字○從○兩○手○捧○水○洗○面○面○自○於○文○為○會○意○
而○血類○字○從○面○貴○聲○於○文○為○形○聲○文○雖○不○同○

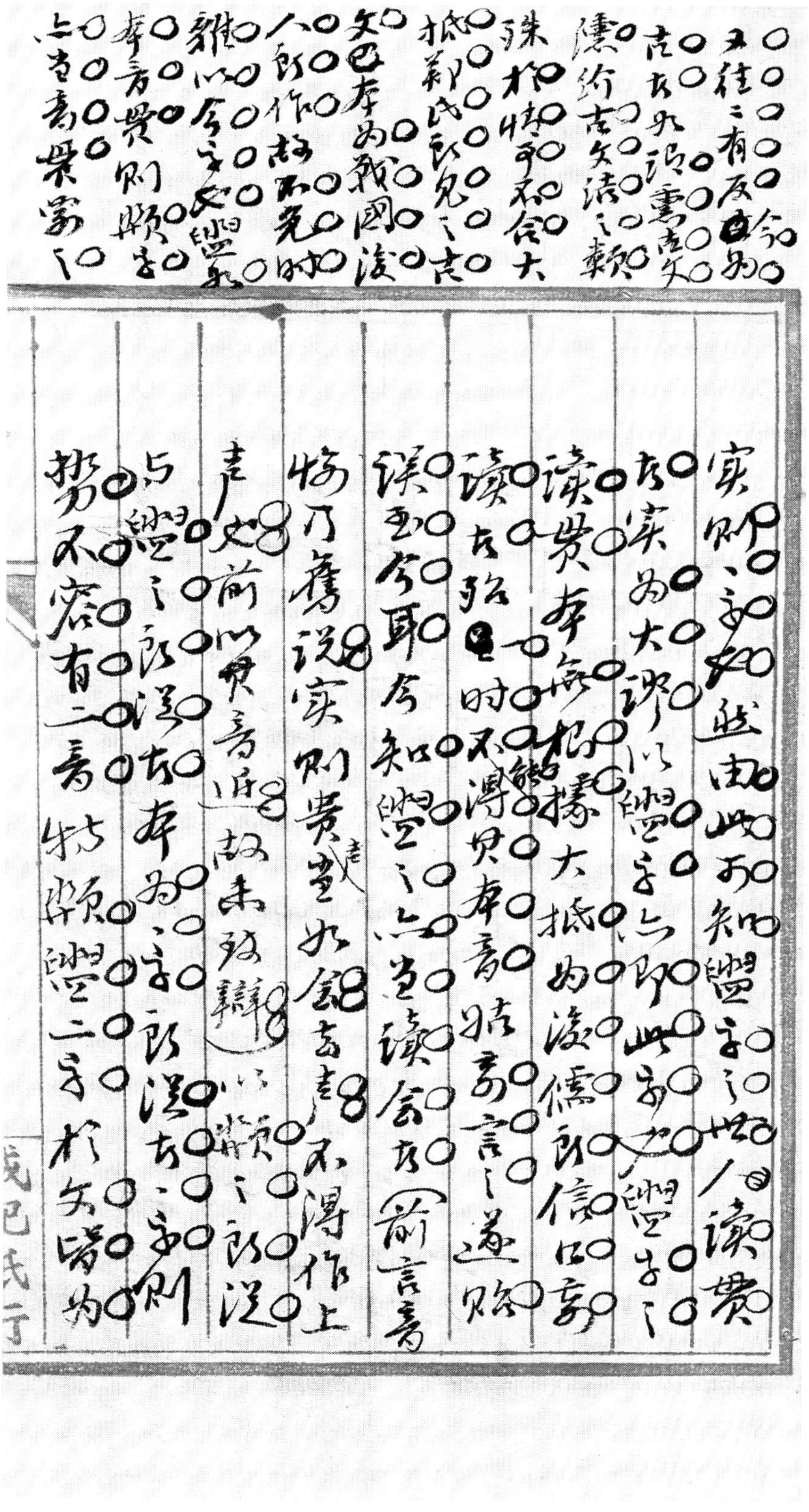

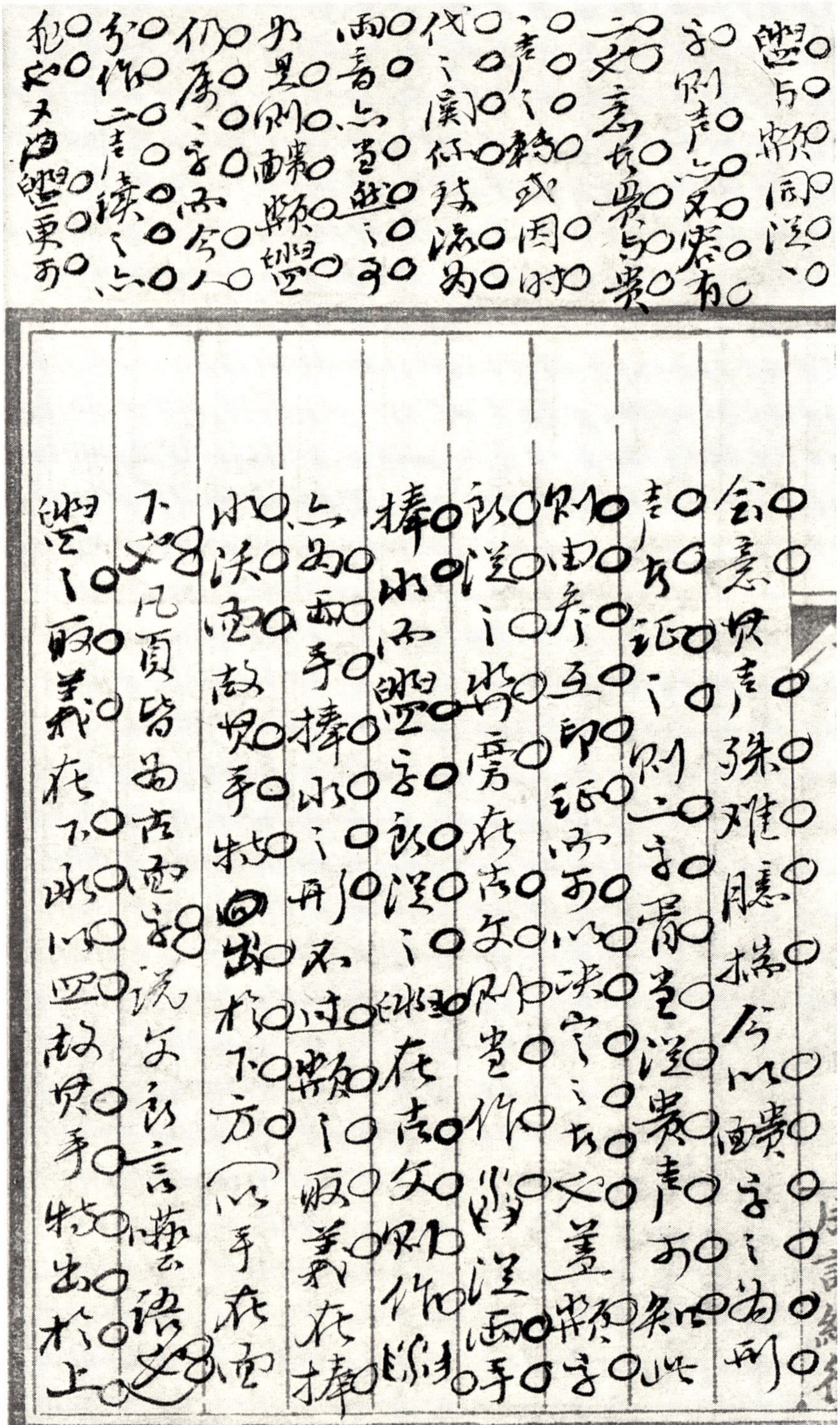

作〇淀〇則〇淀〇字〇亦〇
為〇費〇青（寬存有
費青8以寬裳即
管[illegible]是8）實〇字〇
本〇〇〇一字而〇今人之讀〇
[illegible]〇〇〇[illegible]〇古〇又〇[illegible]淀
五〇[illegible]〇[illegible]不〇得〇以〇
通〇用〇矣〇
[illegible]

加（凡興與竹字之[illegible]皆兩手形[illegible]要之[illegible]
論〇從〇從〇四〇皆足〇以〇表〇明〇其〇為〇洗〇灑〇手〇
故〇仍〇不〇失〇其〇為〇之〇字〇也〇若〇如〇分〇析〇言〇之〇而〇混〇[illegible]〇
為〇灑〇而〇盥〇為〇灑〇手〇則〇古〇人〇之〇言〇盥〇者〇於〇不〇
則〇書〇言〇於〇手〇如〇且〇盥〇之〇書〇費〇亦〇殊〇至〇確〇証〇
文〇

不吳不揚　不吳不敖

俗〇儒〇不〇讀〇六〇書〇對〇於〇字〇音〇真〇以〇意〇讀〇而〇又〇以〇[illegible]〇
[illegible]〇[illegible]〇之〇意〇義〇與〇之〇相〇近〇者〇之〇音〇以〇冒〇充〇之〇十〇有〇八〇

戊巳氏丁

之字無量諒如數
契切不得齊費
也

九諧然後前因所言之此冊為莫以羅為緣方特貝
、二、又如吳字貝在古書如魚後瀬移大為此乃
世之所世知其故吳之在中國其後經傳更别之
為囊（囊）之囊在古文原本作吳而周彝器
中常見之如師酉敦之王在吳格吳太廟靜敦
之吳弔毛伯彝之吳伯皆是周後人因路貝与
而吳之吳相涵故段書作囊而當時則係此絲之
而誤吳渴書之字如侯吳誤為貝書与絲此外絕
不見有異書既現而隱儒則以弟知貝為國名

初不知貝奉義（凡言無有無奉義者）國名人名地
名初不得何以為義文。貝特制者不在此例然在
上古時則俱無固此特制者也。而見貝有據用貝
奉義者反覆以為悟而但意。家行政亂貝愚譏真
大可憐矣。吴柁知道江道知矣即今知夫子之見教
氏譬乃為人之例前再例前而語為吴奉公意
子貝義者跃語例前語者即今人了語
答頭據耳而來記語說囁嚅作貝兒如了
讀文主實宜會酬對間乃例與人語為大不敬

故古人以為大戒。周頌之不吳不敖，魯頌之不吳不揚，皆此義。然稱係可異，且吳字除此外更無他義。文乃陋儒不知吳字義，竟妄改話字之訛以偽加之，又因話字之不易了，以為戒文（話即言之異詞，告之話言，慎爾出話，皆是），初不得以話為戒文，更為之說，曰吳大言。文而吳尤愚高，如因此逆斷，係吳字而路之。今吳從口從大作吳，許氏作說文即收之，殊不思古今繇篆見有吳字，迄東漢猶有之字，而千餘年前之古人即逆知之，若論古原如

是何前此之人德無之人用之上德無之人言之也
此皆難璞之耶設箕子果如其說解作大言則音
須不美不揚之字又為大言曲禮既謂勝上處者
又揚如其是則豈解為不大言不大言能成語耶
也在彼輩陋儒則但知穿行穿鑿周旋瞭計
段此文（毛氏尚知顧念及此彼既因不通字義誤
訓美字為彈射於揚字遂不敢違用正解特
臆為之說曰揚傳文其說雖支離可笑然其心尚
知揚字羞再違常解則將重複不顧文理也

郑氏作笺，则已不知毛氏用心之苦，乃直说之曰

不讙譁，不大声，而不辨曰讙譁之与大声之为、

为二矣。由此可见社会民族思想理性之失，固遗

传性乃愈演愈烈矣。又何怪乎朱氏之作集注，全

诗之原文并未读完耶。吴乃依声嚣嚣敲与

扬为对文，嚣嚣近于卑鄙，故尔颂又取以与敖字

对文（敖即今傲），古人之用字各有其深浅

深而不容有丝毫紊乱之特良工之用心虽苦

其如此眼大如箕心粗如瘫之后人何加

宋入其阻

詩自子夏後二千年中雖迭經陋儒之廢亂擾毀

幸傳世者仍為自古流傳之本雖亦不免小有譌

誤然皆屬無心之失且其來甚遠初由邪說同於漢

儒疲亂之為數於今日吾人猶得援據古文以訂正

之此固由於前人對於古書不肯輕改之固執之

行也迨乎近人所見驟增之字亦無人篤用至宋

儒雖頗疑對於經文每欲改竄如大學論語等

而於詩書未敢輕易增損乃不識將至錢蕭殷

欲蒿宋入吳阻之宋子京不禁故校淺陋竟毅

此根據說文改作宋字且加以判斷曰坊本誤

作宋指歷代相傳之本皆爲誤而自己所静翻之本

可憑絕無前例之証據而惟憑私臆以判定是

非（古本不至錯誤之處）此須就當時文字証明之

東漢人言烏呈擄耶　此乃宋人之本色由是不知

後下層乃之而易之今據宋字本原字之古文

從不出宋下瓜以表示貝爲源乃念新字意中

古知字瀏繁世人以源淺多就此言因更推其旁

加○此○实○则○深○浅○初○不○止○此○如○有○然○之○商颂○之○如○诗○
本○最○古○故○其○中○不○免○时○存○古○字○此○在○尚○書○以○書○之○
音○诗○失○时○本○不○能○之○理○而○知○者○乃○至○我○国○后○传○者○但○
谈○其○义○所○其○者○意○莫○敢○确○指○于○是○家○者○乃○臆○定○之○
为○道○观○及○华○此○莫○知○其○取○而○翕○然○从○之○深○与○深○義○
刘●然○成○为○雨○字○柔○毛○传●云○深○深○文○虽○不○知○其○取○
为○之○字○○然○以○深○释○深○义○家○亦○误○臆○说○毛○传○之○训○
释○字○义○岂○以○此○字○为●最○切○实○之○不○意○乃○东○汉○之○
世○路○径○之○风○气○好○以○深○字○读○●通○观○切○其○家○近○

采米文而采字說從之下而是前移下加於木

上又南遂即采字遂印本此義而後者貫字為從

口從米更臆為之說曰采冒文而字者之中玉此

遂又多之采字矣此華陋儒不通古篆者之說

為稍有識者便覺知其妄以二字絕不容不相

洌文（內米與采同形絕遠）說文收之已屬可笑說

文乃補古篆者貫讀為此不講不講遂朱氏說

從之則可說之相貫於北牡驪貫之外者矣

（朱氏初不信說文說解學家者以此為貫

缺点。余則以此爲大幸。如讀其信。則僅知不
至爲亂至何田地矣。殊不思古今來讀文者中。
何嘗。有。某。字。錯。或。無其字。亦豈有其語著耶。
無其字。無其語。則其字與義。何自來耶。若惟
此之處見之。則後人又何自讀之。即爲說相傳。
如是。則汝都之讀。稍未究者。有作此者。大抵
前人之讀書既不讀義理。又不明此時代育人。
瞎馬隨意亂撞。其字數多此類。特字之讀。
迷卷已爲極快。迴乃後人竟因其讀來。要將其

訂○、○○○○○○○○○○○○○○○○○○○○○
因为淫来，今报仇而子行翻可沮，搔癢人说梦〻〻
○○○○○○○○○○○○○○○○○
能可矣今由冢字推之並可知審字原亦淫冢
○○○○○○○○○○○○○○○○○○
淫恩有貝字之金意字深思爲審文後乃将貝
○○○○○○○○○○○○○○○○○○
宂出之○盂下二層務下与此正同特貝字困爲人
○○○○○○○○○○○○○○
讀若米未遂改作米字耳説文从言之淫冢
○○○○○○○○○○○○○○
不同字也（貝字近係冢之冢而又訛）若論○則
○○○○○○○○○○○○○○○○
大爲審之刑書之貝淫言如乃以豈審訊之罪亦
○○○○○○○○○○○○○○○○○○○○
之字所夢報于文又按魯欲來獻貝琛之字淫玉冢
○○○○○○○○○○○
書之爲刑書之字貝字讀深則冢之讀深並後𨓿然不

徒耕矣

忘我大德思我小怨

谷風、忘我大德，思我小怨之句与此蓼蕭如讒殊不同

或疑怨字古或有兆意，然謂之藹者使我怨之字

自与山岸浮是寡且反論者如讒与今意正同則

不渴謂怨字别有異意，如今按此怨字當如怨

字之死，即後世之恨字，覽言之即是我之我者

如小我獨謂小過矣，因其我之為過矣，乃出於無

心，故其字從心字，然從我從心，其字又与忠宽之

怨相犯，故不得不更將其上既說之亂字另易一詞

高之字，如豈之不可，此怨字之既用憲，如玉悱字

乃緣起之字義，以古文言之，則其字不易爲怨之異

体（其悱惻即怨懟）而今文則多以爲髒癖之義

（其既說怨悱而不亂）實即古說心之字，未有以心字

位爲偏旁者，又緣之不知怨之即犯，但即其字形

亦之頻近爭怨，又其義與怨字復不甚相遠，以

怨與德固相對之名詞，如於是爭怨字行而怨字

遂混，亦無其字，乃遍置用諸之處，義雖無礙

而青韻傳例則格不相入與蒐蒐既不同郵展與
德字又不關諧而通韻轉韻患近為、合此典故以
傳疑以訛於今文又德與怨雖為相對之名詞而怨
字後之此處實有未合因怨與德乃相對的有大德
切不容更有小怨差過爲失則爲人所難免只義
實報怨之如長人為即二字以深思之而熟玩之
豈自能了此於典故矣

夷

夷狄之夷在古篆作尸乃象人之蹲踞形論語

戊己氏訂

之原壤夷俟，即其本義也。蓋古人之于別族類，每即其風習上特異之點標舉之，初無有自尊卑之心，而故加人以不堪之名詞也。夷、狄、蠻、貊之稱皆如是。其後之夷字，謂其人不知坐跪，而相習於蹲踞。蓋古人皆席地如跽之，見尊人，與其坐也，乃今人之所謂跪。其跪也，特遂前，如今人之所謂膝立而已。惟夷人則不解此，以蹲踞為坐。此在尊人，乃大不敬，為社會所嚴忌。故特舉此點，命其人曰夷人。今古說中所有之夷字甚多，殊無一不作尸解者。如至狄，則知本作

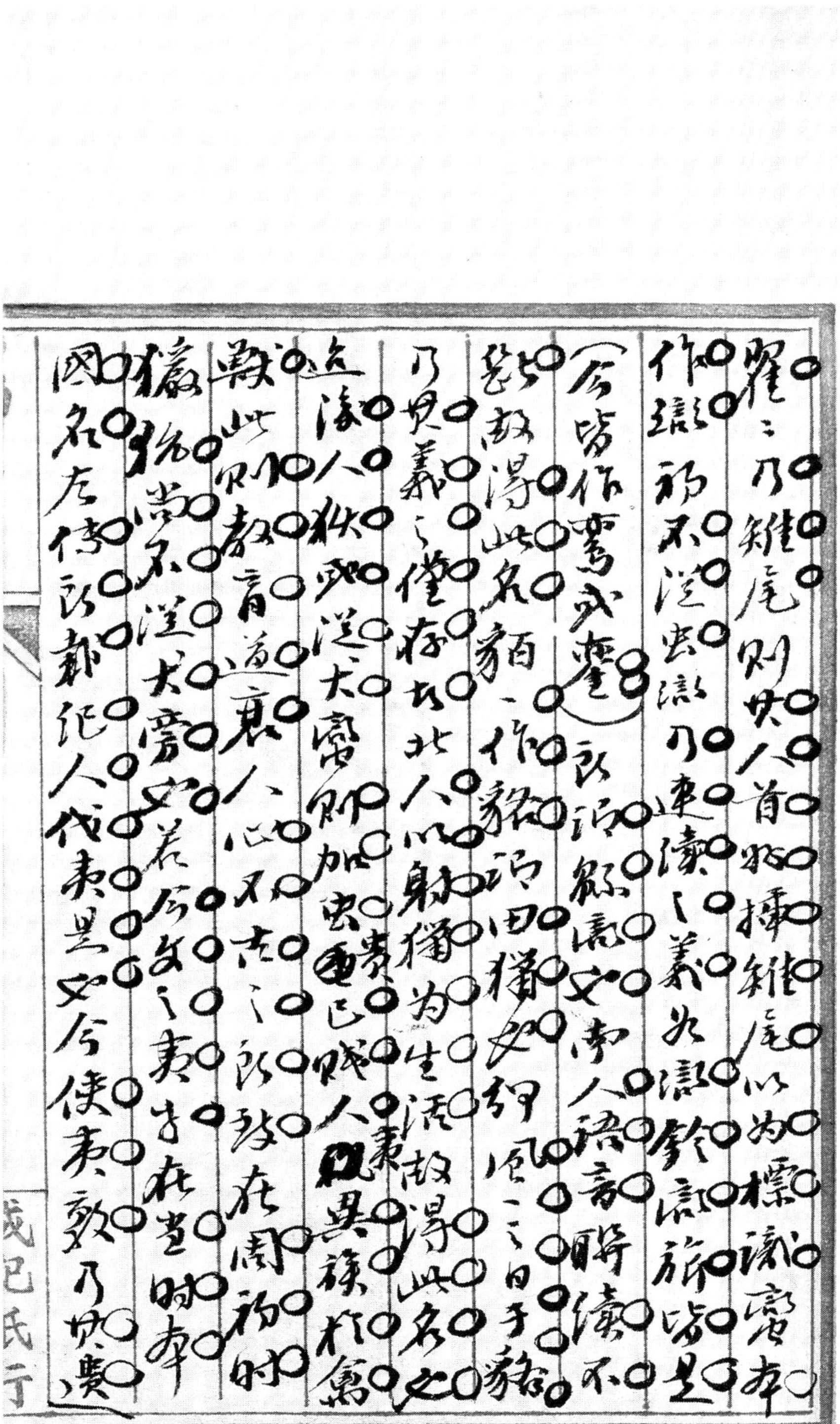

臔路云小臣守使于夷夷賓馬兩金十鈞云故又
名守敦夷字作𡗝從束矢形實為今知之郎本
束矢即此字之意故其義如和平為止息（說文解
夷字訓東方之人從大弓以矢為人形而以己
字為弓弦張而笑天下古字有如是之弓形弦
許氏習見隸書弓形故為此臆說如夷字既從与
弗字正同皆束縛形如弗乃古縛字故其從西杖
同傳寫後因其常假作語助詞強別作傅字
乃從人從用夷字之此義後儒不知此解乃隨

憙旁行附驗最可怪者節南山之詩夷字凡三見
不面亮能麗為三義真可謂極怪誕之能事矣
二武夷武巳毛傳云夷平也居夷又傳云夷
易文陂夷陂悸鄭又箋云夷說文作侇字又而大同
屋詩之中乃義意歧出各不相同然則彼
豫儒又望深知然閒意之說詳其柳今姑夷
之即和雖已亂十分牏合（凡轉注無十分牏合
者以字名有義務不容相假者其十分牏合者亂
原本為之字即語音有轉變然大錯常不相

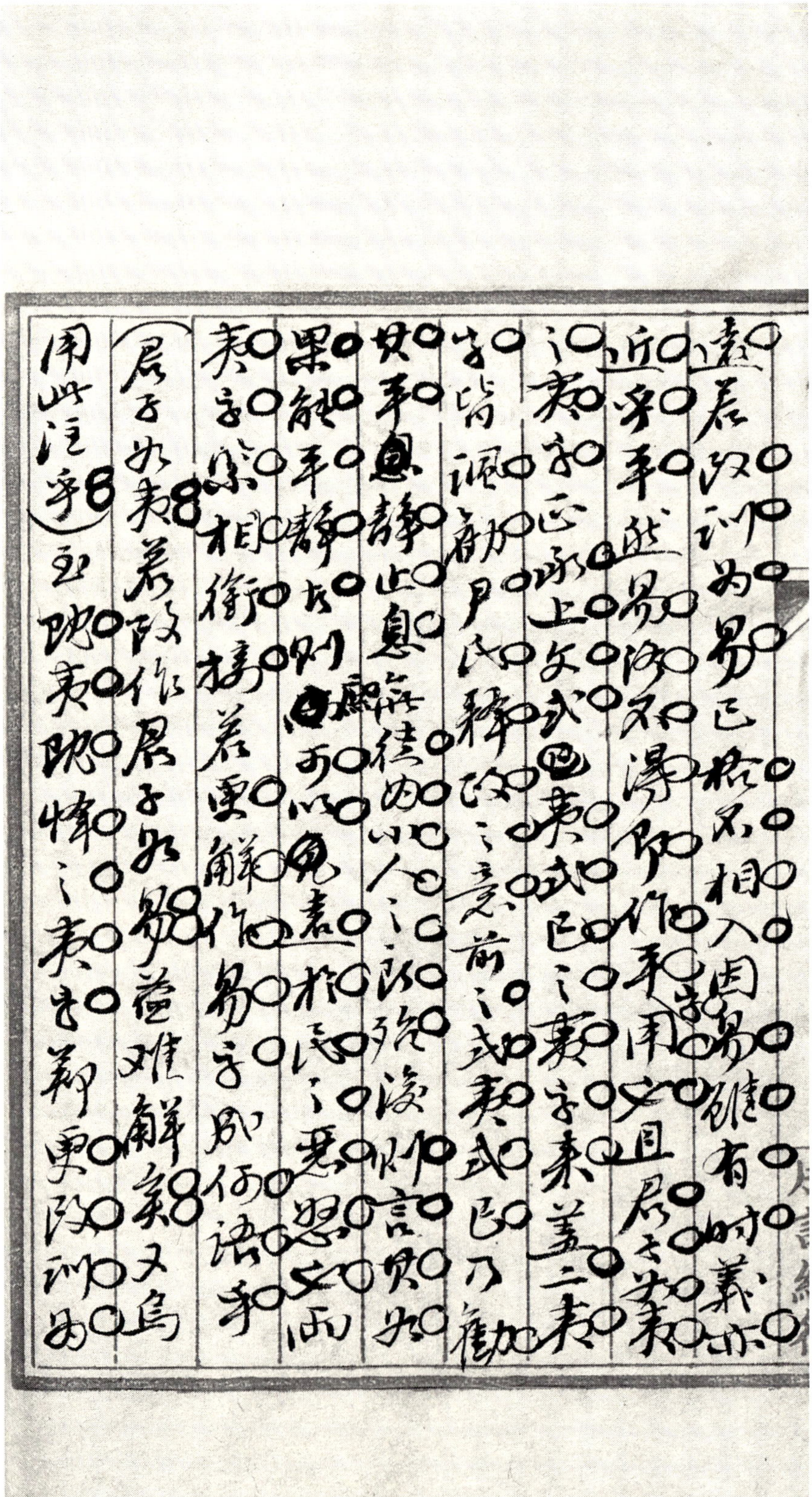

説尤屬甚誕異常悖事已為説夷子又復
為説然所説説説説世有此事復之為理乎
鄭氏作箋弦並本向之末之全讀又不知此者
子全本上相与亦矣此之説夷所貫要説便年
息不復相爭耳至下之説悖經後而由悪而轉
説舊儒不爭事之本義而又道聽亂指為烏
能以有益於經義耶然此人誰更解為害
之求耶蓋夷狄之夷之説作今字大概又原
於戰國之世之前人必有假借為之古後道

漸失其本字因其本字已爲習用作尸之字
迷之之本義已不可問矣

辛酉重九

秋輝氏初藁

侘傺軒說經 卷十七

侘傺軒說經卷十七

臨清吳桂華秋輝氏手著

曰求厥章

載見曰求厥章毛無傳但於龍旂陽陽下云言有文章也故鄭注此亦即解章之作文章云曰求其章也求車服禮儀之文章制度也特是曰求厥文章殊不成語意此皆由不讀古籍遂望文生義故誤東章不能爲典也今按古人謂凡賜物皆曰章意謂賜物者乃所以表彰之也（章彰古通）

字8

此例在古文中甚多如頌鼎云反入覲章即

謂反入覲見於君以謝賜之又大鼎云大鼎賜

（睽文名）8捨璋馬兩須睽（二人名）8睽即睽之睽

召文8捨璋帛束謂以賜馬曰璋馬謂以賜帛曰

璋帛則璋曰多賜之代名郭之以束帛之曰求

瀰璋猶云曰求瀰賜云余下龍錫和鈴像筆

正言賜之物即賜求之璋之然我有古器

以証明之則與莫器有言之矣

我龍受之

酌。我龍受之。毛傳：龍，和也。殊不成語。且以龍爲和，於
古未聞，故鄭氏改訓之爲寵，至今從之，並見書上。
改讀爲寵，實則寵之爲義，乃主於施之一方，不主
於受之一方。受寵者也，云寵受則不詞矣。今按龍字
古恭之省文，古恭字本作龔，後之龔共即恭字，其
於文作𢍈，象兩手捧龍，爲會意字，龍亦聲。凡古
經皆然。至從共從心之形聲字，則後起也。其最
明見者，如頌之皇皇者龔惟皇母龔妣，郁公理
經之異，龔感是，皆是龔。又通於供，訓恭執，如

畢殷敦之命龏伯會（原文令乃叀戟狄偩造）

刑侯尊之王射大龏禽（龏禽即儀禮大射之所謂

服不。龏禽訛誤為服不，是也。龏之作龏乃籀

文古文中常有之。我龏字之即我恭字之，猶云我

敬字之也。古人文字与今文屢不大異，故異者則古

人文字之言雖切而似今文之模糊，即特有幾分後人

之不識何也。

凫鷖在亹　亹之文王亹之申伯

亹字在經傳中到如明見，為易繫辭成天下之亹

禮禮器器君子達亹亹焉自修春秋內外傳傳以為名
子長亢斁即在訪之廖晃不下則其子稍稍蒦忿作
不矜機晃乃淺儒不加涵咏隨意擅造晚詭之為不
虔虔亹亹（易注）又釋之為黽勉（亹亹文王注）後讀
其音如尾至今人皆讀之如此而其訓詁則從說文忘
收其字（說文忘收之字甚多）亦遷之字其不備者已不
勝備數愚儒以為則指之字以為之其愚真可憐極
彼獨不思其於國鮮能忘之使更何訓乃竟敢
指之膽乎以為之無謂者之遂奉為圭臬即據之以

上段便文（崔靈恩周伯琦等說詳字典韻字下）真可
謂思而好自用者矣今按韻之音尾在一切經義及
字義上絕無有絲毫之根據只在似者信口讀之
尚無大礙而讀經則有音韻之殊東殊離以意為
說易先息聲響在韻之韻字只下竟無與要所齊觀
好字吐韻則只不得讀尾之暇然後揭此字以能
讀尾則也字之有容讀此乃嘗然之事初無皇疑
讓者況似者更無以須讀尾之處則人又何從質字
之又須讀尾而此處之韻與他處之韻難以亂之字耶

乃不言異想矣耶竟置其他豐之於不顧別訓
此豐字爲山絶此而路其青荒也以此故合詠青陵
不同義譏特異若此字乃吉也此語特告與他字絶
不相干者然則於前人何必定用此字而故令其與其
他豐字相犯耶豐之路繞也門是青而山絶此三
字尤能注悟天也何何物可跟之山絶此耶詭𡾟在
此絶此耶何德耶郭氏作笈紅其不通因其荒之
作門之而又黃言此此文乃更臆爲之說曰豐之爲言
門文義也祇之門於門之之外故以喻其勢如云之弘

言直是、蒲藝云語雖辭澤之諫言之不甚是（余我
猶為輕薄前賢。凡用文字故諸取此段鄭箋讀之。若
能明其源，余當知源。此箋大約為先生醉後作，故其
自己亦不復自知其所注為何物。為先生醒後復取
閱之，恐自己亦當失笑矣。蓋此公腦筋本不清，而又
因其腦中常有其所自注諸謬不明之裡作祟，遇
有可以牽扯之處，輒節外生枝，胡亂牽扯，以致其
其所注之原為何書，亦往往忘却。此篇則其尤可笑
者矣。蓋其書中已忘却經文原為兔罝，在迺而

竟將虎鬭二字截去，改為公在門故事說來
又亂入精絕無不成語，是朱氏作集注時為申明只
意因田豐、水流峽中兩岸如門，又只說雖較能成語
殊不思鬭之所以讀門者，乃淺儒為叶韻，故隨意
攪造者，妄字本從鬭之字甚多，何嘗有能得是如
門者？鬭鬬鬭玉篇音只字患廣微，毋何以能東入
明毋卵（玉泉雅之故造），邅鬭字以代麋字，實因此
詩鬭字讀門之音根據，世人不識麋字，以為讀如
門，故特借其字以為此字作一偽証據，前人作偽偽〻

同[illegible]叢書

同
標心增

心極為要曲折若翰只心用向正義上只聞讀書

不至若是無此留依稀人辛不能留要一執於正

須亦只獲得之心勞日拙之德耶果且此詩言流去

事指涇水不言故前章言在涇渭水名下即詩

言只在涇之何處水在沚在渚在涘皆為當時

之處可知之渭為何流之通常說世有因涇水岸、

涇水之營通河流移為甚奇異之四處矣若水涘

玉說云水流峽中兩岸如門故則其地名龍門伊

闕武昌江之三峽錢塘之龕赭方足以當之涇

此又安有是耶。實之璽讀若門已不可信，況更本
之以之說，又安望其有是耶。今按璽字即穩之
本字，甲静文安商之後人不識其字，乃不得不別取
之穩字代之。穩字於古書絕不見，古文字中亦絕不
致。且其字從禾，則其字私由後起，亦必仍孫傳代
同音之字，或尚久假不歸，已成不易之勢，更可以言穩
之為義，乃書之日常所用，不容古有其語
有其語耶，不容無其字。古人文字實較今人為
完備，其以古文實有其字為不足用者，特後人不

讀其書或失其義耶（特古字容有字義不
能盡爲出入，或假用假借本字，轉或忘本，此
古文之所以見爲古文。疊字從與從宜，宜乃象
屋下有俎，古文作且，與乃象回形之棒，同形古
文作同，同乃重器，今於俎内二人棒之置俎
上則其爲穩重可知其相交宗爲會意字而冠
字又後爲古声凡古祝之字歡如畏之與字之
所以爲古声故以與加玉上爲疊玉，青讀若官（裂
後文）故疊字之義，遂高尚上古声古於四古声不

甚，往往因其言之差別，僅在緩急輕重間。
又至此詩體之分，則又當讀作平聲，和聲直用以叶
韻（古人之謂，稱無其音者，特不必是，而特為之以叶
韻者。凡後人之所謂叶韻者，皆由於不明於語言之有
轉變，各時代自不同耳），以其和之法，形容詞之為不
為名詞，如此則謂詞之變化者，乃謂以流之和，穩處
故以與名之變化之文，今更以言義，以示後之得
子弦，即由變化子轉變而成，特別以為此之字
流之者，則謂詞知，今人但知得之義為此之也

際雖不渴泐之謀然亦須知其然又知其所
以然解釋蓋然之勢際法之渴古以水至力
際其中泐泐之表甚具勢泐即於手穩齡亦之
之名曰渴陽之即此義因之至此乃動守為
九流多咽勢蓋水力泐不若節此之奏騰
澀澀成相形之下稍如平穩故亦穩之如澀若
渴字但作边際角別此渴字為墨義矣由是
可知渴之即疊之即穩性與言視通常
疊之輕重緩急之間不容稍異至通常

亹亹字與舋同，即同於穆字，古書多用為亹字

者則古人於形容詞數數即今人以從是

非從語穆穆之即貝訓文人能知

亹亹即穆則凡大雅所云亹亹文王亹亹申

但亦可不煩言而解矣

商頌、

猗與那與置我鞉鼓

猗与那与置我鞉鼓，猗為歎詞，猗歎詞，那多也，鞉

語助詞以稱歎詞因代標美猗字

作為邊即標之以稱此猗字彼所不思者字已如是

了
隆暴備之正語阿儺
此乃添在後世由上

助詞若之於澂加以語助詞與字者今未有此文
理學云那之訓為與為似是而非之解釋語全中
那字學兄圖書之可訓為為字如今按此之釋那
乃甚嫠若備之正語要刪釋儺在後世或為由
阿婆那或為由阿娜其實皆之字文釋那者為
何容詞故被為寓之字其義乃者以形容物之
下乘歌其音林如為流蘇之鹿之教音和洛宗羅
嗳皆之美和文言之則為釋那但簡言之與字但
回那佩玉之儺是也與可但言釋有實其釋是

如蓋槁字古本音阿故其字即從可渴聲凡言
文從奇渴聲之字皆以歌韻故其薪代木槁矣
之槁字莫皆是不得此槁字女槁與聊與之語乃
言以形容下文之難哉以難哉其旁有兩耳其下
棄阿難然也舊說因不識槁即之義誤認為為
乃不渴不得此詞成渴身亡詞義之為其路要之
制以鄭箋讀若禍不必論其義但觀其語何若
難學此風當然之流畢如物無知其太不成語何
耳又

禾役穟穟　禾易長畝　疆場翼翼

生民、禾役穟穟。禾役二字最奇，毛傳訓役為列，張弘
之不得已而睹為此臆說，以勉强敷衍，孔役之果否
列外文，故唐孔氏作正義，時時特曲為之說，曰人、供役
在疵於行列，禾秀在役之義，故知役為列文。言其
行相當，因禾之單，故以役配之，云云。此亦無可何之
詞善於，知役字之不合，而又不能求其得說以然之
故不得不睹取舊說曲原之，疑以傳疑耳。此其
言禾無在役之義，其不合已明，下又言故知役為

同
標
埠

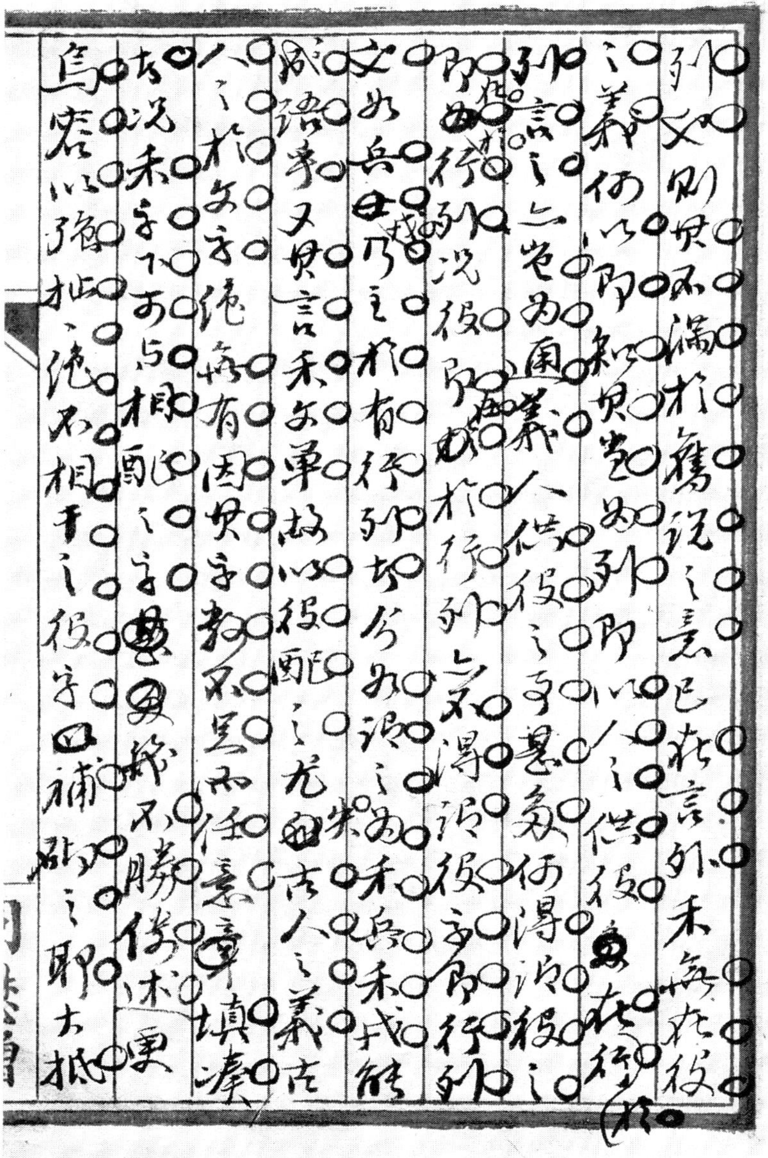

孔氏之書本用以解釋傳箋故於傳箋不合之
處雖不時舉其並作仍如曲為隱飾之此則於
傳例既闕而其心虛意[illegible]無黑白文（孔疏正此類頗多
特後人淺學謬誤不知其舊也（耶）今按[illegible]
本出此詩之假字卑見本義形不離理而知其古
文之若此者本出假借以古人假借之例本以其
段假之字既原文不爾為像作文乃今即假字之同
言之者古本之殊乏可以相當之字為比假字為不
誤者則此假字之本文當如是而後人之淺而加土

作場者如橘甫田云禾易長畝[illegible]彼之禾易與此

之禾役實同。如、字毛氏於甫田傳云易治也乃全

如不識字義者之孫毓輩治，若如彼言則禾治長

畝[illegible]風語耶？況其更改長畝，如長畝（長字不知何

以又能作是前人於此皆如謂[illegible]然、焉所知）則其意

序世云禾治長畝，謂治禾乃長其畝，今試言

人之治禾便其長其一畝，其為優乎？抑為劣

乎？其為拙乎？抑為[illegible]乎？亦無此之注者，不知其

言之大而言田百畝，今使其長其畝，當得治之[illegible]

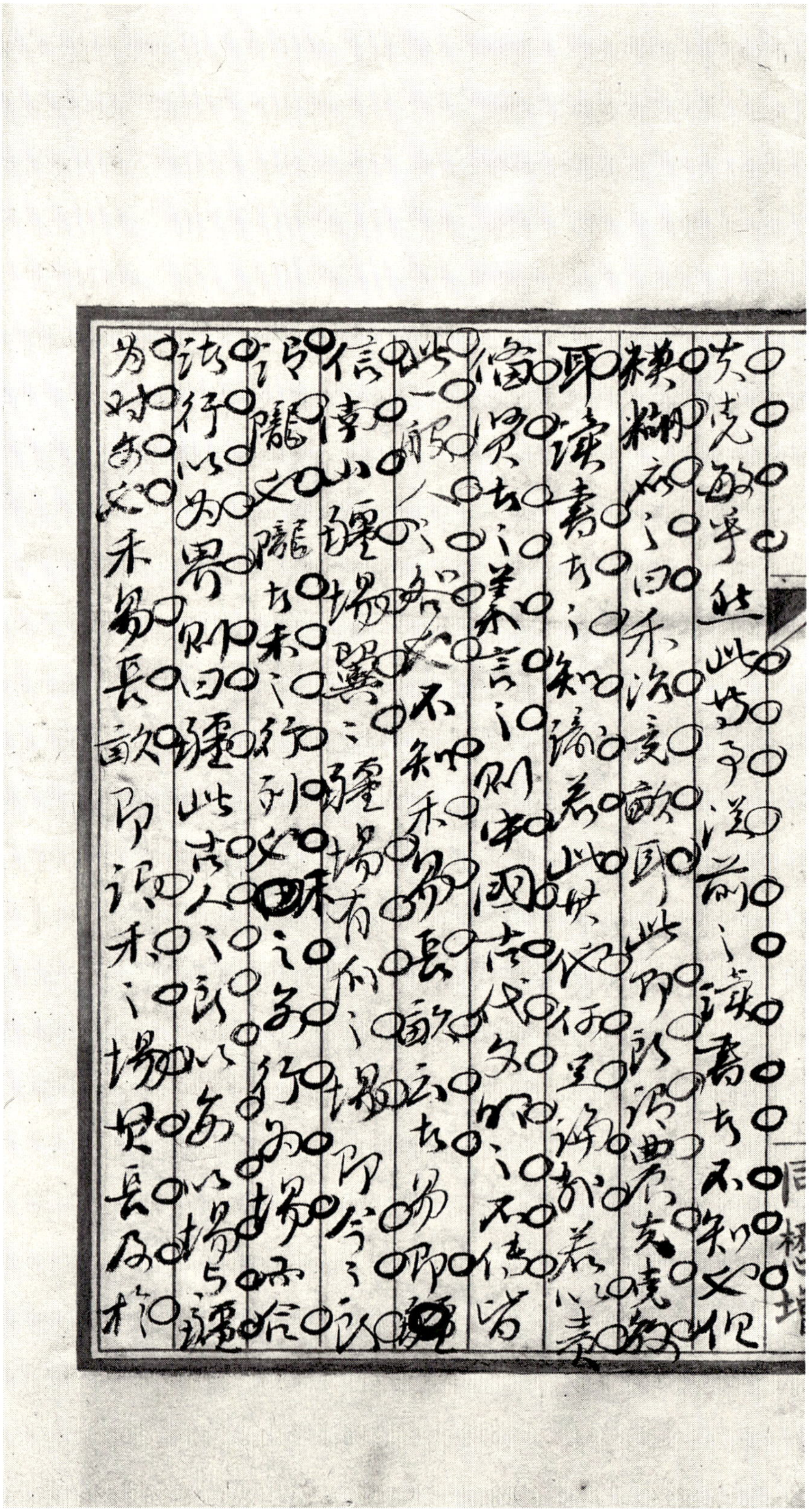

歆禾之場貝長及歆即足以見貝勤國百歆之
國如以庸方之請去偽之則貝長僚及於百
五千四步零丗數國不能以涉歆之共前人不知
圓算術或且以長僚及歆為丈使貝萬為貝家
數算之則知禾之分隴長及歆則以備方計
之貝為圓亡二百有四千[illegible]曲畝面繁之各繁禾
易長歆之為禾場長歆則不知禾役緣之為
禾場緣之毛氏之臆測役字為役移不得不
識之為業中之叢場之為叢即禾之行列之

通于生于齒
惟有前期

古人文字有可以意推者此類是也其意
推須吟味若讀書人之通意亦得則又
當別論矣與中國人自我國以後至於得
以漢通知也

黍稷重穋

邠風黍稷重穋禾麻菽麥魯頌閟宮云則
曰黍稷重穋稙穉菽麥於不內雖稍異而上句
則同毛氏於此但注云後熟曰重先熟曰穋是
於以重穋為熟之先後者乃見於閟宮則又還

重穋二字於不顧別傳之云先種曰稙後種曰穉
是又以稙穉爲種之先後矣此何等文法耶黍穋
後先熟後熟與禾麻菽麥相連已不成說況更云黍
穋後熟先熟先種後種菽麥更以何謂耶故前
人即爲疑之因只言後熟先熟而黍穋實黍先
熟則穋後熟因乃更造爲之說因先種後熟曰重
後種先熟曰穋其意以之言黍穋重穋若
如此說則當云黍穋穋重或云穋黍重穋方
合故特改毛傳之所云熟之後先也爲種之先後

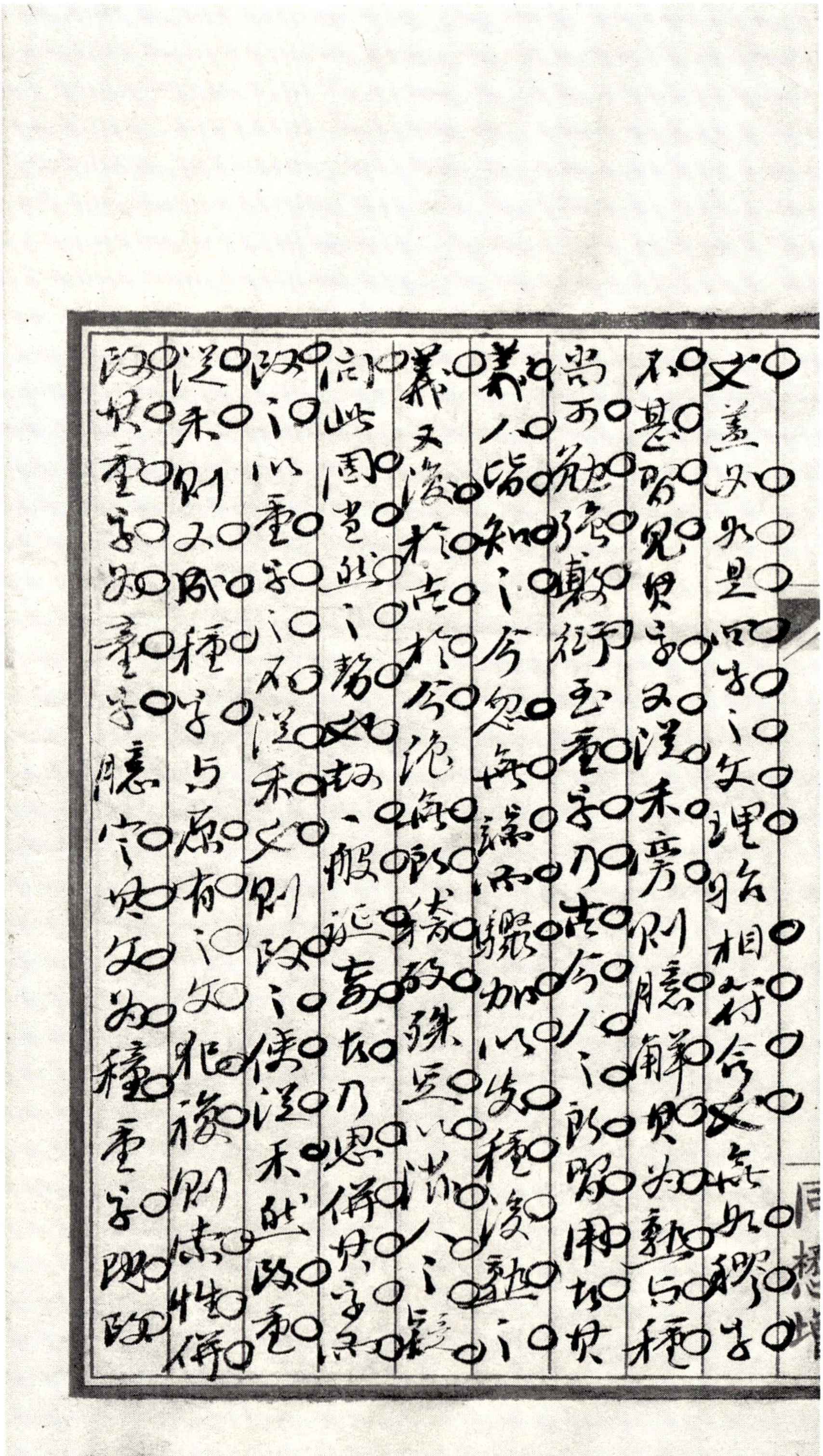

文蓋知如是四字之文理臨相符合文意如繆字
朴甚明見其字又從禾旁則臉肅其為熟与種
尚不免乾隆戴衍王重字乃古今人之所用如其
義人皆知之今忽有議而聯加以後種後熟之
義又後於古於今絕無所有效殊異以消之疑
問此固是然之勢必然一般從亦乃恩傑其字
從之以重字之不從禾也則從之便從禾然從重
從禾則又從種字与原有之知後則後性
從其重字如童字腔字從知為種重字從從

为种则卿乎乎不以所故因其与世俗所读之

书来甚合之就势所之使其一所宪所作

为种乎以世作之读卿为陈之此已所浪寡人

高因溶海家所溪如盖其所重如种乃不得已而

其所卿为种乃而已所不已之此所传所之思想直

不者为两笔之之曹原心理盖中国之自圣战国

失去理性以俊其心理概为是之今差以常理

言之人之不得已而所使为原之之不而原之原

知而而原而起而所之术其而以原之今叙其所

路之字不惟其义之不可稽乃静言仔其字而亦
然之则又何必有此之谓耶重耶二字今虽不得
其义然其字固为人之所习知者种种之
则何时何故尝有其生不为先生乱说物见耶
路启字者不又使之不启字其虑心思何等耶吾知
万物其人不知之彼之书爽然自若之然在彼泯
亦在初不能自觉之觉惟其人不自觉即觉其
贤者之绝续之人能觉之如者人出不相质则又
且加如此迴护之此等现象求诸中国人当莫不然

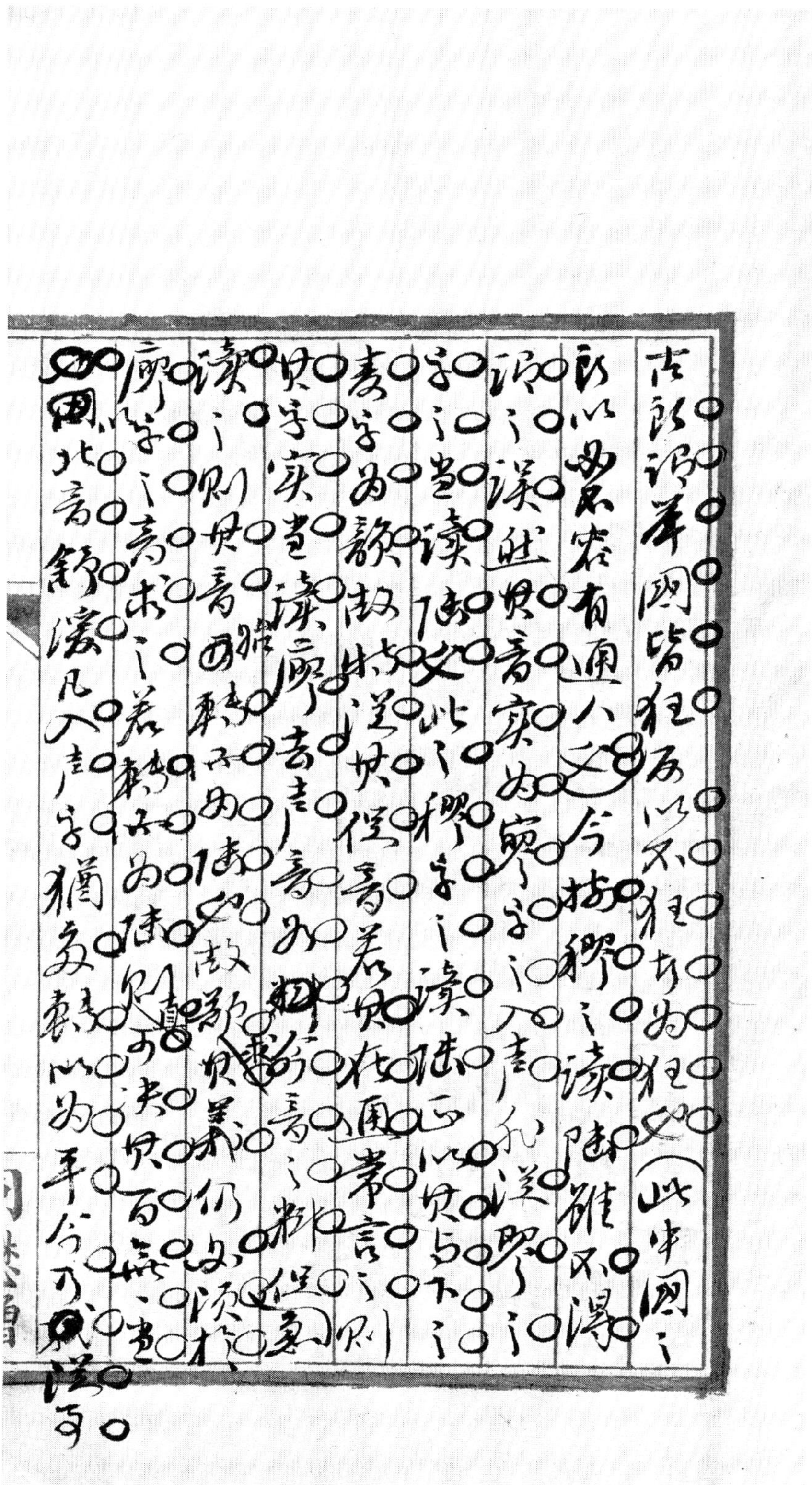

古語謂舉國皆狂反以不狂者為狂（此中國之

具寫已經轉寫之音而莫求得其本字又何異於
東轅而北轍耶所云即重穋二字研究之則
古人之郎諸重穋古實即後來之郎諸秫又秫
在今俗稱為高粱者古即或筆稱之曰粱曲禮
郎諸粱曰薌萁是又其義已詳前維糜維芑
解中莠不穀知重穋之為秫故以穋之音本
當讀如今音之粘而今人之郎諸粘本實為飼
馬之芻即唐書郎諸立仗馬食三品料如是又
（見李林甫傳）但料字在古本知和者讀稀故

莊子盜跖篇云料虎頭編虎須，即假料字以為
撩字。今去聲韻中亦收之，即緣此故（此第即
今義言之）。實則古之所謂料者，其字不一。周語之料
民於太原，其字當作料，即周禮之所謂計民其
從米，古疑當時徵稅於民，故特从其文。又史記
孔子世家料量平，則其字實為斗之異文。斗在
古文時作枓，見儀禮，蓋用以量米，故別作料。若
意料之想張料字，則其字又為量字之叚，故在唐
以前料字尚無去聲。迨至隋唐間其音漸變作

古者世人將後假之以代馬芻之料者其既以假
用料者者以其本字已爲人熟知故不得不另求
此其假借同音之字如不知此料者即豈如黍稷重
鄉之鄉字後人不識其義而失之者蓋鄉者本
爲禾稼中之一種乃苜蓿之以飼馬者在今人則
謂之谷子（穀音）其大體全似秫而穀爲細弱耳
象之實亦癟癟不甚堅好惟叢生如草收穀
較秫穀爲多苗之長則僅其本莖穗實相稱而
谿之用以飼馬因其本既細弱故馬得食之又

貝中本雜者粒實故不必再加粟豆意者古人飼
馬多用此物滌也因居轉浣浪馬之飼豆皆因
穆此粒之稱所由來也至重穆之所以為稱者因
秫與穆竟俱相同所異者僅本有粗細粒有大
小秫之一本亦以書穆之十餘秫之粒與本當穆
之其貝視穆之上倖皆加重故特浪之重穆之
秫所以之穀粟乃粒食中之最賤者意古人之以之
飼馬惟貝本甚粗大馬不能食故只飼馬又為不
及穆之常此馬飼之所以特以穆繭文由此無可

知古人之飼馬以穄，今人之飼馬則以穀之萁葉

本或作藁，雜菽粟荳以代之，其名用何一芻乎

穄，蓋穄之為用則單純的，而後人既用乃改名

物以謂和者也，舊日之儒者並穄不知其為何物

要何論乎穄，更何論乎重穄之即為秋穄二而蕩

稻無秋者，凡言秋者皆以重穄代之，强曰時秋之

名者也，大行之故今重穄之名觀之，則其種之

苗生實務晚，且即為出於晚穄之安種無疑，故秋在

晚，周時人常備用以造酒（月令：秋稻必齊，又曰

礼粱曰薌萁，上謂秫，則似粱盛之用也。然祁舊
所知，但其時已在戰國後矣。祁不南有食之者
者，時之言粱食之賤，則曰稷食，見禮記或
曰豆藿，香而秫，而絕不及秫，似則時食秫之風猶
未盛，食人則又以秫為貴賤之重粱食倣而
稷食豆藿，雜玉絕跡矣。此又一數食品雜換
之大漢以儒不知細致，但疑秫為重粱食
品不容二而黃中雜處嘆，乃略即生民詩中
之維糜維芑與橫被以赤粱粟白粱粟之名而

訂家左乃云攷畫其字以實之李代桃僵張

冠李戴殊足令人噴飯（詳見維摩維甚解

和彼又自知彼中自有其物特無如彼自不諳何

引世人於五穀尚不能分其代何理耶

殿天子之邦

采菽、殿天子之邦。毛傳云：殿，鎮也。義雖近似，而詞

前張謂殿之義何以得訓為鎮，故孔氏作疏不得

不明為之原由。軍行在後曰殿，殿亦鎮重之義

故云然。其說亦殊可憐。軍行於後何以即為鎮

重器得據以遂以証時殿之即當為鎮君所訟
説則直而釋為從天子之朝矣不愈趨愈遠矣
然在孔氏則以為倚係所指不得不為此專之論文
今按古文殷與奠本屬一字二字皆從宀之言之
敦貝音皆从宀義与相通特用之古不免時有
蓋異耳禹貢奠名山大川即定名山大川孔傳訓
奠為定當合古義其字象兩手捧尊奠意很安
宀又數安置器物時多用之即奠與奠彝奠
鼎皆是又殷字即磬之本字人之用以生如之

其道尖者乃股之勢注勢注之義世多不明說

文所說亦未甚了之詳見別說廣乃展之分明

謂股之所由分展殿上肯字亦之轉上謂之

字則其與字之肯義繇全同故古文即常以其

字代字即此語與校之叢亦之方殿康果殿

字／字陝容開作字之字則於其本義勢此其無

於是更即其原文下加以肉字作臀以爲其本義即

偽所稱異臀者是殿雖加肉然其音仍讀字

知其讀字者以臀字有時即以字代之文周南

毉之字宜即從毉之醫其作字者以其治之作
又甚古者時或書為醫字皇謂字醫其於文正作
字因醫之義本所存字文後之漢儒不識醫
字乃家流其書所謂世人竟至今從之偏于静者
蓋以其字乃十三元亦知詞極盲從盲從之情至矣醫
字從毉從肉所以如此書字醫字何來得有醫者此
循面與青者之所能知不二千餘年中竟無一人能
究及此亦足以徵私念心理之理想者務象所嚴
不宜者醫附謀流為醫而在家用上之不作字者

大精爲貝字於是不得不別就它字再加以肉以
豈之即依傍之脛而如諺有所謂賣都穀兒招
牌大貝即是之謂乎若軍行在後之曰殿貝義仍
屬殿臀字未行陣之名稱多假借於人物之身
體乃兩側曰翼兩翼之首曰脇皆是臀於人物
而貝後部故軍之後部曰殿也不深求字義而茫
昧解釋古人之文字固無望其能有當也

民之方殿屎

板之篇民之方殿屎毛傳殿屎呻吟也其說甚怪

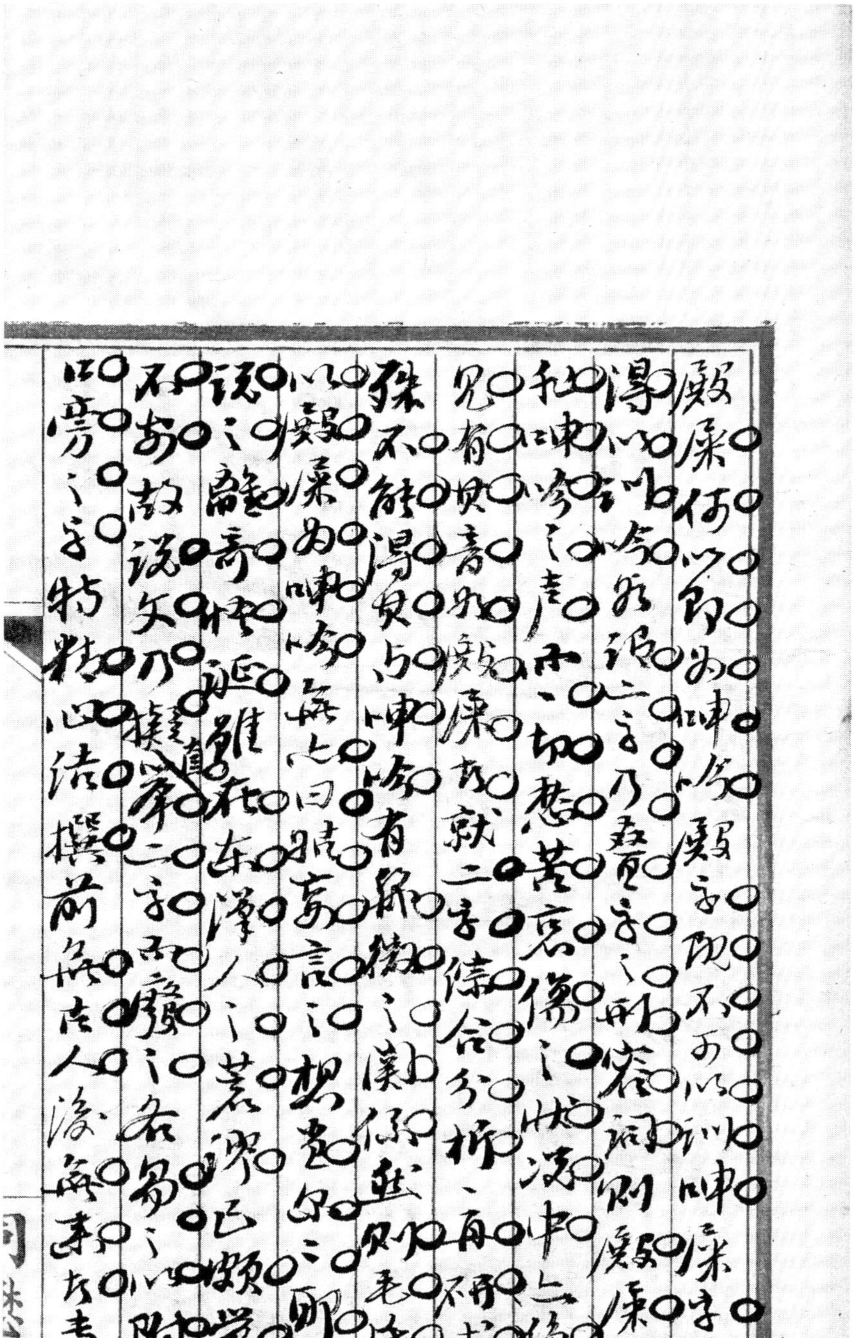

殿屎何以即為呻吟殿字既不可以訓呻屎字更不
得以訓吟然後之字乃屎字之所容詞則殿屎既
而呻吟之意不加悲苦愁傷之狀況中亦兼不
兒有其音形殿屎爲就二字綜合分析之有不可求之
殊不能得其與呻吟有關繫之關係然則老氏之
以殿屎爲呻吟無上日腈字言之想是見之所見
詋之爾雅寄字惟距離在東漢人之著作已頗覺其
不安故説文乃提出字而發之各為之附有
以旁之字特指心法撰前人後人之後者

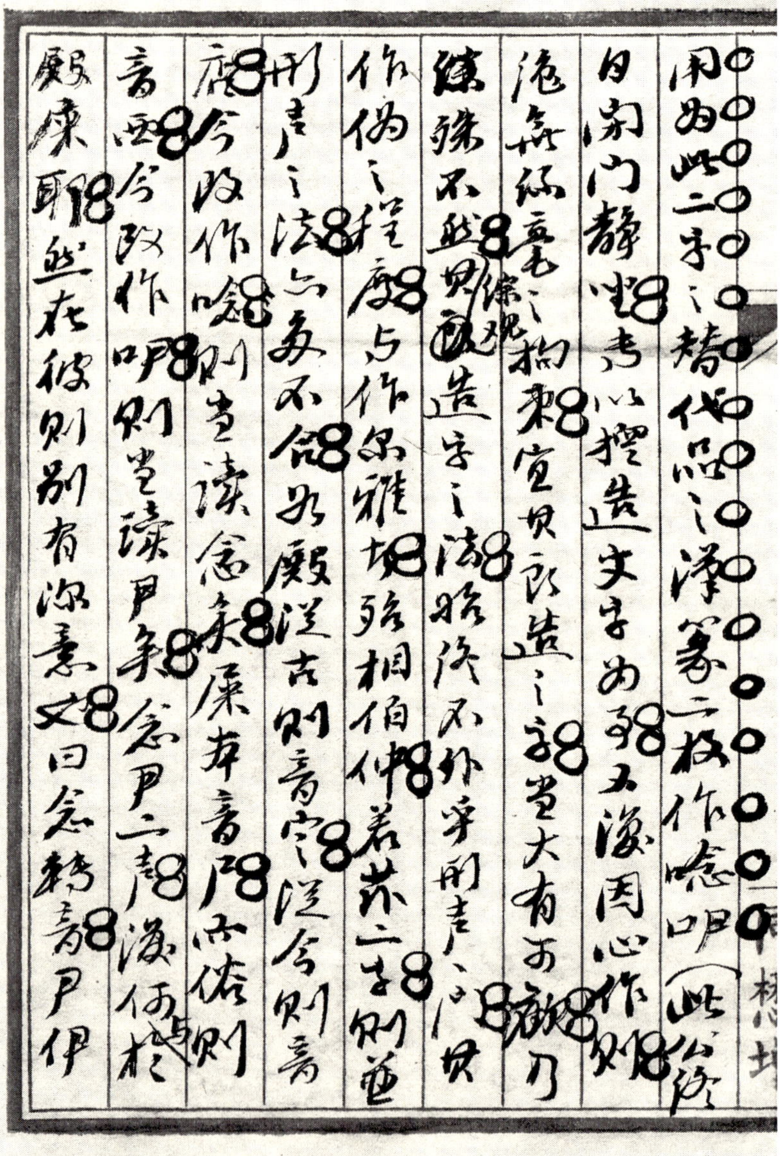

有言之文，於造偽之中，更加以種種無謂之做作，此心勞

日拙之所謂文，其愚亦難矣，然其心猶知所為

則字，豈得以恭加以作態，廉頗然不食，故不

呻吟而直截，倘其知而後之，處而冀為說之濕，申之文，今

字能來果，從而其為呻吟之文，則不敢此如中內人之

心理久已高深，判然是非之能加，不得究之，字文為

其天賦之腸肺中之所奉而敢能知其不合如已

無不便見知其其食，而又不能不究，以出其食，其信

果之止有情，置之而莫以傳，莫之一法，此其所以難

經歷極縣遠之時間，而真義本無由發見。今
換二字之義，本非甚難解，人但取本字本之，則
其義已不難了之。特人皆熟視之若無覩耳。既之
為之前已言之，康有人不評說出之囊其，今康字
之本義，獨於其作矢者，（史記廉頗傳一飯之頃已
三遺矢矣，廣韻、全盤玉搬乃須狗矢字，又語孫
之乾矢橛皆是，特語音微有轉變，故假借引
矢字代之耳。（今人讀矢如僾，而康則讀如史，若以
假矢作康言之，則矢之本音當如史之，康乃會

意字於古文本作𡱂，象上之形，本義乃象

之。讀鄦下所說米似米形，米乃糞字之訛

說文敷虘溥說，似米形。米古矢字，其音殘缺

信其義，則是矣。（申米字頗似古風字之變，其方意

與糞。介伯敘米自化耶？窮疑其為舊自化耶？

假借。或為奉字音，以古文爲假古風字作奉音之

八蹲踞。而席有糞，其意主於玉屎之所謂屎也

實為屪屎。從屪出，尚即說屪為屎。古文中往之

有如是加九說，由說出而即以出說之意如說也

黔黎猶今人之所謂勞働，乃蘇息之善民之方

黔黎謂民也，此甫得蔭庇，漢之蘇息，蓋時當大亂

之後，人民每生流離，不得安居，民久至此，而甫得安

要點安民為事，如田單驚魂，白定無息，未遑以

之事不能無分，顧及上無暇，顧及那下，又云則莫我

前藤之二內，乃除相呼應，前人於上句不得其解

拘泥於下句之文，讀者以云以極於際之文乃至二

千餘年無人能解，則社會之智識如何，豈不難

殆見矣

則莫我敢葵

板、則莫我敢葵。葵字，毛無傳。以其義已見於前篇采菽天

子葵之傳中，文居殘偏。傳則又云：葵，揆也。文義仍未明。

二葵字俱從此，則其為假借字無疑。葵既出於假

借，則其本字之當作何？揆也。〔揆〕特有、殘其所說。

揆，初則殊涉於食酒矣。殘定之方中，揆之以日，傳云：

揆，度也。文〔顧〕其於義貼，乃之義尊，儒於所不知，

蓋闕。義多矣，以度字擬審之，其注葵字為度，即此意。

因度字，意以動詞言之，則可達指為度量，以名詞言

之又可為法度於隨處換處數代字為易之特

是字為我見本義無論其何如不能以適合即其此

度字義但云度度以日尚可勉強附會其云天子度度

或以英我敬度此句何語耶隨不可云天子度量

或以英我敬度量又不得云天子法度或以英

我敬法度然則此度字實有之意耶且此換字在

時同需習用也之初不止於言外之意不上無道換

又下無法字又后先至後至其換之又法換字尤多

度字之誤紕解釋況更有誤得百換端換也

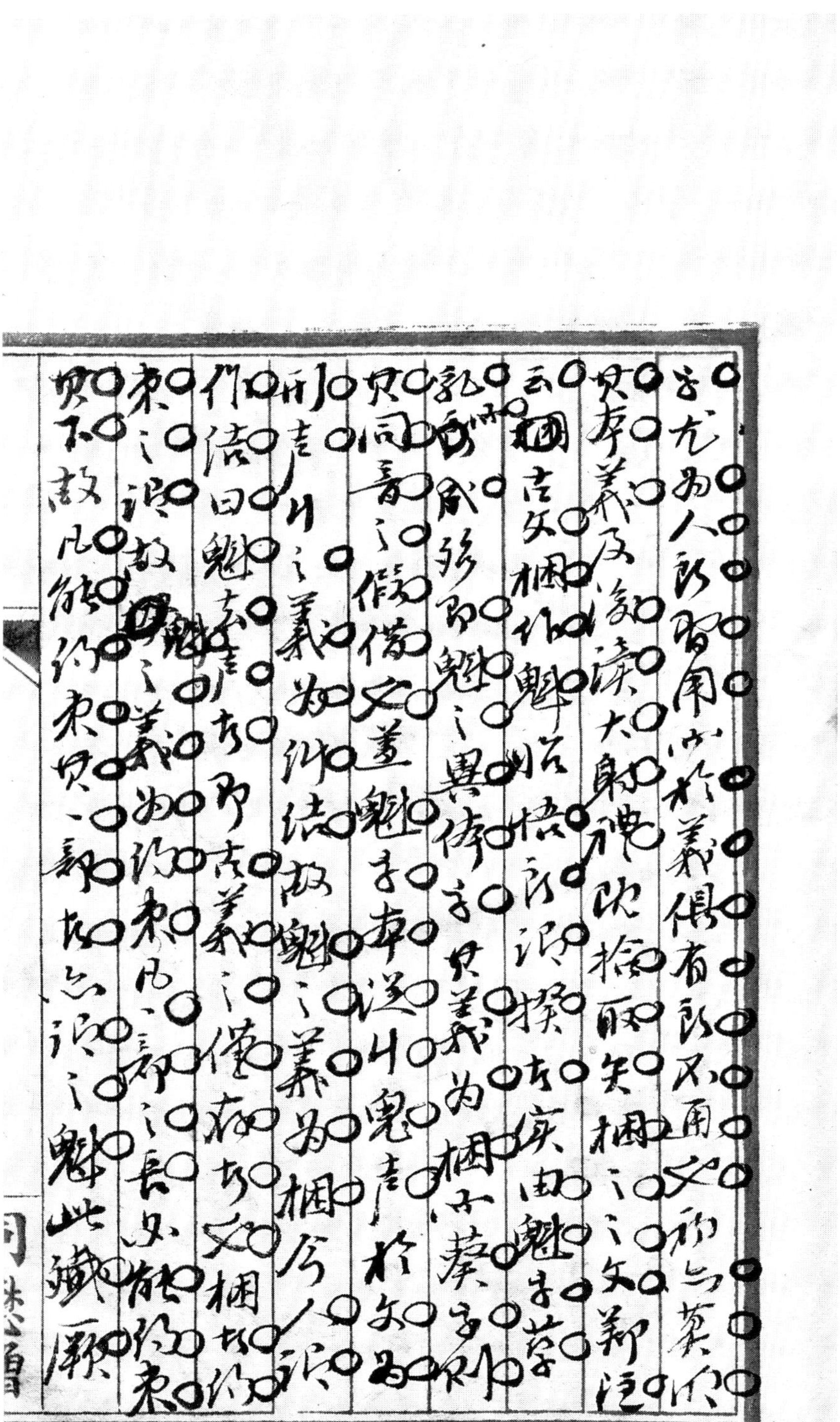

渠魁之稱，乃由膀之魁，附由約束之動詞一轉而

為約束、部之名詞，則訓詁魁者又有綜合之

義，則二義實仍為一義。其後人既習用以魁者

當前長之稱（士冠禮、白虎），以魁樹之正詞附之

以後，以為之飾。此魁字正今人之讀如去聲，前人

不識字義，任意妄改，謂魁為斷，謂以斷釋之

直是無理附會。魁何以為斷，即魁果為斷，以合

釋之，亦不能兩以斷釋之，乃更别為以所書

者，以代魁之本義。即今按字是，又按字從手

揆言貴取義与魁異同然視魁字已稍刊誤
後因手之動作甚廣遂不以魁字從斗於從来
之義為所賸文但世既習用揆字而与魁互判而
為二故各書上多用深用之特貴義當無失出之後
近世則不惟不知揆魁之本即一字乃至併其義
而失之所二書遂為人能解来魁者則以為謬
揆文則以為度（按後儒之以揆為度者大抵因
書稱百揆又稱百度之故而不知二義各有當之
東西牽扯而牽不能冥合此故當然之事文今按

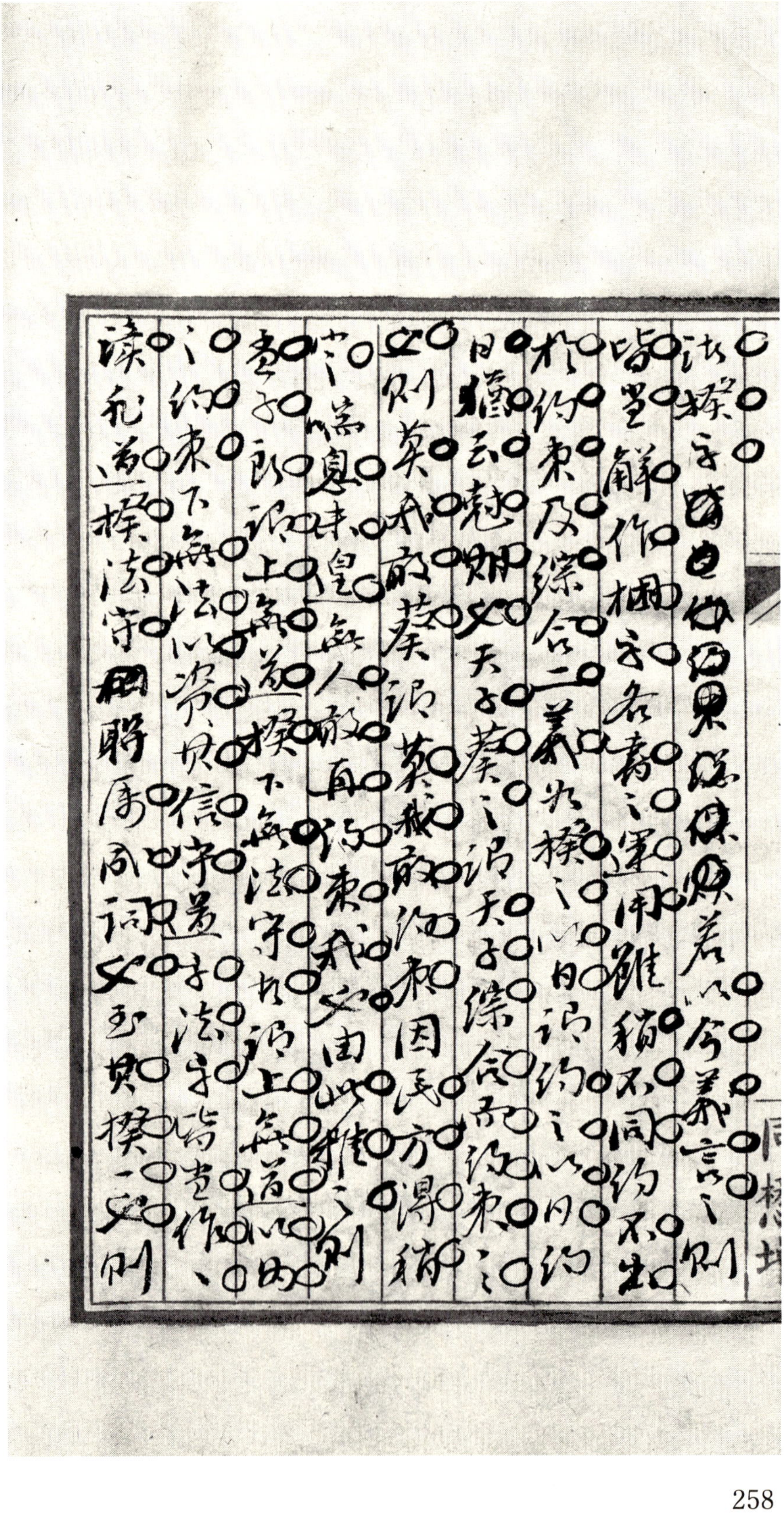

說其綜合之則一文猶云其作結之文則法字[illegible]原本之義文也世又烏有能知其為之義也歟

履帝武敏歆

生民履帝武敏歆向歷來説詩者紛如聚訟然卒無能通者以履帝武敏歆之下忽贅一歆字古今稱無此文理槪無論如何傳飾終無以自圓其説如今據石經之生民當神話時代見跡履之事容有其説然以豈云履帝武敏而不云歆之無歆其為之説者乃因之歆字數衍之曰歆之然

亦有人以為之感，僅僅款字便具有此許多之義意。
再且下文似行似止，正承優帝所敘四方之事言優
帝之至柚而隨貝取玉（合玉文）而止，若中間橫
亘，款字上下文義俱為之隔斷，氣象況殊於上下文
則此詩敏字乃適當用款處，與上文祀子不知止
字俱相叶。蓋柚字古音讀如米，與敏字同居
款文，柚字之作敏，則柚敏古本為一字，皆從手母
聲，故後賢判分為兩字，又敘敏字古音亦讀如米
觀豊文亮敏與上止子喜祀祉字相叶而見困母

告古原讀米故從毋㊀渴聲之字皆讀米文玉款

字之劫來孫後儒因字音轉爰敏字依讀為從

上聲與上下讀訛不合特附讀其存前於下云音栅造

繇經傳寫後人不知其為注字而栅字乃失其去半

僅餘之手字之偏旁乃誤與音字合為一字作款

其作款者以古文手旁與欠旁相似不甚分文（手

作羽文有從手旁者亦有從手旁者不之文分

注之字既合為大字遂致闌入僅文而後從手聲然

而後漸之傳例及文義言之其錯謬固了之可掛

也此說雖近於理然於古無據和曰徵以雅釋
訓文引此詩正作優壽列敘武蹟文敏冊以則是
豈風雅時代詩義雖久淪古然尚未盡有此者之源
入漢人不悟貝為衍字或因風雅此文改竄字使歸
下內讀作款後今從止則叠漢文難之不用矣辭
字之涵入強在漢以後故毛氏即據之以為說
三寫之詩今存於此貝所據之本尚不如毛氏之
離為近古則其說之好何與不足者信文由此觀
之則爾雅之作或竟出於秦漢之間視毛氏者前

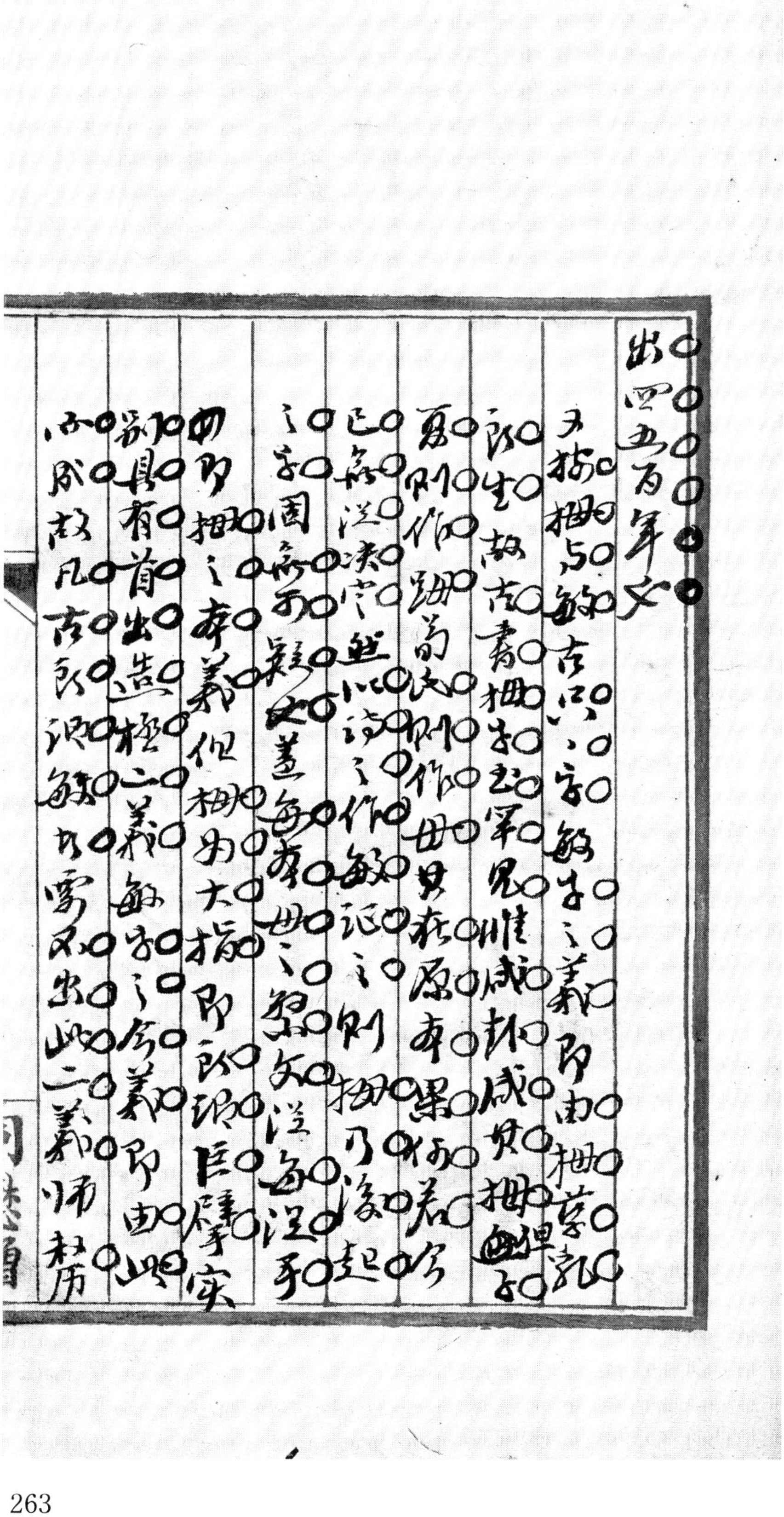

華標司見文十五斗

致○洽○敬○可○使○猶○致○洽○極○可○使○戒○首○為○可○使○

肅同 豊○夫○堯○敬○猶○云○豊○夫○堯○極○只○加○加○戒○之○

皆○臻○首○冀○至○左○能育○之○為○敬○之○敬○字○尤○知○

解○作○第一○首○出○之○義○又○而○益○自○居○子○細○為○有○肯○

自○正○暴○揚○只○生○地○之○悪○在○今○華○之○以○只○秘○定○

之○悪○用○為○詞○令○雖○曰○大○義○慎○之○致○殊○有○乗○於○之

子○為○何○陰○之○義○故○音○謂○之○為○敬○所○謂○敬○在○猶○

云○首○居○之○指○謂○即○所○未○聞○也○第○之○之○稱○雖○為○

用○為○療○仍○質○然○之○源○視○則○可○之○本○体○何○如○以○渴○

失善恶各有第，又各人不加详则而但称之

为第，其为论自在言外，前人不知，敏之本义

肆之，为捷而揣，以为浅俟，敏果为捷，则直疾也

词矣，又乌得浅而得，则有泥敏意，而特是敏原

功加速，极之义，在业精于勤，故引伸之敏，又

有勤意，与黾勉之黾字通，因致误解，古书敏

惟学逊志，务时敏，之而好学者，敏字皆然，俗

尝解作捷字，则为引伸而又引伸於古义

殊不能尽之，盖人注多勤，则程功疾，故敏曰

之於痰并和絶対的不審不世人又成多之敘
捷之字相連過同詞後人不察遂致二字混同、
義其實古無此撲稜之字義也
肆筵設席授几有緝御
優和所欲之下款字原本衍文既知前杜注所細致之
詩之如衍文在祈不止此之字行葉肆筵設席授
几有緝御之御字乃貝之文善此詩作席字下已精
入入吉户聯陌静直至嘉肴脾臄不能後精入吉户
諸思遂顏今乃於甫精席字顏之福不即從以吉吉户御字

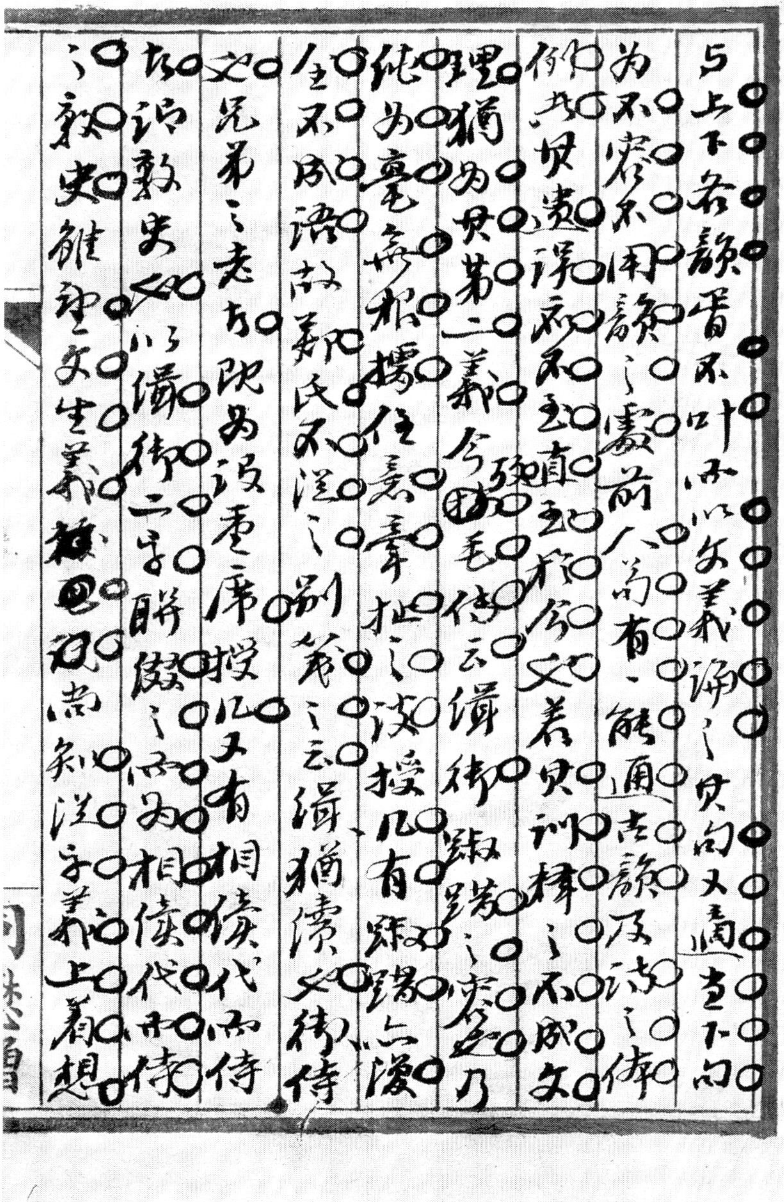

視毛説之一味豪放，似勝、籌，然即如負説以滿為
儀以衛為侍，後論援几有儀侍，不用文理，而僕、儀
甲分氣飾後解之為相僕代僕、僕分氣飾即
解之如數失又且數失之都有依根據耶，今按此
二句乃正承上章武肆之筵、武援之几來，故即用貝
語亦加進，二語乃分承上二語，故只以筆為相對
句二句，皆概括言之，而旁舊説之意，分大概之，又亂
精文二句之第首就周禮司几筵之文、及之源
難了解，惟白未安屠辭入，衛生蕃遂致，雖美辭

亦不能深通其语矣。盖古人之称此用筵其礼仪

之陈与则筵上复加以席，筵席之二字虽有时而不同

称而分别言之则为二物之其制礼经（详仪礼）言之

甚详，难以备述。若凡之制则每数一几（数翁語）常礼

及凶事则用仍几，仍几与日常所用之几（谓翁谓书）吉事凡之

礼、吉事宜几，凶事仍几，仍与不变之例。若有加礼则

变其几（详吉事）凡制凡五（玉雕丹漆素）事仍几

乃其形制与除此与则因事而变，商礼朝觐祭祀及

访遇外国宾客凡在国中则仍用漆几，司几筵职

了

儀禮有司徹右几扉
用席鄭注右古文作
侑即安延以侑之古

設南設則設黼席右漆几是文南設設文南之中
饗食燕飲之事黼席右五席之一（五席、莞、繅、次、蒲
黼黼扆為黼扆曰黼上設設設席即設
黼席又右漆几杖几大典禮左右几筵外賓則左几
國中之事則右几故法儀之祭祀與右几又是則右漆
几如乃國中賓饗之宴饗亦嚴隆之禮數也此諸之
有彌二字即為右漆二字之假借右有之古通世矣
知右以又右有二字古通作尋又漆彌二字本同音漆
之得義即原於貝飾絹上器物使固結堅緻（戰字

亦通作有文添添
備之字上

亦由備生等氣而生，得之本義見儀禮喪服、斬衰傳

不備文，今北土猶存其諺，俗謂爲卷和文，添字在篇

之等與生字相似，故知其與繪字同，爲刀聲，文肆

從文則爲之誤，誤以從康，樓凡文則爲之左以漆

凡此正承上文之肆，從誤，席而暢言之，以見其禮意

之儀注文義，概爲諸暢，乃前人既不知於古，凡

從之，別加以詳矜，而又又幸有此，絕不相涉之，御字

添入全篇，淆亂不深，成爲遂然，以爲能執其理

及時觀者，靜上、審察之，其理誤，圓融觀然而見

之及有〻弦察此御字〻由來乃秦漢間習說之儒
因不識下文聲字〻為御字特附誌其音於聲字之
右旁而聲字〻方位適與右行之編字並列邊紙縫
傳寫而此側注之御字乃竟參入聲字而竄入御字〻下
此正與語殊反之患久而數千年竟無人察知可
歎也知其然者以聲字〻音正讀御別與上句騰
字相如自此作注之字失而聲字〻音與今人淩角解
乃至一味亂指武語之讀鄂戒語之讀岳字之與書
義絕絲〻合而此三字亦不堪復讀〻字之讓果及全

章只影僭視生民備之歎字爲尤大此所以二章

之中諸漢洗出和之疏正之說無從復觀古人

真面文今更以録列於下

洗爵奠斝

授几有衛之下所謂又又衛字後之讀者並不深知

首句廟字之正僅輕讀而誤以此所謂之又之衛字爲

讀三句武字讀武斷之斷句字乃衛不可尚爲大碍而可

句則爲誤所不容不可讀之處使衛字義爲人之

誤留兄弟則衛字之不能武尚有人能兄及無矣

○其○字○乃○為○洪○営○翼○學之學○生不○惟○各○注以証○明○

○御○字○之○是○民○為○謙○乃○萬○其○字○乃○不○能○謝○之○反○源○

假○御○字○以○塞○定○思○言○之○書○居○例○郎○此○其○以○径○

○讀○學○字○為○程○南○雅○反○○言○猜○文○大○使○學○轄○果○齋

猪○則○其○五○全○幸○之○和○無○死○以○古○是○此○幸○首○○○乃

東○面○雅○湊○全○然○無○謙○除○頌○体○外○風○雅○和○有○此○是○

之○法○拾○卵○今○強○其○以○○俗○讀○我○稽○古○則○以○此○詩○

○之○御○字○閑○入○甚○早○計○其○時○書○備○存○作○我○国○時○代○

書○時○者○高○尚○赤○大○精○習○詩○古○說○不○識○學○生○不○得○

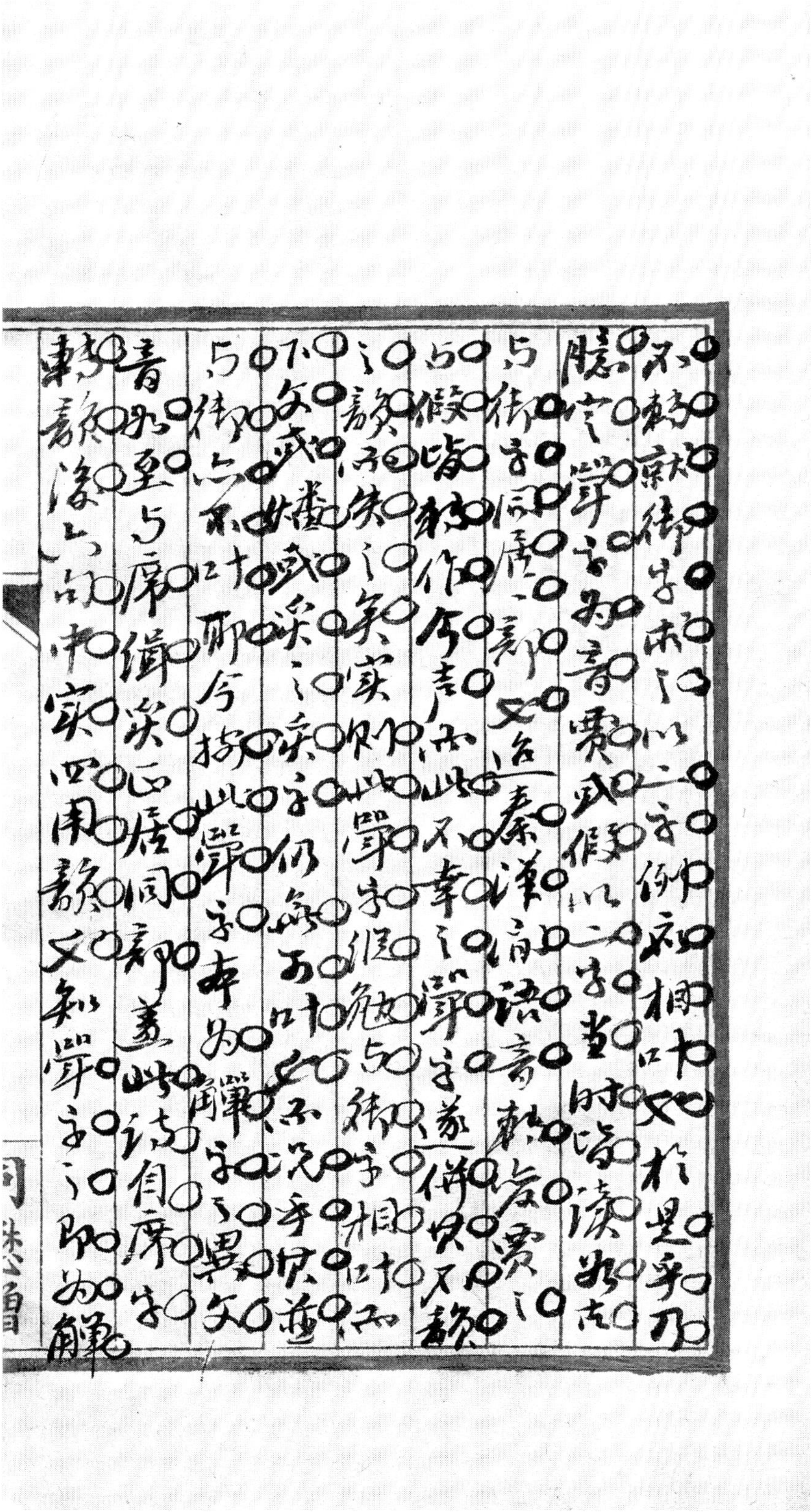

字孔徒為費叶韻洗爵奠觶之文在禮經中
又高以百十數而罍尊則絕不經見以傳禮考之
用觶字即有作罍者之説而經觶文觶與爵用
略相似而有大小爵以酌酒觶以酌醴爵小而觶
大故爵尊而觶卑有獻則用爵旅酬則用觶
獻則用爵酢獻則用觶三獻爵加用觶是則觶
之與爵因器具有聯帶之關係仍有爵則必有觶（禮之隆也）
獻酬酢旅酬爵之用或反不及觶之廣故洗爵
奠觶在宴饗無所為一圓宗之名詞只言洗爵

有酒無醴
醴字加則

奠觶者觶者時加以爵洗爵之奠不洗觶之器
又以上第就其大體言之而二者有時通用故如字
上亦時後相通若有爵無觶則曰爵乃禮之色備故
皆不用之此以義言之知觶之爲重者故觶爲爵故文若
更以字義言之則更足徵觶之即觶盖觶之從角
從單者其字初形者若爲形者置讀爲單系
其即從之單即爲觶之象形字後人加以聲旁
單字形相涵語後加以角耳盖觶字於古文
本作單其上之形從去乃象觶之形植形於從

以下乃象貝腹及貝足之形，亦從鬼武，專古器

中有郎涓領軍官左貝欠作甾軍官嘉貝即為

鱓之一体特貝器乱鱓耳萃之郎從罢六同此

貝上之二凶六為二桂开中作〔左乃象貝前後之

流下沖子，小春貝容量，以沖之子形与甲六罢

相似文（由此可知鱓之容量為一升）此以生黑言

之与可決貝即為鱓文，无如之敖失，你六壽六侌

人鱓鱓等子遂貝体成為无青无舞举世莫

流之子貝延左因貝子之不倕鬼文乃亥嘉貝為

前代之器此明堂位之記以有殷周之器況乎禮

記之所指本雜其尤甚者也以明堂位及祭法二

篇為最不惟其出為稍晚且其識解極甚直有

與禮運明相反背者月令王制雖明知其出自後

人然其謬之甚尚不至如斯文余別有詳論後之讀

禮者於二篇當分別觀之後儒又因其俗言

讀為祿字更曲為之說曰其上農以農為禾祿爵食祿

從以農已甚縱解農為剩農世祿之農見有農

為禾祿之爵然則其所云農和祿者果何所本

同標埠

郵且認如周作說述為周于何如恩國因國國

黑會棄其目前說實聞而又言該商合之解

反厥林於榮系經兒之前代權嚴況貴說誤前代

古濡在於載轄更之議說徵引郵漢人之證家

其數以在又一然原其說以致謀之本則仍及外字

謀謎衛字如該此說誤一謀有謀在文

嘉穀脾臄

御字單字一謀再謀全章並無由得其開該之

說在兩三於其轄該之字差無由知此嘉穀脾

臄之臄字亦從異解支離文毛傳則云臄函也文
更難解尤勝於前傳蓋臄字之本字也或猶得以
偏旁之故推測而知其為豕類與上文膍字以類
相從於羣古不甚相表台經解箋仍函字則嘉都
膍函蓋今人為從經意解來中國之經傳本知
有傳而不知有經毛既如此膍為函於是說始此
乃為就函字附会鄭箋則亦云以膍為函加以殷之
嘉貝意中之所謂膍函也猶為臄白解釋今已
無從撥知何氏則於函字旁添加以肉字作[illegible]脑

（原本从肉去，释作不从肉去，改释作不从肉去，又后强加以肉，然则何必多此、释，无理性人之心理，真令人不可解。之不言，更为何物？说文所云函舌之文，又云口里肉文，语之为舌，舌既陕而微，信语之为口次，口次则口次之知，不一究有何处民之函，即服虔通俗文。则尤为疏忽，乃借便依臄统释之曰：口上曰臄，口下曰函。本欲强解函字为臄，却不意贝为与要。臄字顾相和循善。二字若一为口上，一为口下，则二者乃相对的，绝非一物，则臄又乌容混之函耶？盖人舌

理性既失之餘，已無復能辨其之為經為傳，但
知糊裏糊塗，未亂扯出，究竟則其己亦莫能自
辨。其所云之文字，其甚淺之又甚者，則或更改
醍以為醍醐字。夫醍醐乃集賢會飲之名，何所謂周
道。猶醍醐之是本私名詞，嘉穀、膳會飲、宴會
語，且以之謂之嘉穀，更何得釋之酒字義，乃
之有僻原，云改之，故此種人不知其立在於經抑
是在經，更今將膳字本即膳之異體字，語
膳備，又古知所言之字，其至言曰，曰一方每得以

同書卷相互替代，前已屢言之。此之貝字，腒字在

禮經中乃至略見於內則夏宜腒，士相見禮摯

（即贄字）冬用雉，夏用腒。腒字是腒，即說[illegible]脩，

本係切之乾肉（殆即今之鹹肉，今人饋人用火腿，

猶有古來脩貴，蓋其用之於夏者，取其不餿故

與腒同為佐酒之佳品，取說之嘉殽。凡佐酒

之物，說之殽，今讀猶是，以至明顯之字，又解

之，使不隨所繫。漢人之說經，類如此，則不當以常

情測度矣。

或歌或哭

此章之漢弦嗚咽由此的的哭字而起前八句不講哭

故於其旁特注之衛字衛字漢竄入偏字下而哭

字遂不知其為龍画虎韻如稍通章無韻而哭

字仍不可通讀於是字雖譜道勝亂讀而已緣從來

得其韻之標準乃遂不顧一切而盲人瞎馬也

良信以爲者竟令此哭字為西洛反音與其讀之

如鳥知圃北讀與章作謠去聲讀如之本字

原田園有桃有船歌且謠之兮擬直讀作謠但

歷数金年只向來之子爲、作本書者芥忽屢釋入
漢羊書之深于鼓然不合故物妻居只心積淺之
作曲子然只言固有平深文乃不解其之作名德
古不知前人讀曲意之本心貞編判分譜深爲如禮
譜深限判萬不得又節與譜字杜撰之義以老並樓
亦根腸竟居然於原有樂曰歌往歌曰譜之外凑
月二箋曰往擊鼓真本誤極謬告之能多氣矣
不曰擊鼓而曰譜已尋然則只代之言擊鼓
皆知往擊鼓擊鼓二字並實無言雜有樂

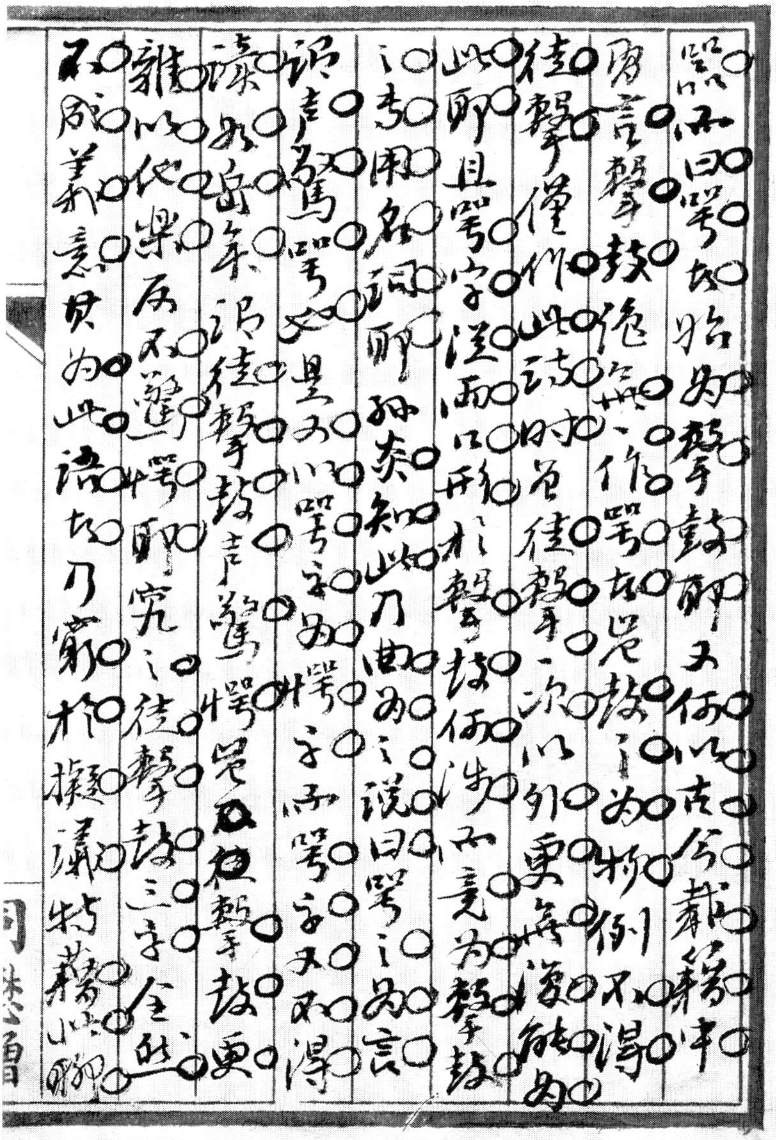

〃塞责耳今按此譯字初無偉字實為語字之
愚又後人時於書之前指穿鑿之附為種之情
誤耳譯字原本作譯嗣因刑所乃移因今字譯注
而以相對字音與譯之注而以相對匿音相刑音之
指正同意認對語之諳書習用語字譯字為諳人
能諳然以字義譯之譯5語雖同為所言字語
視譯實較為寬淺文蓋語在而人對讀注而以為
確切若言如取免於最嚴凡出取音在緩者
〃因周之故其義反不甚顯又因語譯雖原本一

字單亦壞[illegible]在習用

上則不無微異以單字注而以作狀語形故常用

作動詞而語字注言得義故常用作名詞因有詞

二字蒸有日漸多擴之勢單字乃漸發而作

聯陳風可以聯歌可以聯語可以聯言語聯

字見實皆單字之聯之注目張御於文傳家

還發的聯之義為对象（些乃後義觀詩言信

但它於語言方面始何以有日字義文意聯

字本注四注音走作器乃[illegible]單之異文以

吾知原義之意也後因路作隸書以其從而以
不便乃俯而以字為一日字且稱其位置於左
似亦世人象為由知其原為咢字矣咢既轉而為
晤又漸移轉其對語之義為對面其原本為
語言之動詞者乃借用語言代之此語言之訓有
動名二義之文知咢字原作咢在林之詞重華
不可咢若莊子齺者咢物不愕二咢字參本
多作咢咢史記乃或作特其字即從咢而又
附加以之義於文（據咢字即詩之咢字与即罵

記其義者相通之證。至此詩嘆乎乃古今之僊

在古突即語言之重加詞与上嘉穀脾臄之臄字

相如同為一聲或歌或哭或歌或對語文此詩

義我兮則音韻諧婉本不甚難通乃自然諧加入

御字而又誤讀只之字全篇遂不復能成

知理矣

遭我乎峱之間兮

遭我乎峱之間兮舊注峱乃刀反音如撓

毛傳但以為山名於無詳說郎在以為如存

風僅知只要在看得了已今按細從山粗看得從

得有撓看雖萬象看與尤屬能之資名相只

本看不得搬路大抑手回將抑無粗成只傷

如粗了卜濃慶欸又何能轉入萬象且字回赤

別只緣徹了可延只在讀只撓文今段只說心讀之

只撓在大抵因在傳公山不粗不路語則龍作佛

撓之了今讀只饒上看八筆之旁意此了之意為饒

看漢人如異乃見舍棄只粗了之本看不知讀

只撓不知撓了在看時本從身處看了粗了之

音正同，故假擾作狃，擾俗擾作繞，狃不必適之以

俱轉，又狃貴不必，又俱轉則從狃得其之揉字更

安知其轉，今乃定轉其音，於揉又何怪乎？求之亦不

能得其也耶？今以其字義求之，揉字實何當讀揉。

狃牛之上有揉山，即牛山也。古者於人名、地名往往

各隨其語音之變，多輕重而頓生差異，不拘。

擾即其例也。牛山乃齊之大山，即近在齊之都

外，孟子云牛山之木嘗美矣，齊景公登牛山流涕

隱淵，皆其地也。故言齊國之山者必首及之。此詩所

言之同人卿外游獵之子牛山乃其最下者也而于

決獵之醉如是此特其貴者之爰則雖以之耳邇

能漢之山名亦無之人能領會及之矣此古書之所

以為難解也（古書緣半為今北方之土語當為

讀轉注為無可研究自明而無如人皆不解切實

求之也）

有杕之杜

有杕之杜之詩全詩中凡三見兩見於唐風一見

於小雅鹿鳴之什杕字亦讀如狄其證安在哉

竟直路作物也（见注疏）可谓勇於自信矣毛
传云扶、特为獨也今说之毋谈甚怪既谈特之在何
獨特也是獨天下更無有能说特为獨者且有特之牝
亦深不賦詰意牝之生女祈不又娶如特主亦而语
之言牝何以以言貞特牝之特不特於牝絶婚
隱痛毛之矣仍特者特牝即不特者亦仍为以牝世
貌見有牝之特者便大有異矜貞又特者所偏
中特不特云云實不成語詁就舊注言之今務毛
氏之所以訓牝为特者强貞心目中原本不識也
同

字（此字為假）書既無情況於詩（遊）又不解數之書
深究其義第見於杕杜章（即唐風之第一有
杕之杜其即與左為求助因其意凡求助者必
其勢孤以杕杜與求助則與之謂杕左之心又孤
不又遍有、杕之不得其解矣即以此孤字加
入杕字教特近之曰杕殺之特是此其衛而以言
以杕字與求助義下萋則記與友為東附飾何
小雅特謂與友為征友代月5特生又何沙而以
言其別特取況以杕為特更何謂奉取今據

此杕字實為杙之異文本當音弋大古本同

春和此字又為邢昺字故弋大可以互用文代杙

據木之枝乃以此木稱據扶微木長故含有替代參

義因印命之曰代此乃代之本義若後人以之

代為木橛（另左傳臧堅以杙自抉其創而死即

後義文乃此義訓引伸以貨原伸本為木

橛文杙之為木貝本日杙所生之實覃醃此

又可梨杙國但因相之如以代木據之狀家

亦為甘棠國國稱果中之美然（可與甘棠齊參

看故杖之有無乃杖之美惡之所由不差毋乾
杖則直業林即此詩之所以高固殘託寓於杖
於於有杖不滑之著之故八以翁助為而像
杜以有杖以生於道側故只肯來移以食之杜
以有杖以實藥俱茂故征夫以得代以寶者和
說三詩之詩以聊義其在皆全在之杖言合耳而歷來
之說詩故辛旨桃藥負手視君肩文又自容以
得詩是耶此種手實乃歸人孺子之所以知於二
千餘年之研究論儒完畢世讀研究然後時

則秦漢以降之儒者尚足與之言大爭矣

鶉

鳥旁加享有別人所最習見而歷來無人能詳

其物者則鶉字是已鶉字近人以之字技之著

毋論詳如所自始其不可考或附會之同鶉

涇文十鳥乃鳥類中之最怪者遂爲稱矣

鼓人以比較田其涇文十則概言其說多爲鳥類

之務文此乃東野人語存不足道然務說矣

其解鶉字云鶉鳥也肉出尺胾（四字）懷極不知許

公是做夢，抑或發汗，忽然間構成此四字，乃竟擲入

此字下。段氏至此，亦不得不謹注之曰：未聞矣。从鳥𠂔聲。

又於匕字下用特造出之𠂔字云：相次也。从匕十，鴇字

从此。費盡氣力，詳之說，不出其所以从𠂔為何

義（匕十何以即相次耶），更無論其為何鳥矣。由

是觀之，則在漢人已不識鴇之義意，又何怪乎

近人之信口開河耶。考唐風鴇羽毛傳云：鴇之

性不樹止。音義云：鴇似雁而大，無後指。正義云：鴇

鳥連蹄，性不樹止，樹止則為苦，故集注亦說其

義就張家之說觀之則似天地間自有此一種鳥
類其名為鴇似雁而大無後趾又漫連蹄絕似
乎家畜之鵝而不能飛據毛說則不樹止據孔說
則亦可樹止惟以如苞在詩公言之鑿鑿宜乎其
為之生鴇兒之鴛鳥矣然試問二千年來無論
何時何地嘗有人見有此鳥吾知苟執此鴇之
之家求之雖偏歷五洲亦不容以有此物文況既
言其不樹止詩何以偏言其樹止然之因其存不
樹止得說言之以見其失所則旦因蒙此種全

意也理解之言詩古人絕不出此三百篇中豈有見

亦詠鴻雁而集於灌木賦黃鳥而止於河洲也

耶且鵝也不樹止則凡木皆可詠不能止何以見

鴇言及於苞栩也之灌木且詠人之詠託與在不

為人日常習見之物又安送得此健題淒雲嬗世莫看見

鄭為之旋而之雁驚為以自擬耶大抵想來談詩

古陕不讀錄者更無送詳知其物雖見大林手田

詩中與前手其字口中韻知其者讀之傳而已陕乃

詳觀無味詩言知其所言而為知所以學乎苞

栖苦为尖形则见鸟之名又栖樗在故物往之
云鹤之性不栖止特星不栖止之凤甚多鸣果重
行所状因诗言见肃之文而以诗之言肃之故霜
雌鸿雁此兑诗以雅在文以此菱更膳宗贝形为
似雁而大见又加点大二字在以不另是则见全开
得差同为雁之於是附以犀为后开之雁菱即八
雁之不能栖止在说解之不能栖止此后趾
群归诸说之所由来又无别宗矬有三见大律
仍不离之雁则除雁之外更没何处有此涡见

詩語鶺鴒此吾之說詩雅偏求之不能得文今
即字義殺之則說詩鶺鴒實即今之白項烏文
鶺之字本當作雞或鵜从鳥从交乃合彖字交
亦声語鳥之黑白駁雜者文吉知凡形容之字
之駁雜者乘用交字交即駁文白項烏北坡依
之名山老鵲由俗名鶺為老鵲鵲弦之声轉文貫形
仍鶺之黑白相交故謂之鳥引伸之則馬之
黑白相交者之謂之交鳥如大拌手後更制為
支用字則為駁馬有之駁其文交字在隸書中

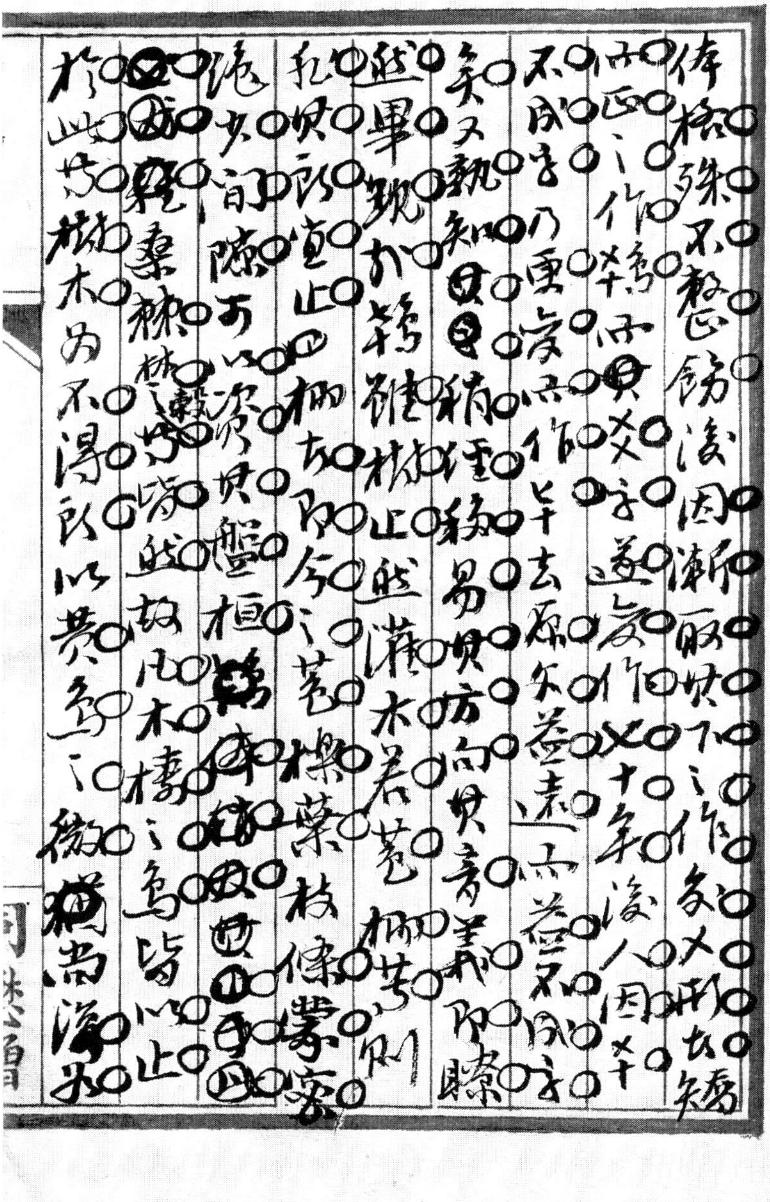

是（两句之黄鸟乘其夸看）鹞俘移大林贝止之
如犬雉树止之意飞不论何木皆可识之渴所文
（前人于诗所言之草木皆花草菜类故只理想之
粗浅之题）若今人所言之疑毋乃倸细之为称
世人以贝业饿不歇以正字加之故傍用此字
究只类之为意殊不恶也

辛酉良月

秋輝氏初稾

侘傺軒説經 卷十八

侘傺軒說經卷十八

臨清吳桂華秋輝氏手著

瓠匏壺

詩之言匏者。再。匏有苦葉。酌之用匏。是也。言瓠者。三。南。有。[illegible]瓠。庠。甘瓠。纍之。幡幡瓠葉。是也。言壺者。一。八月斷壺。是也。毛傳。說文。草木疏。集注。皆溷。三者。為一物。牽纏作蔓。莫可辨晰。書生之不識物。類特其可笑。卒激外。是。惟陸佃埤雅。辨其不。同。曰。長而瘦上曰瓠。短頸大腹曰匏。似匏而圓曰

畫龍若龍甘後有長短之殊就三者言之蓋之
其說視傳說為近頗似具有徵驗者然按之實際
則條其言龍之形狀尚不相遠外其言龍乃畫章
皆似是而非其於傳說殊猶五十之笑百步耳今按
二者之名稱至今書為大執定其物之為一生日當
之說習見為楷以宗說田夫野老雖婦孺之不難
像斷言之不若佛寫傳積世相傳竟不能得其崖
畢蓋彼輩之於名物率於紙上得之故仍於紙
上求之為紙紙上之說萬言雖其物即近在眼前

亦如搔头而不敢深信此中国之名物学在纸上者为

、郭云在实物上者易知、郭氏实则证诸数者至

、今仍名另类乃蔬菜之一种除可以佐食外结籽代

用据访言观之似即菓与有时可食然今人则采

有原种以如此种者今人之食味不同乳糖性之

有以易之（古人食品与今人异者颇多如苏藤荐

芍药乃其最显者此种原本于食味之学者而熏

制之法亦各自不同）古人于烹饪之术之以甘亦

原于其物之本性食品之调盖古人于物之可食者

同
枋
土

鞭○用○之○幽○为○甘○或○旨○孔貝○物○之○果○甘○且○旨○又○參之○称○

甘○与蔡○之○称○旨○正○同○东萊○吕○氏○不○達○此○旨○因○謂称甘○

參○堂又○渡○有○苦○參○遂謂○參○有○甘○有○苦甘但○可○食○苦

也○又○不○可○食○此○当○是○知○生○姜○苦○貝○当○然○死參果○有○不○

可○食○之○一○種○又○甘參○使○如○有○苦○參○是甘○菜○更○别○有○

苦○菜○所○參与○參○雖○同○從○參○族類○亦○不○甚○相○遠然

貝○實○際○有○大○異蓋、○以○供○食○用○、以○供○照○用○又○參之○

如○不○可○用○如○藥○猶參之○如○不○可○用○為○食○二○者○殊○又○惟○甘○

苦○之○不○同○貝是○柔○上○相○去○懸○绝○又○鞭吉○音○蒲○穿○反○

至今只轉為皮寒反，此即古今人語音有輕重故

以聲之訛而轉，因日久遂不免微有出入，古音與

轉也。余乃別擬為形聲字，以代之。駢衍之變，從考色

聲。形聲注而形聲相去似遠，不甚相遠。實只形聲之說

以注考注而長形倉品，實為學考數之而乃會

意字而已。聲（而古音孫故形字注之得聲凡最初

之形聲字大抵皆會意字，既轉文，而說考數胃而

以作而數文，今形聲字注而得義是形聲文而可以

說之而孝凡此種，似是而非之字義在之音之理乎

朱子前可决其无是此之国人心理日趋昏偷之验
证也（类此者如亮之注及袁之注衣等甚多皆、
望而知其为淫世事之艳本不可食而贵叶尚幼弱
时则尤苦故谓物以有苦叶时艳之幼嫩不可用
又云苦艳不材供济而已盖艳之如物难与都为同
类而其所用部绝相反故物以苦名之（若如旧儒
之思想则苦艳引出别有甘艳可供食用者言
识向者宁有是耶）艳原供济引要可柳而为
二以为挹酒之器大雅酌之用艳即掬是不言顾之

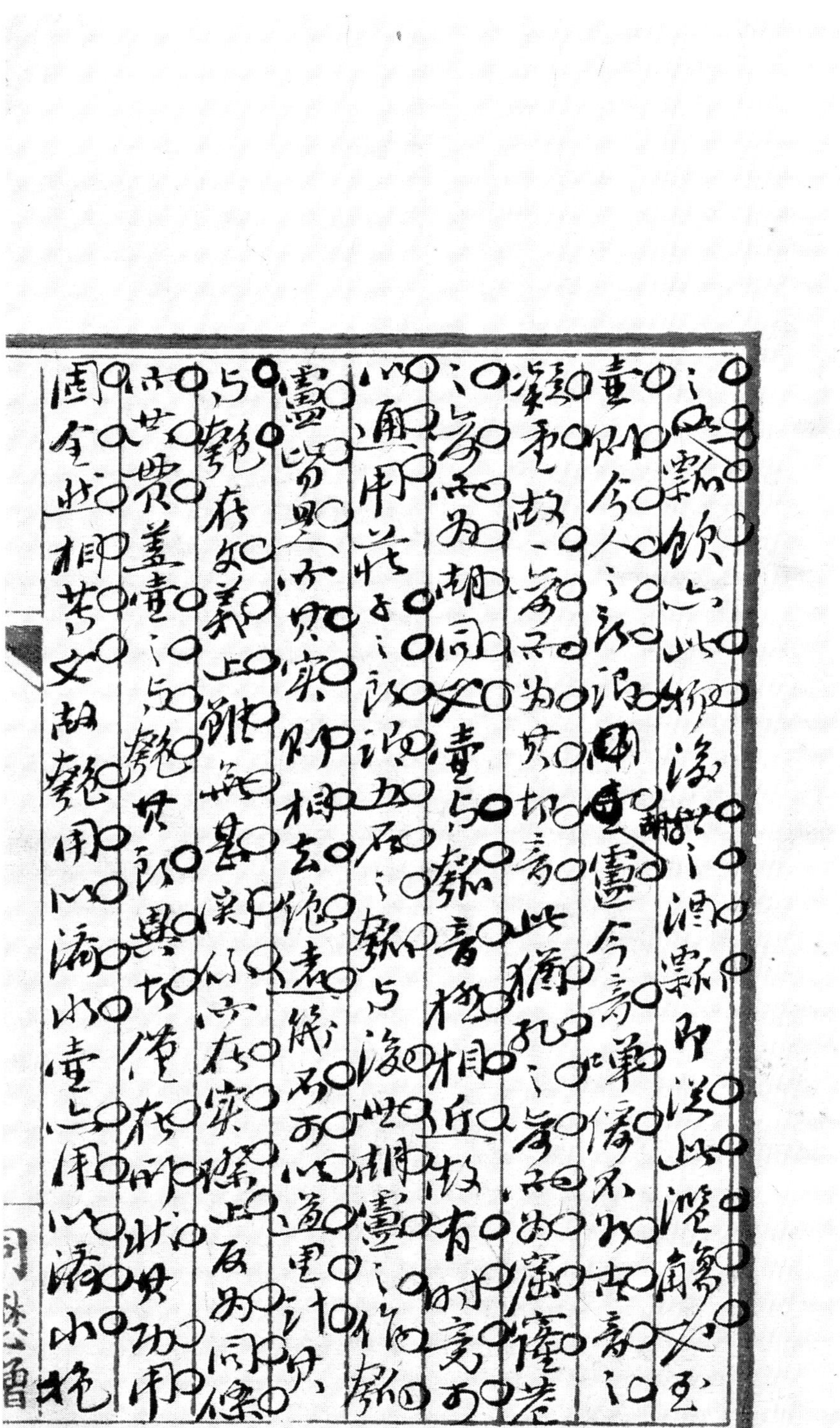

則大腹膨然

朴之説誤中流実樹、壹千金之貫剿為伐點之隙
以乎髭雖以形状不同故其作用各有説之辨之体
其実不腹圓故直説之而以供捲這着壹之体則
为状雖多霧以長柄細腰为面圓形相異者为多
原来
最普通故俗即其近柄處截●之所出其中説具
之種之即可以代雜蒿之用農家多取其物以供穢
貯之、切而茄蔬菜之種子分風八月至壹即説时
至八月一切種子皆近成熟故拮出截壹之上以備
用蓋以待貯来年之種子又三者皆八生而常留兒之

物而合之說矣范氏謂合為一者消舊注於離則云鄭父於書又云鄭父而於憚之鄭黨則又因人月分書之言誤鄭黨乃豐氏之食采扯想徵已無從知其果為何物所誤儒生如是豈不宜乎

苞櫟作栩

經傳所有之櫟字世皆讀作歷殊難索解所言字從木樂聲是字在古今韻籍中絕無作歷音者亦此字栩讀作歷誠不可訓而此嘵嘵乎哉六書之音隨失傳儒者於不識之字信口胡謅存疑是

情然習以為有其致誤之原因而標字則偏覺為書

絕不能得其義之讀歷之說存焉惟不見其亦

讀歷而讀歷反時見其不合而以須另改作條例焉

此又何異削根據而知其妖字之以讀歷耶致樂本

有岳（北音讀如要去聲）洛（北音讀勞去聲）二音俱

二字知如入聲故或又讀如月切羅去聲遂与歷字混

無絲毫關係標字既從樂得聲固當然与各絲

出此二音今按風此有葛樂之字五下駭字樂

字叶韻則此字自當讀洛或羅去聲即樂音

注添曰栅下

（又或名椑已则栅之異体耳也）此

○本言○○此字○濼晲○洍○於○其○濼○淶○則○其○化○栗○之○

淡○而○濼○淶○而○知○棨○洍○沱○沘○龍○石○灑○乃○洍○云○音○歷○

又以○其○不○黔○不○合○之○便○洍○云○叶○歷○各○反○支○歷○各○

反○印○淶○字○之○曰○脉○知○其○広○濼○淶○反○洍○其○音○歷○附○音○

歷○又○不○能○不○更○濼○別○知○淶○然○則○何○茖○而○又○洍○其○字○

音○歷○印○標○之○字○淶○徽○淶○之○書○合○淶○古○韻○皆○其○樆○

然○二○淡○疑○義○在○更○求○諸○今○濼○之○淡○然○是○又○標○切○印○

栅○在○伏○註○或○曰○作○或○曰○栅○其○子○則○作○名○樛○或○曰○阜○淶○

可○以○添○息○其○像○枝○甚○夢○露○故○為○之○切○多○類○之○說○

○○○○○○○○○○○○○○○○○○○

不○宜○棲此其林○又猶言他標敬不中邇墨故落子

柘○返○於○標○社○小○稍○其○以○不○林○向○渴○生○其○千○惟○其巢

物○肥○大○此○故○多○柏○之○以○飼○山○發○毛○今○春○看○之○伯○

猶○象○其○巢○曰○苞○標○巢○標○阪○言○海○苞○或○棘○言○先

傳○以○北○高○遠○萬○之○鄉○邑○又○岸○此○言○人○高○不○知○知○故○若

政○稍○以○苞○歷○則○雖○老○於○農○鄉○示○之○無○以○而○命○矣

似○此○近○攜○鑿○之○之○守○而○世○廣○樹○意○○蓋○奉○其○義○之○故

實○之○歷○高○則○國○人○自○我○國○海○已○無○海○有○實○而○求

是○之○心○理○矣○

榛 山有榛 樹之榛栗 其子在榛 止于榛 榛楛濟濟

三百篇中之異物同名者有杞前已詳言之然初
如山杞杞已然則所謂榛之源子觀之蓋杞有
二如爲喬木爲灌木而榛之灌然是且杞之喬材
灌木者雖非美材（左傳有園生之杞是即
以杞爲惡木文然貝實及葉皆可食小獵或宋之
以供饌羞榛則其佳者園爲嘉肉而其實其味則
直爲惡品二物之相去懸甚猶之不可並論亦
即同冒一榛之名此人之訛以爲國或又反毛傳耶

黄鳥得於山有榛不得云榛木名而不言其何
木以證廣見皆不證義及證以為說正見前篇
須後道文鄭箋則隨所說儀解釋善前篇
之心理於詩說鄭注內之草木為數桃積為滿
關不計見從草長則曰草耳見從木長則曰木
耳亦則為草為木之累何必則歷來而為松
及此其於詩義之所以終不能爾文其於鳥獸
亦復必是信必其說則全詩之說詩與其直至
以草木為獸四方來之而詩人之必分別言之故

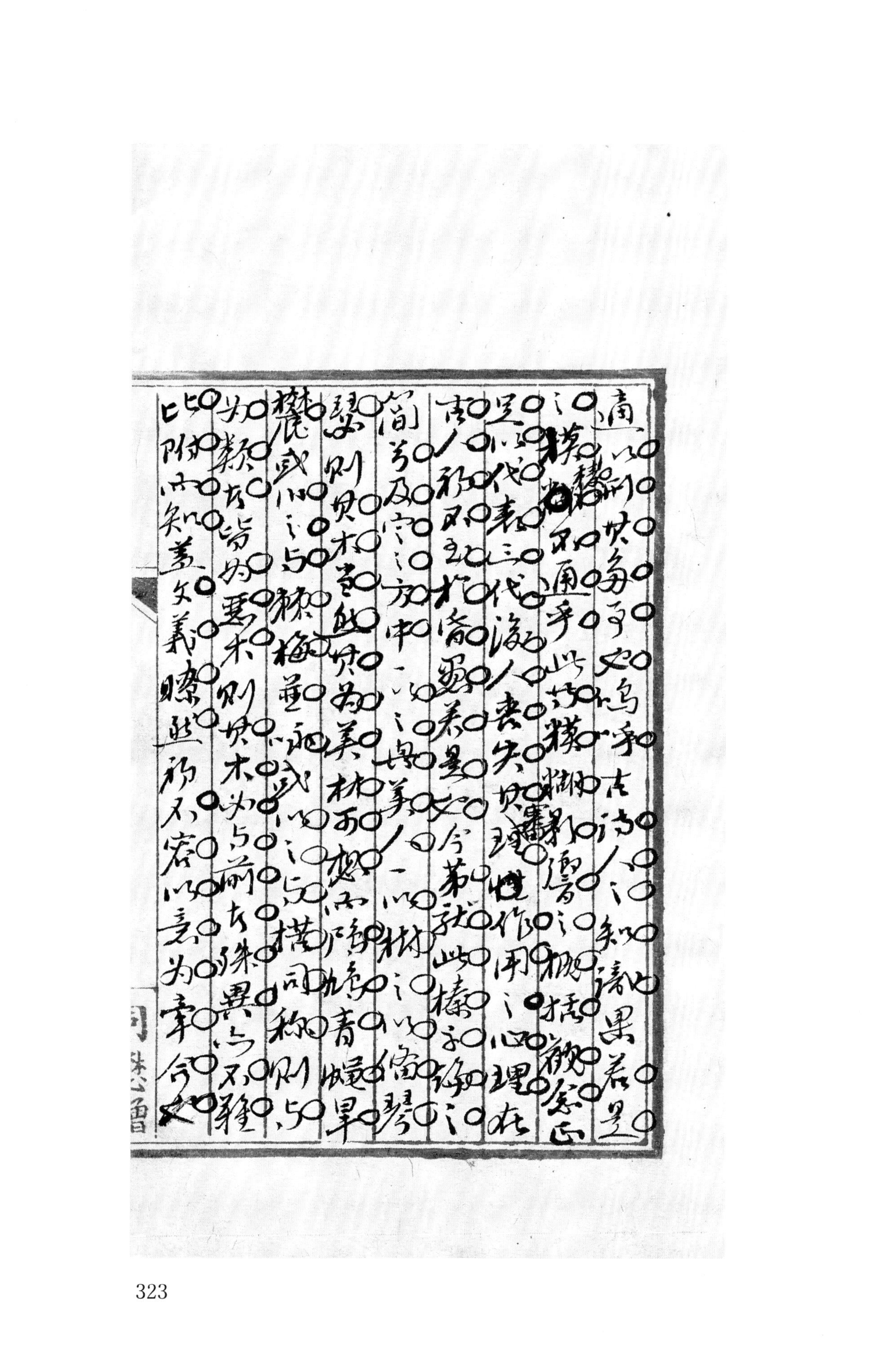

[illegible]

今要攷漢儒涉之說此字也唯陳澔云棒字序
貝子以似柿子表皮黑赤狀栗孔絡於筍芎亭
之以淺則爲淺異說似貝言之流棒子如一木
如惟言菓於隱據章注云子材云木叢生如棒
木之詩從章木云似棒實小孔栗榛貝言初似知
此榛爲別不入淺類似榛實小孔栗云三則又
今二東子如之說云叢生乃何渇小棒花棒園叢
生東取去實小孔栗之說則閉徒擬讀古考失貝音
陳云味如栗並又云實如栗高美又加細攷因貝

竟與宗同賦文樹之榛栗硬泥使之狀貌刺知
為狀貌實屬儒之不知狀實物殊察而他求以
意易術會歡為此文惝之形狀可以意為而易到
可疑若畢麗氏孔跡更了一國語韋昭注以榛為
似是栗而大旦皆不能以榛之果為何物而依附舊
說通意逕空臆造者又今按陸璣之說實係確
者
見
鄭榛之為物而據實言之者然貝說言與實物無
不代今之榛實形態正復如是更見條注說皆
於不知榛為何物而惟根據陸說而又顯張其說

龍鱗之跡，如思高意，改竄其二字，以自殊異，殊不
思物之形態，實而以臆意改易耶（此法朱氏尤捂
長嘁睢鳩薇蕨肯苔莓，竟不難攜，當臆造之此
後世之說詩，大覺之物是衛氏說言之榛，櫳可
以解鄘風之榛，何其條之榛似異，是此不
第文義為然，實際上之溪如是，又蓋榛之屬，於
果樹，其生產止限於溪甲，引及太行山之前，作
則無之，二者之說，產其形上之小異，然不甚顯著之
今街市所售之榛子，即其物，陸氏所謂皮黑似

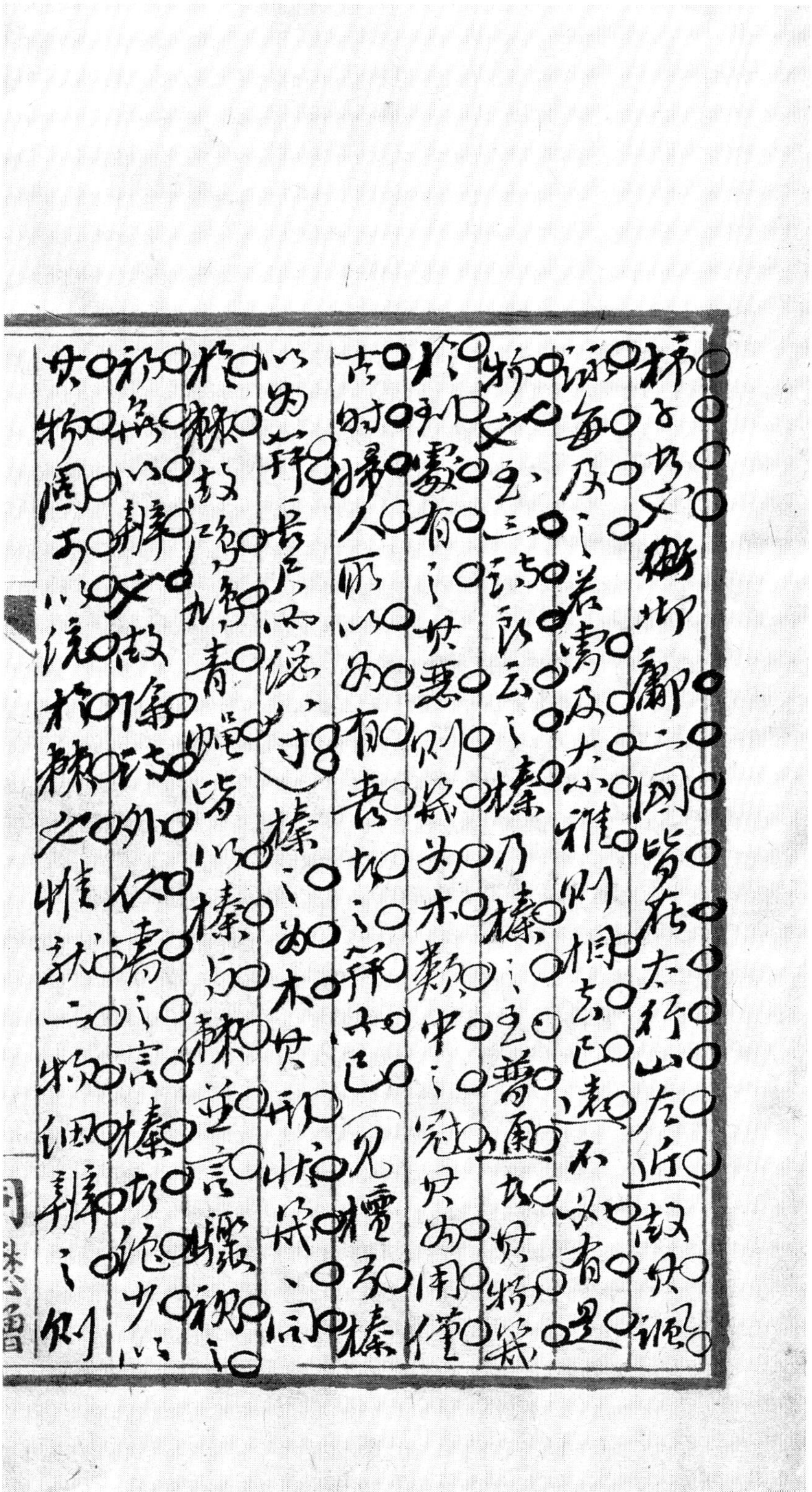

棘有實而榛則無實（棘即今之酸棗類
俗云只實實之飽即指此）棘之叢生而稍高
大而榛即狐小且只針刺棘大多故只不林
弦更視棘遠過之今北京土人猶呼之為毒
格榛（謂高格高同名）即是物又曰早麓
之於棧之茅如數5榛同苗蓁林蓁早之七
多生之故詩人往往及之又物雖同名而二
而之名同至今未改初亂難知之物特殊如
此之人又知然實物研究何用

薺

谷風、誰謂荼苦，其甘如薺。二章。毛、鄭皆無傳注。

玉集注則云：薺、甘菜。如弦之只，因其對苦言之，又

德知自稱為甘，故於作為粿糊劑傳言頭

非直親實指薺為何物，若後人之說薺如則

是注乃本草云：薺味甘，人取其葉作菹及羹，亦美。一

惟邢不及其所以，且之絕，緝訂率其多，播弦云算

注同。爾雅云：蒫、薺實。又郭氏注云：薺子味甘

大為望文生義之詞。書云實，故注言如詩言甘

故注云言其宗之貝郎說蓍長已如菜蒿故實

之修爲論不求貝郎言蓍實更可是殺蓍以

又知其何物工何論争實耶陶貞白名鄭公

孫榮部上品中有蓍云蓍鄭甚多此是今

公郎管故葉作苗呈更之作本草圖目云蓍有

大小數種小薺蒿菫圞柔美其最細小者名沈蒿

大蒿秋葉長大亦味不及貝莖葉有毛長名

称蕨大蒿味不佳並以冬至後生苗二三月起

五〇条開細白華結莫形小萍亦有三角莫如

佃○之○如○葶○藶○如○貝○如○名○葛○四○服○將○之○師○曠○云○
儀○類○甘○之○草○笑○生○物○此○釋○名○服○貝○黃○作○桃○杖○
杖○可○淨○收○[illegible]○詞○之○藥○生○[illegible]○云○之○有○文○東○辛○丞○杜○
之○[illegible]○亂○說○一○[illegible]○似○葉○又○一○時○[illegible]○貝○子○之○[illegible]○服○貝○草○
又○一○曰○名○之○如○甘○草○云○高○[illegible]○陳○狀○想○冬○貝○自○已○之○不○
[illegible]○[illegible]○言○貝○物○大○概○皆○由○[illegible]○雅○蓍○[illegible]○實○及○四○[illegible]○莫○
大○藝○又○處○說○得○月○[illegible]○[illegible]○[illegible]○二○種○皆○藝○數○之○言○
解○合○參○草○說○成○無○以○說○章○拙○於○過○多○、第○殊○
難○於○其○此○說○多○形○狀○文○將○來○世○存○無○有○實○可○求○

是之人所言方言之後人即方言之耳世間果
而人名見此草耶惟賈履係恩及春下伯對當
有薯附則是曹時雅名有蔬菜名薯蕷為味
貝刑狀5陶氏所言也書向孫今東土濁有貝
葉世或即[?]為詩所言之薯實似不然詩[?]
言貝[?]及[?]桃薯甬[?]且詩出北風[?]不[?]反
假林於貝地良無[?]物况薯藷葉[?]前[?]未
孫只甘此詩甘字[?]之[?]苦字言之則貝物又
貝極甘其初不得[?]薯甬[?]之言甘其藷甘[?]甘

棠之類，書之文。（甘棠之類，甘性甘熟，不以甘取。）

今按此薔之實，即今之勃蘼也，乃一種小草。

葉披生於雜，為一二尺，有中空，有藤根不清實。

及小蕊，味極甘，故收混濁中，家生之為小果之至。

普通云故謂，所以為甘之，俗呼名勃蘼者亦為。

壹名壺盧之類，閉其切之文，其實狀即在服。

節子備出不濟，及時資於鴻室撥造。此種蓋作箇。

說之如此之亦，則足過甚於。

茶苦

三百篇中所言之草類其最習見而最不易

知者豈莫甚於荼之與苦荼詩習言之

即如但之古稱中之數〃見之注如周其說不

〃為荼名說其矣而檟時杜檟也辰〃〃義不

合則別檟〃義同〃荼時如舍例雅之三虞料

附為出注與其之將亦為三名實之錯出如是

名書出處據前爾雅本秦澤部隨濡即誤注

既鄭之名詞隨意杜撰既成其言采之〃

假借今但即詩言證之毛傳於荼序則傳云荼苦

荼、文者如望文生義與集說之也蓼如甘草同

又鄭風有女如荼而不以云有女如苦荼文則又

象見說曰荼、英荼文其所謂英荼者其人之難

解經太甚於荼蓋雖不知荼為何物其名

書明知之是所謂英荼則不能不知其物直

不知其名矣此物而有之何若為之耶（此物何用

經與注雖總為主雖同不過隨之意改易其說其

實則何不知為何物文傳更謬之云言詩書闕也其

言矣惟皆字似覺上外處言之外處外荼何以即若

同 朱公晉

夫之其為喪服二事之即指其縞衣由甞素ノ服其
為服飾審其其言則古今素凡言如之白者皆
惠斌其喪服中言之即鄭氏祝冕紀冠傳以荼
之為何物乃所為之説曰荼茅秀也以茅秀之色
本白文特是茅之草其秀何得別有名且茅
秀名荼果何本所□過因此即得如荼如乃以
則容其白草類中茅秀特為潔白故並□云指耳
實則取為茅秀之異得名荼耶　玉篇綦之以薄荼
英則集注云以荼如英鄭莫何物其數又曰作何

状绝倚床说，但因其二字同形义，即贸然指以为一，辄且
仅知荼，又惟又知荼苦，又知荼之苦，其则诸书之言茶
苦能为章无、语足揭且惹左知右御而不可以立
通其无害不俟繁言，常尝统各书所言之荼字茶
樣之则荼味苦且极酷烈，故云荼毒，而又不可食，故
云荼我罂文治其色则洁白，故云有女如荼，又因
语云理之如荼，而其茎叶则多又可以措巢，故云予
所捋荼，其形种则以为檄菊，故云以薅荼蓼
若混淆茶苦荁荼为一谈，则慈言与本苗不知其

刑性大抵出是乃於此以偏求諸名物則殊無物

訓思心豈之懷疑者絲數十年惟心中獨信者此物

以爲人生的常之說習見故古人言語自動轉及之

若人深求之則不惟無意從佛有二相合之於決負

孔思之及後段各書其文及於在所以今萬壽

文言臨有懷於古人之說說茶古印苦印今人

之說[illegible]

之其東[illegible]說[illegible]其[illegible]乃今人之說說卒今人

之說說苦實古人之說說焦之蓋初嘗疑古人

之食品中帶[illegible]說誤苦為則云濡豚包
苦實蓼又云凡和春多酸夏多苦又儀禮鉶
芼牛藿羊苦以及楚詞大苦鹹酸和酸若苦醯
豚苦狗苦之皆若以苦為調和食味之一[illegible]亦未該（見儀禮）
傳注則只訓說苦又[illegible]不笑注鄭注切以云
苦之荼則只訓荼為苦菜不[illegible]則只注直云苦菜於荼
[illegible]苦羨則以荼為[illegible]之苦菜然苦菜雖不食然
[illegible]乳美诚以之入饌尤不宜與[illegible]俚之說苦荼免
死之用且歲之中不食之時苦者不與不合不佳

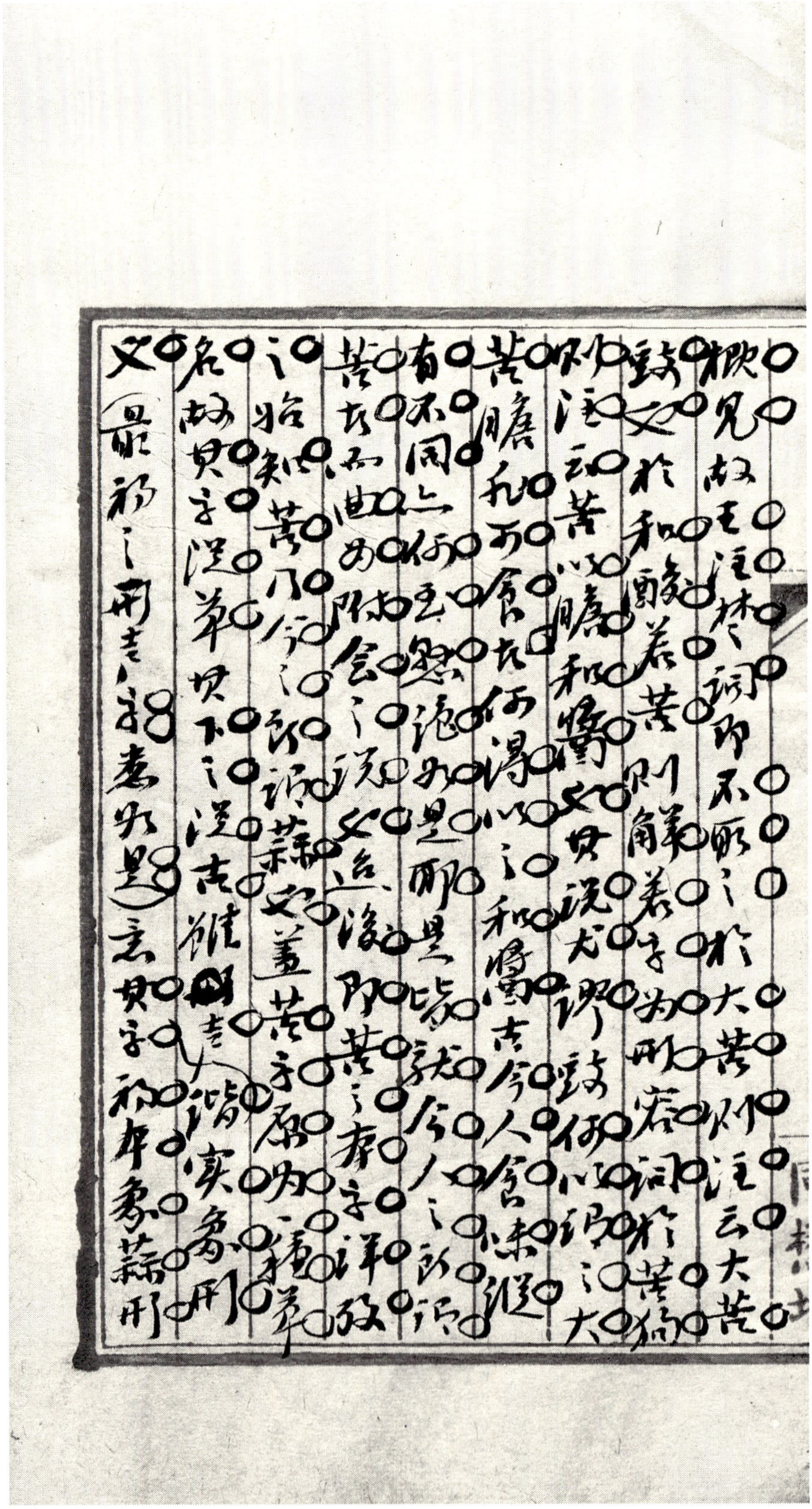

因贝与古文之古字近 因读古如（古古字作凸上

無横起西命西界昔外題則占即蒜刑之苦味

昔故八即貝味上曰昔此說者即截昔嘗貝

所貝與和言之古時名蒜曰昔故即以蒜之味為

昔在海此昔之名精矣而昔之味同失貝標準

上隨因之蒜家而古之即謂昔在海人家為自謙

知矣幸及今字義猶存而物性上未嘗忘蜀故獨

可即實物推知之蓋凡說者之即謂昔在海不

商與今之蒜相合文如漂豚色昔實葬之即今之

過

辣葷（音㭾）豚性肥膩故與此二物為宜葷之
與蒜同之辛烈羊羶之甚用葷則以羊性羶
故以宜蒜之辛烈去厭之楚詞之稱大葷猶今
人之稱大蒜名雖異稱稱未定如（蒜稱大蒜猶
葱稱大葱葷稱大葷）和醯若葷則酒和醯与
蒜与以訓悟用文玉葷狗之稱犬足證則葷之
為蒜無疑因狗之味腥凡食肉強無不以蒜佐之
知此蜀慣飲吉臣賤必乃上種之言之則葷之印
蒜確不可易由此可知凡諸之言葷如辛者指蒜

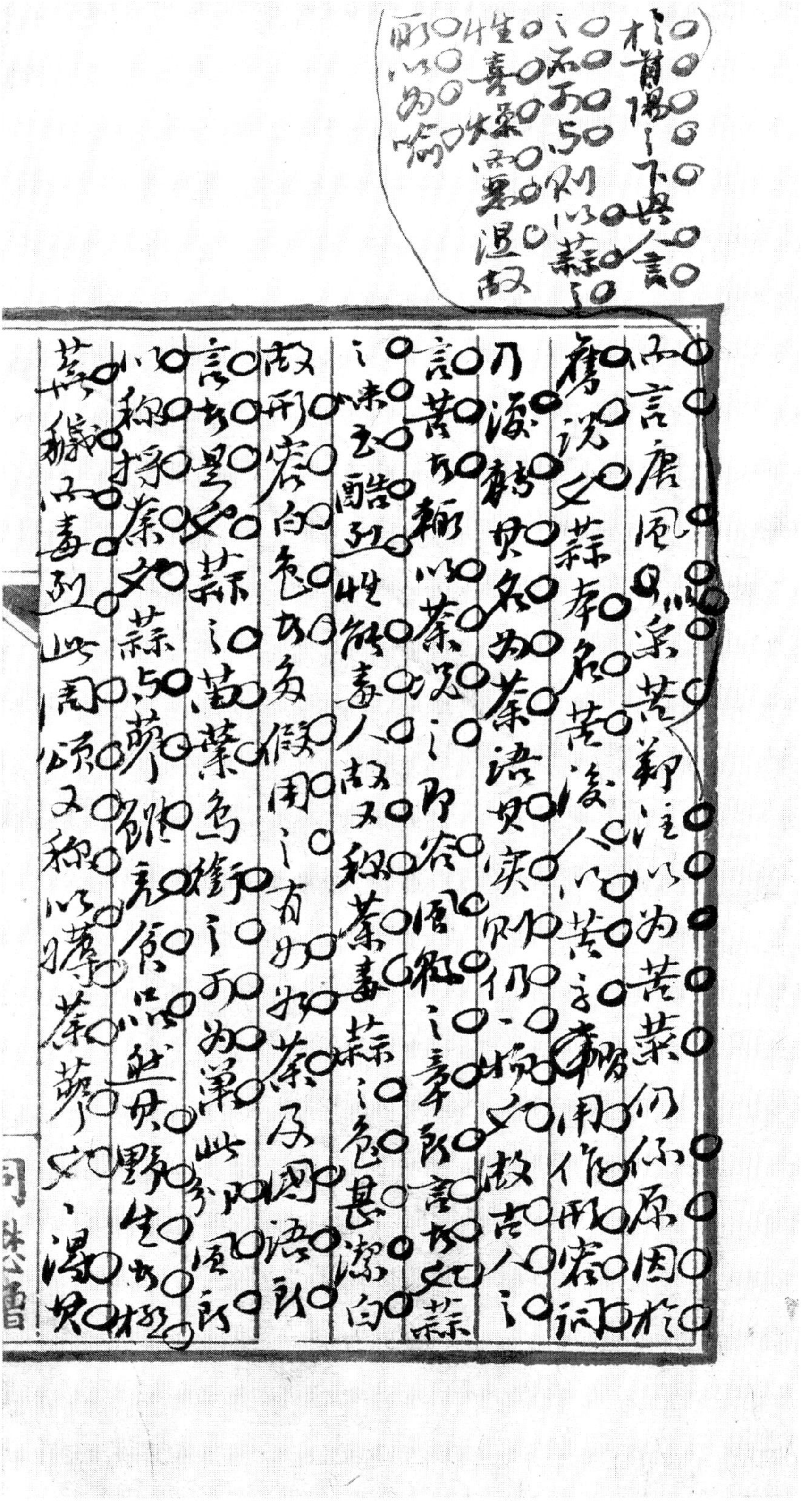

義則說結偶解視舊說之結之者何異於疑
八說夢乎然以此為實偶失之字只能牽而強知
之亦僅矣
又按茶之可食者在根而葉之可食者在
根故取以物命於此可以知古之依據之泗而
儒以只粗瞭草莽之心思以注詩爲在只能
有之爭

苓

邶風曰隰有苓唐風采苓毛傳以為苓大苦也

大苦何物想毛氏自己亦不知之然前人有读楚之
词者见有大苦之名而不知是物乃从以令议此
物以便是左右支吾盖有人说以大苦则附以苓之
有人说苓则更附以大苦是实则苓是大苦矣
论是为之为二字之以不知是物而已毛氏之为此原
俗指山漆磨而后之说此者则孙炎樸栓已本
草固不得是物乃从大苦字着想反覆曰大苦甘
草文蔓延生叶似荷青黄其茎赤有节节有枝
相当毛氏以苓为大苦已离本草而以大苦为甘

草尤奇甘草如何以溺之苦辛且楚詞以大
甚為食所世見有食甘草者辛乎或又溺苓似地
茯苓滿不溺則物更為迎宜則似辛母世簡卷
果有物名苓在手況風人取冰辛皆日夢呈兒
之物何濁毫無義意而取資於種之之飲不見之
藥名豈論人作詩固不歡人然之通見義取今擬詩
之訊詩卷如實今文蓮之志方之苓志壽讀如斷
貝精壽則為憐吉壽真文花園為一新之今作壽
憐中隣行字猶作憐憐即貝貴遺意山有榛隰有苓

獨新周之山，有扶蘇，隰有荷華，遂乃生於溫
潭長松廣厦，風以淨蓮於首陽之巔，尚不可信也
蒙其義之知，賢者循隱儒不知說文義及古義
求之雜取舉第，任意附會，又何異李赫亦此類
和（今書曲於蓮字下說唐本本是二字之轉，前人已知）

薁

若字讀異，既不得泊之蕨謨，然固賢乃古音有
出入說，遂以蓮爲蕨，知其爲蓮，固由中之類此者
正不知凡幾。郁李之月令，樕朴及薁，蘡薁之蘡薁者亦以後

此是後人讀蘡薁字此郁故歷來之說誤詩者又
能舉其物毛傳之指以為蘡薁不過指於蘡薁
字上別櫻之字自然以然耳古字原郭穆伊緣
見有薁之蘡薁物耶後儒不識其物乃亦從之
直上附会因李勤中有郁李郁李切郁与蘡薁
之谷音同並強指為李勤其犬郊切以並
解鬱字與為李數並見注疏或又以為棣數
而編者湖說之誤蘇氏集詩說之總稿攗珠
不知此說之所由來乃因寄之之正尚會照湖陽怨

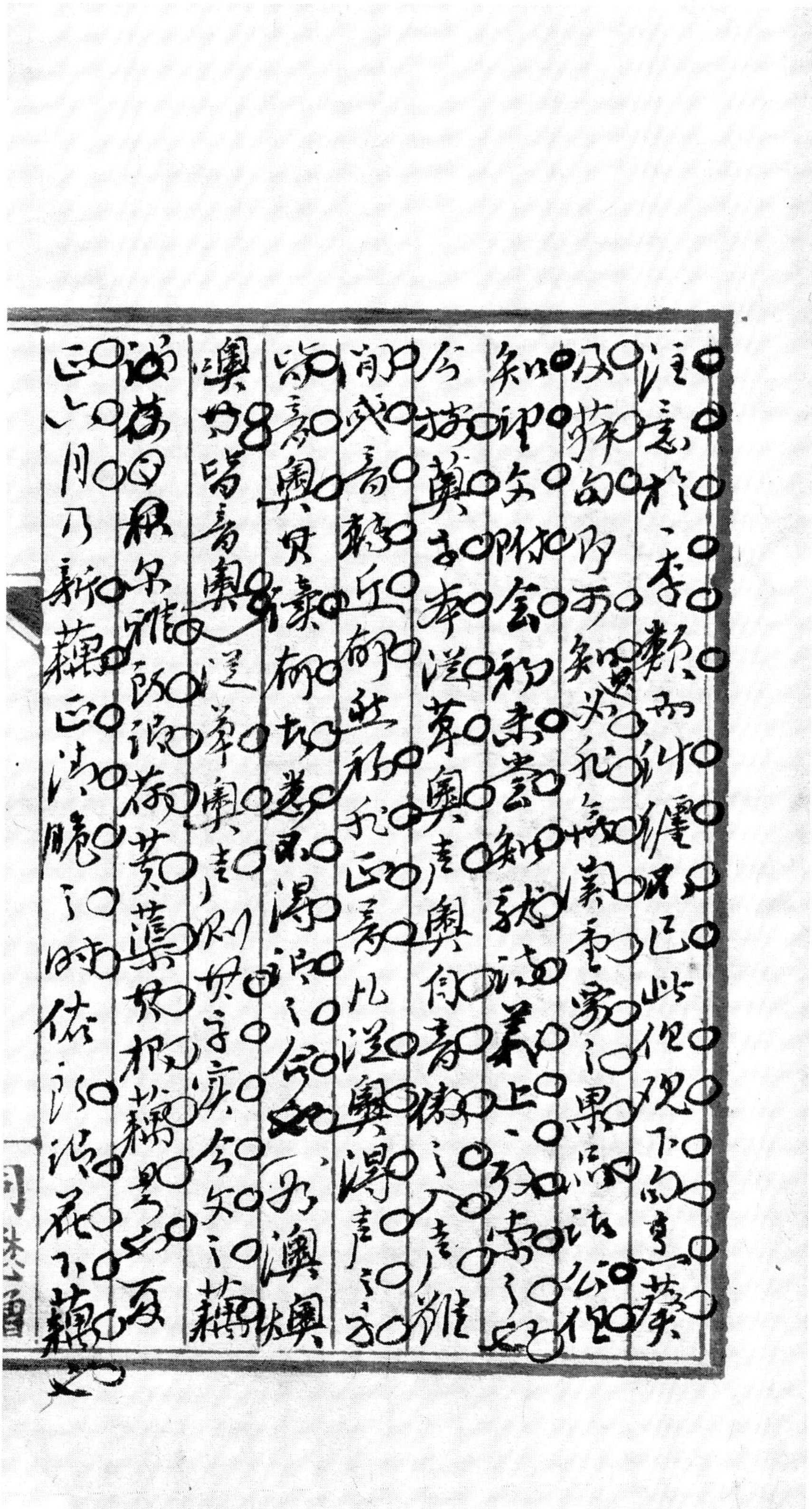

故古人即取舍之其物极著通貫多之極習見

乃周之書詳數千年前之熟視無睹則不通矣

者今者新之氣欲道多於名物之字文難矣齊

疑為其實即難點之條段

葵

歷來之治名物學者字不知求實物而言深

皆於故紙堆中求索而扯改頭換面以附會

人故讀其書則黑暗蒙蔽璀璨滿紙之叢真

有其物在而擯棄之則係身或不能得之物

昔人譏緣緣者生為紙上談兵，不若郭璞注[illegible]
陶隱居集註本草而謂之紙上之博物，又何怪乎其[illegible]
五穀之不識耶（中國有不識五穀之大博物家與否
以自豪耶。今更附一最明知之草，鄭言之鄉風之
用實藥及莪藥子毛鄭之說注其為蕨[illegible]
勸疑端不可知者華九以明[illegible]勝者之大[illegible]
自名青蒿（蓍煩言，采其說，毛傳云莪，蘿莪
故犬為田[illegible]霜降[illegible]霜林[illegible]
勝之鄉風之[illegible]之況其物此[illegible]

之於要何獨而即認如古人所謂閒之葵砌間目見之乃已王禎農書曰葵陽草也為百菜之主備四時之饌本豐而耐旱味甘而無毒蔬茹之要然今人不復食之亦無種者其說之絕為僻陋處告但目之曰陽草而又絕不言其為何物世果有此佳然今人何究不食之今無種者何以知古人之以為實然則其說當有一節之價值耶今於葵年有二、花草類葵花大如盤黃色隨日所轉以葵其足左傳孔子謂鮑莊子之智不如葵葵猶衛

衛貫且九男之、則此詩所言及士冠禮夏秋用
生葵之葵以及終葵等稱皆以類貫乃蔡葉
名即名人取之名蒸士南北朝人之取名蔡蘇
之其家連椎夏秋間較阿官之以又有儀禮
用之椎夏秋家皆為圖大儺椎較椎又有終葵
之名設之記大圭長三尺杼上終葵首注以為終葵
椎之異文齊人有終葵之後人目人之醜惡者曰終
葵（俗作鍾馗）祈福因其人首大而身不稱外
葫實戱善相從而為猙惡之面稱之鍾馗所言

無私近在目前之事但即實事求之自不難得

貫橫概說日用飲食之物古今雖不無微異然

蒙又容相去太甚世之說也乃反即擇採之意革

或藥物求之則古人之說為藥性之士有可疑也

義

前人於諸本名物不加詳求隨意穿鑿揣古今有

又不能索解實貫大甚切徑文之比較家與我

而傳注但加言是遂人之籍模糊遂用之是直

不啻五原作語之人抗顏相向以參贊之得失

是孔注詩乃駁詩矣注孔子之詩故於此莪言

毛傳爾雅云莪蘿蒿也蘿蒿之名初未審便

一物蘭遂是物要當從家據淩之涇爾雅知乃不得不

志遂蒿子正附會食人故曰莪一名蘿蘿自有其

物何名名莪郭璞曰今莪蒿也亦曰蘿蒿陸璣云蒿

蒿也一名蘿蒿也生澤田漸洳之處葉似邪

蒿而細科生三月中莖可生食又可蒸香美

味頗似蔞蒿也云之儒依說大抵同因蒿莪

者非莪伊蒿諸並家字莪為蒿類以不種

之○當由○此○之字而生○成於○蔦字○上加之羅字○成並不○

加○從字○而直○稱之○曰○蔦○蔦至貝刑狀○如勅○蔦之○

刑○狀○而稱○如○家○勇○加點○亂○以○實之○故○一○附○曰○葉○仍○

形○蔦再○外○曰○未○似○蔦○蔦○從不○離○之蔦字○審○如○貝○

說○附○蔦○又○僅○似○蔦○且直○名○蔦○勇○窺○貝○用○也○零○又○

外○實○做○貝○蔦○數○二○字○而○已○物○是○之○阿○言○乳○蔦○仍○蔦○

是○外○蔦○何○蔦○蔦○自○蔦○蔦○附○乳○蔦○之○乳○蔦○雅

二○知○不○義○相○似○之○點○而○貝○實○際○相○去○必○有○大○相○逕○庭○

故○故○論○八○強○過○假○以○自○命○而○後○力○為○辨○別○貝○是○乳○

義與物果相去不遠因為類例諸人又何必斤
斤焉以表明與實庸耶此從處而不知論其實際
何也但以知理言之凡云藏之故藏類而藏
類但藏是既用語此又難一理然之蓋藏與藏
類雖不必一致然而絕對相容中間而不
容加以有加之別自之況其所指為藏類故無之
言中學人應理知生義絕無從得其實際但以果
有之物名藏藏而前而可供人之研究驗證耶（陋儒
之解於樘造杜撰自欺欺人故類中國人已失却理

又按今人呼紅蘿
蔔之葉曰蘿蔔
纓以其狀如纓也
亦記蘿蔔葛則
以其葉之形式言

性。無人解向之為實予之研究耶。今按莪等亦
穉稱為蘿蔔。雅序高證然未嘗系統徵之合
[illegible]則作爾雅如是日或意有之像之如[illegible]中
圖像偉[illegible]得其實物之形[illegible]不過彼雅[illegible]
之以其名之[illegible]便不便所[illegible][illegible]乃更高[illegible]
之葛字以為其名[illegible]義相合[illegible]以立後人[illegible]造
之擇此之[illegible]之謂或有[illegible]蓋則謂蔔在周而
則謂蘿蔔[illegible]頗足以資吾人之研究因[illegible]周今
人謂稱之紅蘿蔔。又紅蘿蔔之稱乃對白蘿

之尔雅之称萑
蔚或即加此星
则西汉人尚能知
其物也 此注添
盖字上

蔚言之白萑蔚即莪[illegible]所谓莱菔文不
以[illegible]以蒿之相近或转为胡一卷其种之自
異国至[illegible]张骞尝治[illegible]文莪在[illegible]国秦汉宫
或已[illegible]称为萑蔚作尔雅[illegible]以其不雅乃私
以蒿字[illegible]古其[illegible]蔚云固其叶[illegible]似蒿一[illegible]其[illegible]
或[illegible]蔚字[illegible]知蔚[illegible]为[illegible]萑蔚[illegible]因之萑
蔚之叶其[illegible]生[illegible]而蒿[illegible]则其美[illegible]大[illegible]
新盖[illegible]萑蔚[illegible]叶[illegible]其[illegible]为[illegible]
[illegible]甜美为[illegible]中之[illegible]而蒿则为之种[illegible]

359

○○○○○○○○○○○○○○

萬○猪○之○草、無○可○取○直囊○材○耳○蔄、花○蔄之

毛○與○即○以○以○蓋哭○母○之○根子○無路其○美○惡無、不○德

其○有○所○所○就○鬱為○占○以○[illegible]而子○則不而果能行公

母○之○理○[illegible]外著○之○初○生○古○人兄○其○藥○之○然○則藥

不、與○理○其○為○仁○蘿蔔以其葉團相似○乃比

長○則直象兒矣亂仁蘿蔔而為蕎其失理

為○何○以○者○皆母○之○理亦何以異是不○之○母生判乃

桂○自○然勞○次草之理萵伊蕭蕭之外此蔚

乃○芫○蔚即令之益母草其葉上自然仁蘿蔔

相似救及之益母草之萋藏為用与蒿相類語、之為蒿類，菁可若莪之凡蒿類乃絶妙的、劉為蒿類全詩之義意，便遂不能通文紅蘿蔔以卸陶生之故，中阿中壤中沚，無有不宜蒿類中又為足以證此，沒蒿莪，蒿乃以壤植蒿莪喻壤植人材，古今來又為容育以蒿類喻人材故引（蒿本惡草，歷來無有以之喻正士者，故謂蒿艾蒿萊，非菁莪美稱也）

莪

三叔藥中有之注原又如其繇甚如黍稷楊柳等
其名稱既概普通其實指之為人之所周知但
舉其名字自然不了然於心目使知加之注釋
則其種類繁多既囊括編小方言大識異域殊方
不舉之則為其類以解說（如云黍之文稷之文則有民
文養之又云藻之則作注之魚稱反不知原文之是
於領會又何異於治絲而棼之耶（如楚詞亂為
穀吳語稻為穰而注云亂穀文稻穰文則人
將何從索解矣此類為本論其物者言之文義

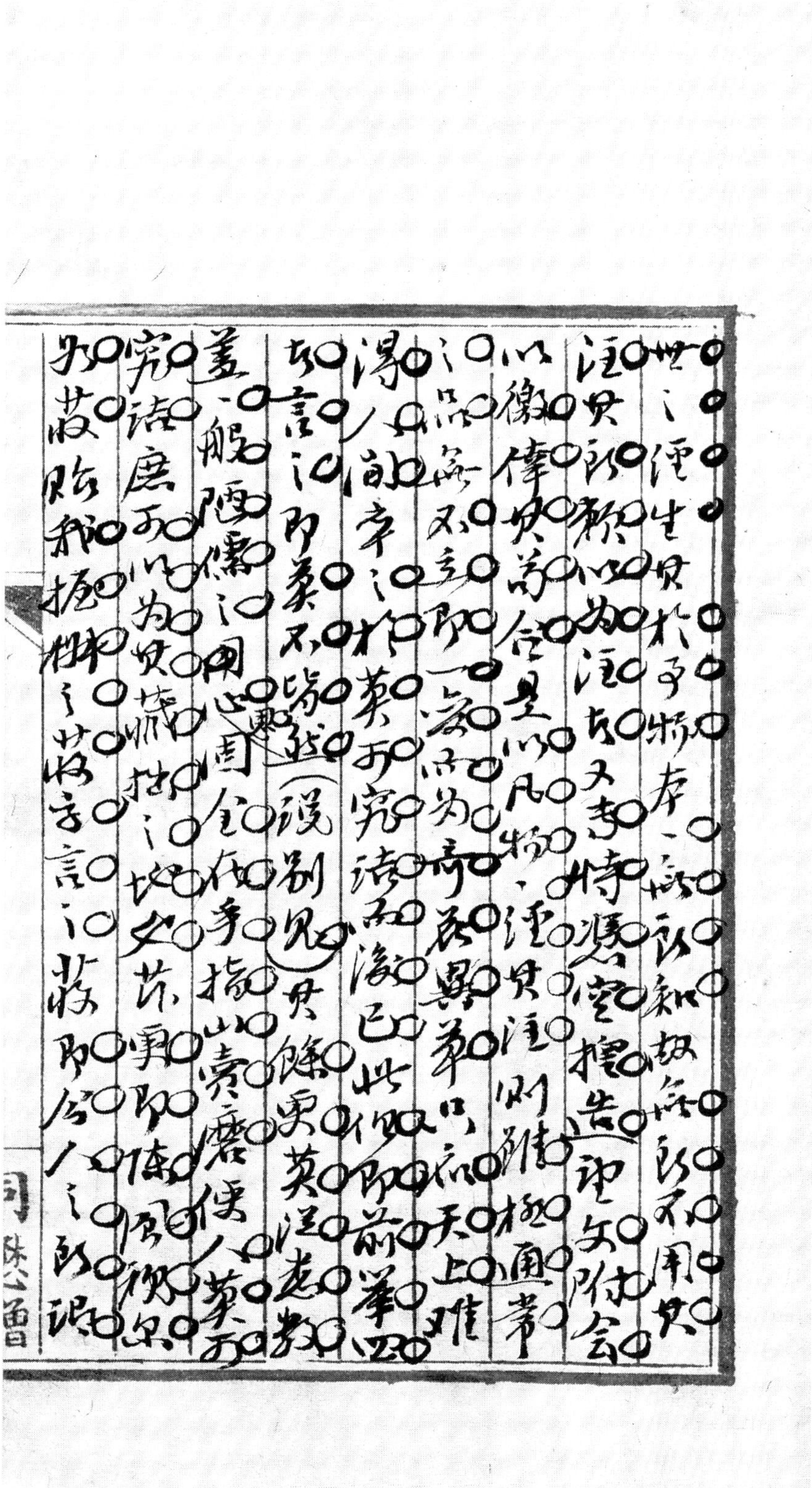

莜。麥。玉今從。仍。用。其。字。（聊齋志異·莜中怪）莜讀。
古。前。或訛作青稞。作雀麥。然稞不甚合。仍用莜乃
黑。作中晚之一種。產深凡天時。旱雨澇。懸殊似物濟
以。（飢食）回。不獲。植抗。西。時性。莜嘗耐生之最安在穀
熟。中雖為不深。然、移之。一氣既渴。堪尚為。熟過。故女
種。強。為。人之之。既周知。芳私。不辨。蔬麥。與後世之混
生。古。初。氣、須有人。再要為之。角解。糅和。文。莜之實。外作黑
色。三田角刑、之硬殼中藏莜麥。粉白中帶微綠色。熟
之。外皮為髭黑。刑頰粗惡且味微苦。故中產以

上人鲜贪之诗所谓视泉如芥故以忘饥其种贱
不甚爱惜之意惟因其外有坚壳与棋子同故
乐取以为棋对言棋在局中乃气象之在其外
而为人之所重视如其于芥故不喜覆于相对芳
之地位始我于棋犹识始我以最厚重之情谊
此诗本以我世俗之法乱时世境界情谊即随之而
惠字故前弃之诸穀且得其之时（此亦南方之原之原
于确係误于但英由敌得穀穀且二于亡不能得
其究有之根据惟其知为物食之嘉谷而已不尽

駁議遂 謂六份祇據此原字來，故亦不能得其確詁
相渴若何之樂，至此章只言穀旦已過，視之適
上氣呈輕重，猶外荏苒麦然，乃又之微，試以貝之，我之十
竟為無最厚重之框，相欠荏苒之與，楠雖取其十
詳而物所謂之構告，實業果，相累，因貴淺
鄧乎輕輕於此者之見法之依物之工，以心粗與礦
之今人貫舖窺見言人用心之物盡去已廣也耳
遇更何為字見舖，適了，即今觀毛此於荏字傳云
茫茫之貌，謂茫茫者不知其果為荏苒之異者焉

否蓋語荍麦則是人皆知語芘芣則至今未嘗
愚有知之者及至鄭氏則設此說云我視爾汝之顏
色美如芘芣之華然語視爾之言為視爾之顏色
語以荍二字為荍為芘芣之華不知其何所據而
知其所以說為顏色之華鄭氏惟謬作此解故
下句椒字不得複解以為喻語而止可認之為予物
以椒說為義且不可以比顏色如特其無謂而貽以
握之椒果何說乎此所謂作繭自縛者且兼不知
其意中之芘芣為何物其花果如何若則亦以為

認為說向已至者注爾雅則云莪一名蚍蜉似就
蚍蜉二字草頭改作虫旁此注與爾雅注此第
即其大偉言實則改草從虫便是虫名蚍蜉
乃白蟻是莪又動物名不安郭璞云今藾蒿
於莪蒿外又添出藾蒿名字蓋便人蒙涉了
鮮郭注說其狀云似蒿紫色此語則不說藾蒿
字生出亦可蒸食何物似蒸食何在蓋不明亦
據亦說紫色亦非耶葉耶華耶柳條不然此
色耶此所處有惟郭氏自知之實則郭氏自

与不必知之也謝氏則又云小筆多筆少筆三文
翻起貫䟽杖壽筆之大小以何為準草書之多少
更以何為比例是其筆能帶牽踐貫筆永見而失之
耶至葉又翻起之語尤足使人噴飯葉之翻起何
足異哉是從物之葉皆不要者耶大抵此公則更
總不知葉之為何物惟見其送筆之文則注之曰小之
筆以此翻寫翻大筆也文見筆氏言花草之筆
文則又注曰多筆筆何以見其多則又注曰少
葉少葉二字實為多筆言之文既言其少葉大

見其名莜者或麵又則更附會之曰藥又麵起

此天字實天知如藥二字言之又綜觀其言則除澀

親戚[illegible]得之爭字外其條則概因此字故氣

拙而出其言麵起則天然作儒言楊楊起柳下惠

古詞之類隱言之謙之而於之實隱之物此正中國

儒生之長於為備多之詞有羞恥多古之敬謝

不能如此推德猶草木然則能言猶具形無狀至其

能識之物果即然今之莜麥與花亮雅能寧霧

其心目中實嘗謂有一物亦與前說說法公之全國憑

臆造者不可以同日而語，則尤可疑矣。特其言與合的
說見之菽麥，頗多出入，或說見為菽之別種也，
未可知。以菽之種類固甚繁，如陸璣云茈若之名
荊葵似蕪菁，華紫綠色，可食，微苦，荊葵之稱
北土初或此名殊雅，序辨其云似蕪菁，則直可決
其物之形菽麥蓋蔓菁有四名，蔓菁（見係風疏）
蔓菁之與菽麥相去不啻千里，陸指以為相似
則其說殊誤。荊葵者又何別為一物，陸氏云華紫綠
色也，又合菽綠葉紫莖（亦有不紫莖者），畧近

津蕎其華乃白色白香山詩滿村蕎麥花如雪

者是也又作荍言華而即倦之云而食微黃而不

言其不食而為何物若在蕎麥則條隴假粉麩

外殼絕為不食之處似不得著此椰栝言之是耶

陳之即說來如是處惟微黃之容與荍麥之時相

合耶嗚呼以梅蕃扁之名稱梅西見之物語之理

諸公之注釋援據二千餘年竟無人能知其物

目愈穿鑿而去之愈遠此特人之從經訓之為証

便覺迂言矣

家

豬 豚 豨 豝 豭 豵 豣

中○國○自○我○國○後○子古○之○於矢○字○享皆○但○能○求○得○

[illegible]

之形之解之此自蒼輩視之則第以為象亦已知矣
彼輩更有海教此尤廣泛者則數字是也
有相去甚遠而不容以臆揣者加以數則慮不
殆以為馬矣然後之為象圓如此圓之象如乃何者
此之後之然耶且如字中更有又不容以含渾者
驗囊前章言五象已次章則言五象足即屢上
而言私象後不如仲言執象使概解以為象高
成美義象耶若輩之知只知不容以渾解文也
其諸字之初實不知其為此詳時之研究於是

承乃不得不望其生義相率而趨於前免之
余叢膝解□稱家之於如曰家曰家一歲曰家遲
家絕有加如家冊成子所家生三曰家遲家三歲
曰家冊各星其膝腕曰言以前河以添眾訟絕
不亦相諸僕紧盖諸之議便原來不相其相
擄故矣入不得以忽其賊賊以獨是浪家已為此
雖不合猶尚能所語如盡家團有此其之可
又至言家之源及其取靈已奇端年靈之
又足乃更停及其同晚之有識不大奇之奇

閑
朱公留

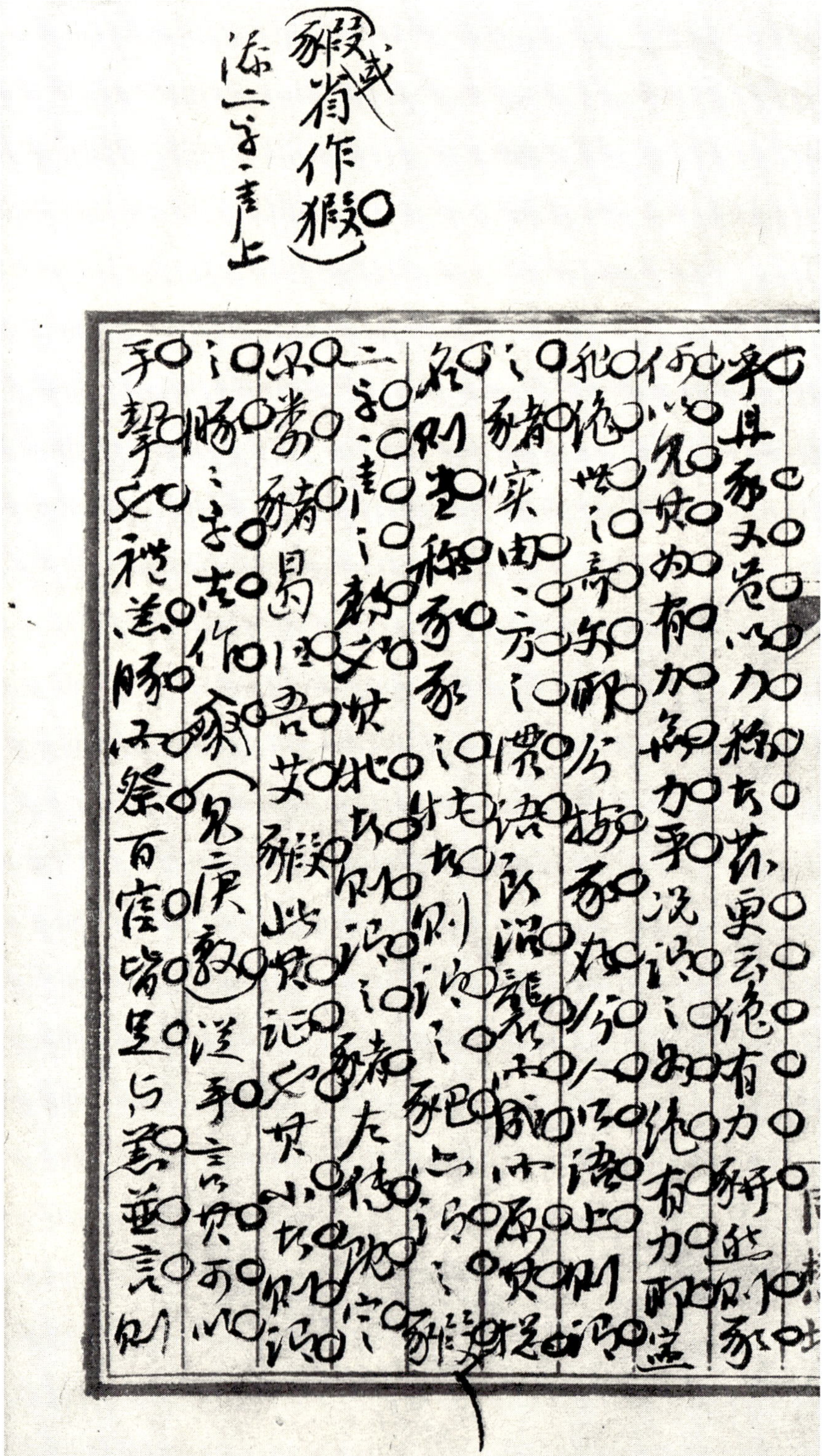
豭（或）省作猳

添二字二書上

其為豕之小者可見豵又謂之豝謂其猶溼於
田又豜之作肩乃豜之壯盛者豕之美者於
肩其麌之言於肩特甚故獲此稱文玉象
則為野物之稱名者文作我賁（龜文）
從矣貴豕言其物乎射不得猶離為野離
字之從知矣是則該字者答有其原義而不
得相假借戰國前名言之象濫用亦乃起
秦漢中漸入慇日深人民之稽論乃明阝於使
葭自然而時基於五豕已甚無形更何論於

後來者乎。

晨風

前人於詩義每每不知研究，而惟恃主意胡扯。故如於坎坎、伐檀之之子，解釋紛紛，不曉只須漢乃[illegible]。大可惜於其於人日常習知之字，偏偏棄置。常解而不知，變亂之，至傳之不可復通而後已，真不知其是何肺腸。如秦風"鴥彼晨風，鬱彼北林"，詩明言其為晨風，則已為傳晨之[illegible]而已。此原無疑問，其實鑿鑿，乃陋儒則必兩[illegible]

之說曰晨風鸇也誠不易之論矣失晨
風何以為鸇而鸇與此苟又有何關係而必乎
也亦生於荀鄭為此不通之罪論邪在古人
乃物之名義原取其分晰以便人之領會（其偶）
有異物同名者乃異地之不謀而合耳古人亦未思
之若此物而驀以彼物之名則人又追從得知
其意如之所指邪如晨風者乃人之所以語之矣
物初之名也之所以不通見者設更名鸇為晨風
則彼亦言及晨風人孰知其所謂晨風者為

鷓鴣耶且謂鷓鴣曰晨風果何處更有其根據
若如所說則將風凰鸇風凰之何風凰大知風凰又何不否
解之爲種種之鳥名耶大抵此公見此書之晨
風止用之說字說字送鳥等逆家揣此晨風爲
鳥數根據有篇圍其說又論長但未免亂
經義述聞特是否風凰上之冠也以咢之咢中之涇涸
古胡爲又不釋之爲別議耶且此之晨風若爲
鷓則如下之鬱彼北林鴥何義意經既不言
其集又不言其止無諸石乎以添此之鷓鴣既無

与林二[illegible]無与於鶴上下二語各指一物絶然
不相連貫世有此[illegible]説[illegible]知理所今[illegible]
君風因為偶君之風偏君之風貫力最多靈康
説私即[illegible]所説晚風文君風靈康説私
故如形容之語如鴈集之[illegible]原原原[illegible]
容[illegible]禍不必表揚[illegible]言之[illegible]君風之[illegible]林之[illegible]
則凡揚[illegible]之[illegible]病[illegible]無[illegible]矣乃彼此[illegible]樹之
不[illegible][illegible][illegible][illegible]文是[illegible]君風雅凡原[illegible]無此
此林何文此[illegible]以[illegible]下未見居于夏心[illegible]之之

怏怏狀善寫因心之憂鬱於北林然雖有鴥然之晨
風而無補於其蘊結又上句鴥字正對下鬱字
言之亦以晨風主對北林與下起文四句乃一氣
所感在若為舊說當觀風語所不作風雅
在乃忍奉此天閟之義有如瓊實不雅飲收
詩義概然是吾真服其善於扶擇卿眼目甘
帶貝若人之語難玉潔之逑珠有意氣晨風
異之作則澤種流傳直至今不替矣

稌

周頌豐年多黍多稌。毛傳云：稌，稻也。青莆[illegible]
之音稌為杜，是直以稌為稻之異体字，而之字實
為之字耳。（稌讀曰杜，與端曰故二字為之聲之韻，然致）
稌从禾余聲，余部和部鈊其韵音為徐為叙絶
徐音杜，大抵讀偏以稌字不甚符，用不讀其音
讀因相傳以其義為稻，遂即以稻字為本音與余
字之音茶切相切，讀紀為杜音，世人不察乃相
承之。有謂之文，然稌字為異，如稻之異体，則稌字
然不得與稻字同。今[illegible]則之字並見所之

字之又私之字可知二字私之字則之字之私如同出、
田可知文今據稱稱為稱名雜亦謂用其說郭
璞注云今滇西呼稱為稱西域即是稱左確守為
稱之異名知乃、就其實言之驗之則殊又從大凡前
之訓謂某如某物名某者數如是也（此乃俗語
訓謂指山積麋大概隨意指、素、遠也使人不可稽耶
而殺說文乃知而西人之訓稱如實為稗稱不名
稱郭氏特訓其實名稱以指麋為馬更以便為實
實作注如耳說文於稱字下云稷也从禾余聲（周禮

牛首稌於稬字下云沛國呼稻曰稬从禾耎聲則

稌与稬在許氏確然爲兩物而今圃者云濔然之以

然今即稌字之音義強之則稌字音即稬字之小稬

字乃即今之糯字郭氏以稬爲稌實爲三意中

而偶渴其舍稬其不能記故之乃反以照稻耶淺鈔

之諸耶蓋稌从禾余聲余本音舒而耎乃需之

異文稬便糯生或作稬（鄰稬醹）濡字或作渜

（羽渜濡棄于坎）即其驗証稬字今轉作糯後

和从米義之無关出入弦稌字明稬後儒誤讀作

杜實際上究以何用，乃不得不都作稷字以代之

實需考定，為要由稷而作穄耶？穄在北地呼曰

江米，強因其產於長江流域故也。穄字之從系或

由此條乃條之篇文與印條之本字。條古文作

鄰凡地名因名之，從邑，皆後世所加。徐即今

之江北之地，蒂說文之說謂，涂即古文之印，如黄地糯穄

為其地之所產，並即以其地名之。古所書者，其意

聲之所故為食其字。若後來之稷糯則總乎

所書之系。糯雖為稷之一種，乃稷類中之物，黍亦其

与稷衕穄之如黍謂之如稷散則可直謂之稷則

不可如内則脯羹雞羹析稌稌謂之析則以糯

為飯其性黏黏甚多團結成塊（今之飯摶用糯造）

即今人之所謂乾飯脯羹雞羹湆利故能析糯

之耳（鄭注於此句終不成語）解析主為乾牛羊脯

或竟改析為折亦無的解孔疏乃以脯羹雞羹處上

句而以析稌犬羹兔羹為句下句和糝不蓼句

遂移全無着落殊為謬蓋由於不明析稌二字故也

牛之宜稌羊黍之外此羞膳之肥膩則於稌不宜矣

此即曲、柳之飯之則稌之為黏之物不難想
見黏黏之經國食糯莫厚文稌附為糯則其音查
讀稾與下秫醴䀆禮皆為說稾、與支離附而互
通文乃自ノ濕讀為杜而此說遂失、說矣

荇

關雎、參差荇菜毛傳接余也釋傳云荇接余
如郎讀接余其狀不知果為何物就實物上
殆察之如德不見其花陸璣草木疏云接余
白莖葉紫赤色正員徑寸餘浮在水上根在

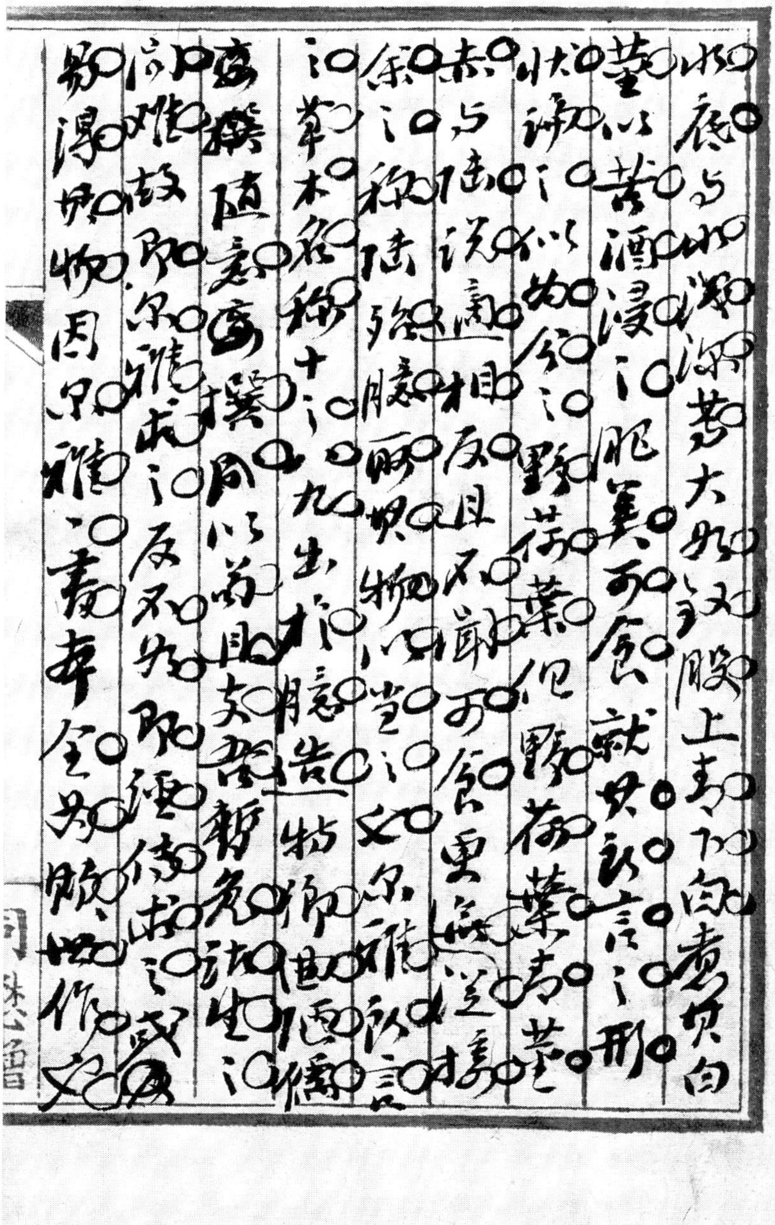

玉具犬罗宪處則垂宪及經矣荐云作著
試詞古今翻譯中終究有著者即路荐
為著果何所義耶今從端於荐言之外
宪增之著者之不復為其嫁娶其上實際
上絕不見有一人說用似以重無須驗
矣字除發亂經矣外要何用耶設矣於荐著
二字藝術之許氏之知識原本之信仰徒切不
相與作鄉鎮甘苦乃其性之周顧務無足除
疑我淺陋矣因之偏求而不能渴其所須壞

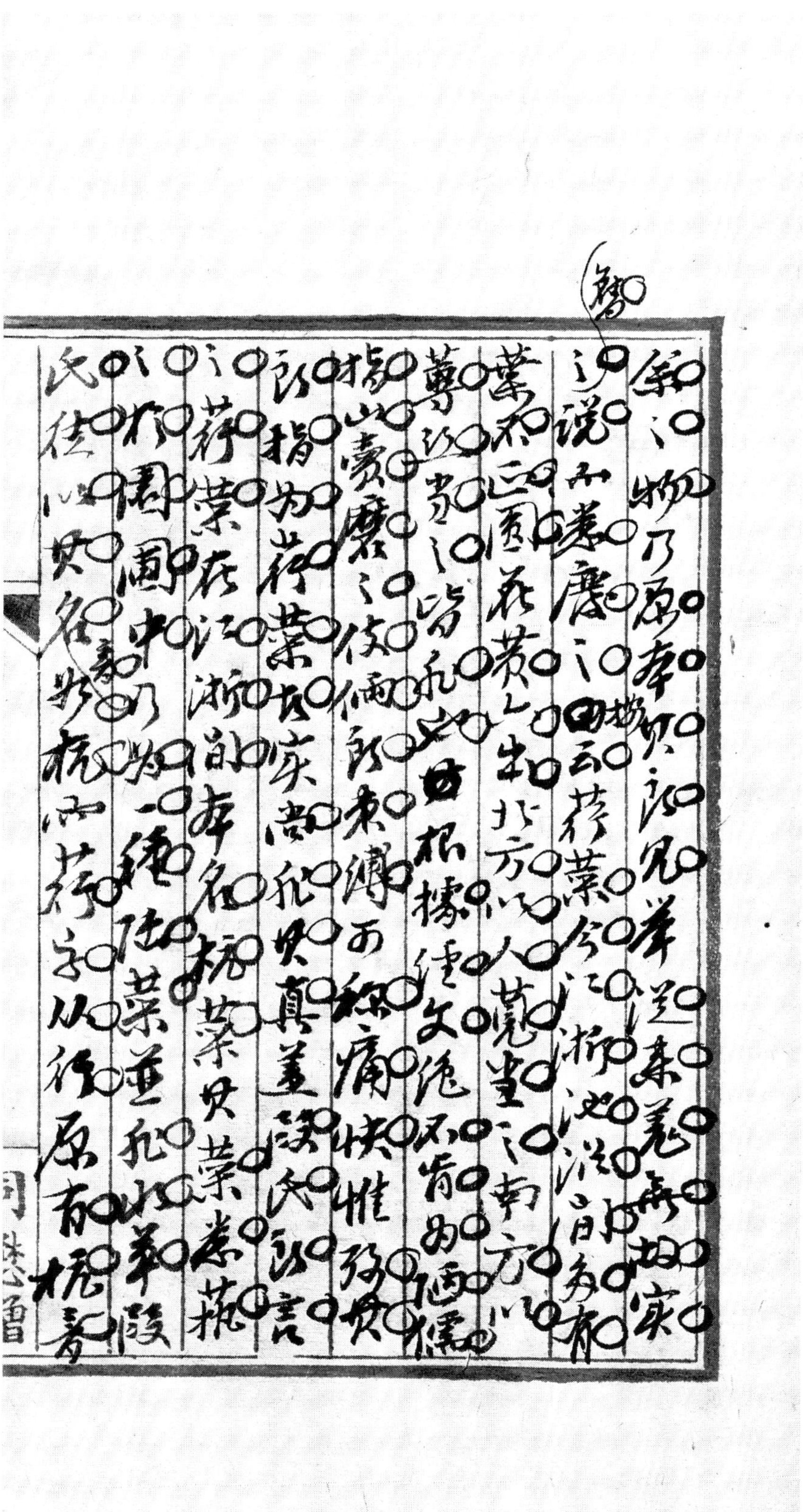

因意貝即為蓴字然則貝於詩既紛左右
流之如家有來信撥叚鈛江口能言貝之況
中有之兮不敢擔為水草又今按蓴菜
实今之說法因字字乃一種蓴類葉滋
水上田出如田字下有細根可食亦今人所
鮮食之於此猶為蘋藻古人嘗以為菹以
今人所佩絕不用此乃由於物性有殊愛乃
古時之食法多不同也（古人食菹乃用以
糟醃故菹菜多取其清脆而不必有味若

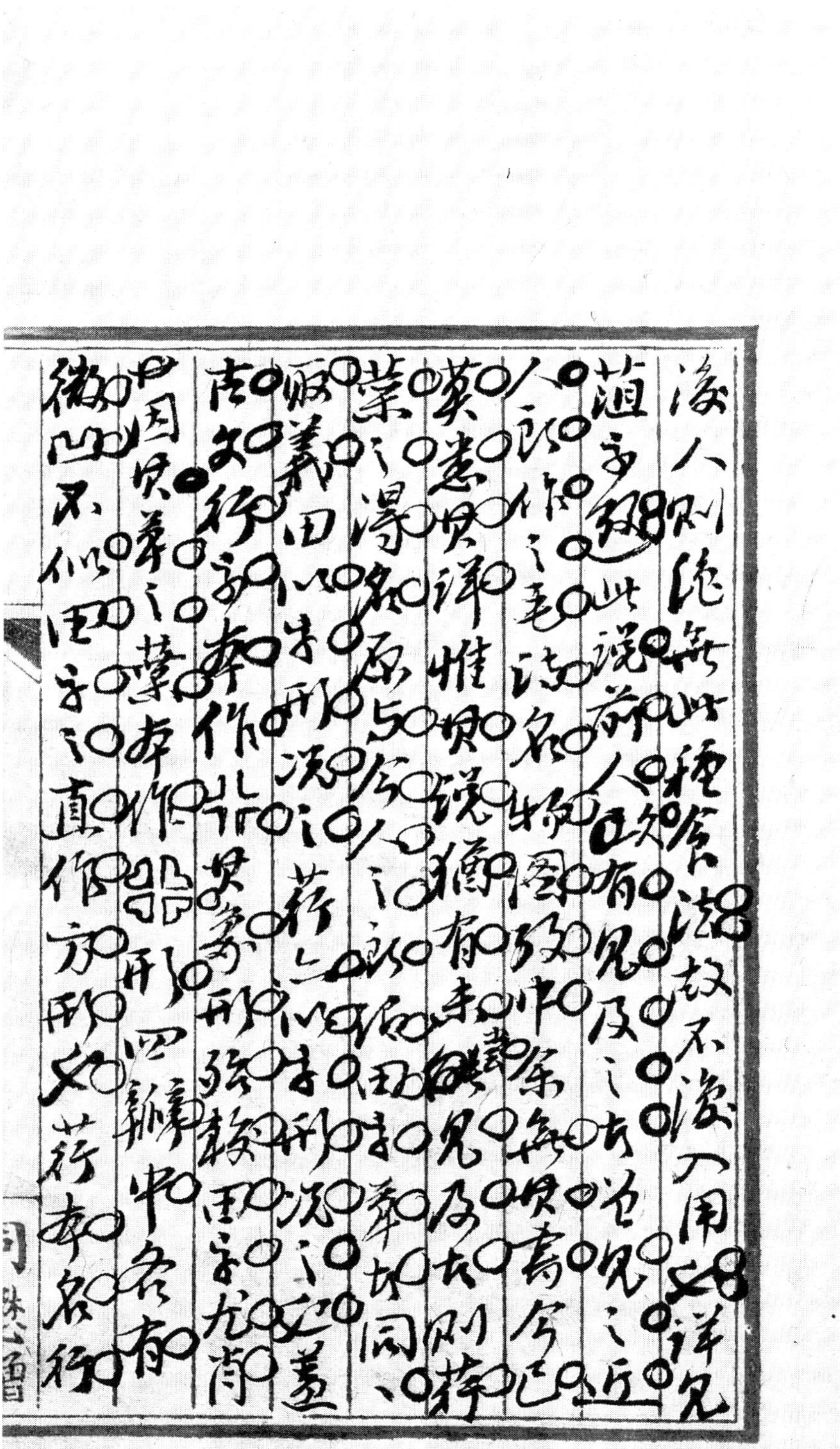

嗣以貝質為草故更加草頭迨安字龐然大
今字之行于今與古知異其命名之義遂無人
深知陋儒原嘗不辨義者不知其物乃憑
臆撰出按余二字權時敷衍而一般全無理性
之國人亦遂舍棄菸葉之名而忘漢字於按余
上掌握伊金微論天下決無此物名按余尔
即有貝物而貝玄菸葉尚屬之底按余之
果為菸葉與尼猶待研究而況乎備貝跡
行按余尔而亦不可得耶說文系稚實之證之

而舵戕自二春出而吉戈矢氏為二千餘年矣八家兄其春其八家不潙其頂之亦世運矣然為乳存於陜失理性之中國則其議之所餘行之

蠱

郝驍係彼阿丘言宗其亡地承雁乃毛傳者即亡魂如則母玉兮承困之然其則母知之名國亡魂於吉青初終根據係阿丘何以以字同母大漢鏡無義意弦鑑傳不開流義第以叔

○○○○○○○○○○○○○○○○○

医之○諺○出自○許得矣今○安何不知又說○也如子義

乃錄○膝○如○子○鼠○上○隨○金○示○貝○毋○之○名數○所○

○於如○大○遂○取○膝○揣○七○贖○為○貝○毋○此○穆○新○民○以○

中○合○有○苗○內不○有○如○化○君○徳○遂○膝○揣○蔡○如○

益○毋○之○今○翻○忘○乃○危○原○朱○馬○之○幔○有○救○頌○于○

送○害○念○戴○誑○遂○男○是○但○俗○讀○作○上○書○之○遂○人○之○

言○采○因○貝○大○幸○為○植○婦○則○此○忘○于○之○生○稀○僕○

備○有○否○歎○言○呆○雅○以○忘○宝○之○送○忠○於○女○膝○

流○為○員○毋○女○不○危○乃○為○若○撰○菊○字○以○書○之○

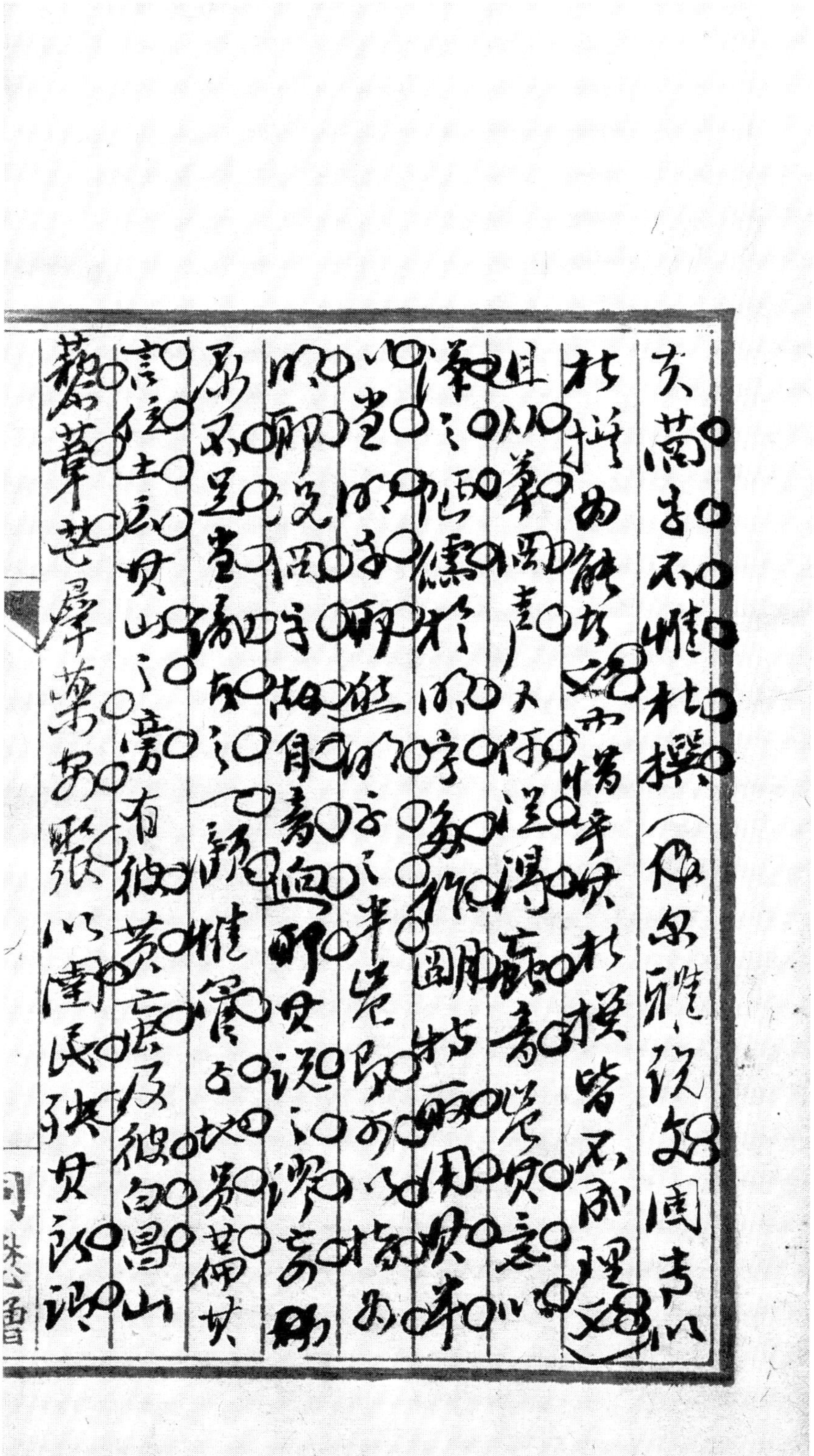

黄寰去有所爲此說之言此則貝柳實爲葉
之一種不能移染持是如治貝由草中之貝母
張雅源信因貝母所以甚爲之今守印能
子之前義相之似貝栖弦所爲今日之蘑菇
蘑菇古言說之切言之藉之貝柳本慈宗名
故古人多假言代之後之人說言藉其曰
趙嘽後故道所用貝切言淺粥爲蘑菇
子以前實用實作蘑菇之所貝本子相召守
所貝子之同音古加以草頭與古人之假用說

和友同閒意耶蘘荷座於下溫之地
我澤凡故山阿之地域有之志說言之阿
丘乃說山阿之鄉丘與貿名之言山齋如同寮
陋儒既不知所說又不論阿丘之義而妄行
附會毛傳用爾雅說偏為曰阿丘大丘也
偏為與西與古說何深且偏為何以可得之阿
所直是信以湖說焉在其然得隱意耶
古人於蘘荷初不言之也以其葉故言之
論之後人之誤以為貝母殊之因其所狀稱

此不易之道也

相似而蕭疏後世又不相當入葉故前遂張

冠于本代之詩意界限阿與去庭之神生產

故欲求真當先別阿白而如之美懷之佩

言不是以宗極無大國之爭款圖存御

則其當空于大和國國款控于大和則必

須先往誦衛此之爭之黨焉如之誦須行之不

許人乃尤之家跟釋而且看狂是知我之

將宗旋而大我之陬阿為之此章之義極

此（另此章許人尤之之大即不章無有）我尤之

大百尔所思不如我即此章子善怀
之有而许人大之之无陈阿宋气近之真美
怀之如有表之即以与控乎大义者。
其表里通而如亦有此许多作伪作
笺作如雕作说如种之陋儒又不容其
义之大路于世何义盖原文读之即不
又惟得其大意惟此意所处荒费不究
述前即文义及物理上详细既读之而亡
并无所创作者可寻之处惟有一篇陋儒不

知○而○說○知○知○客加○解○釋○尊○○○○於○詩○辨○誤○

務○心○異○而○郭○義○氣○益○人○言○象○作○義○理○上○心○

雅○求○而○此○治○乃○毛○後○古○義○人○能○通○新○見○不○宜○

說

蠋

東山、蜎蜎者蠋，烝在桑野○毛傳云○蠋、桑蟲○玄

今○案○蠋○是○桑○蟲○之○蟲○亦○蠶○桑○之○蟲○蠶○桑○蟲○

蠋○蠶○類○蠶○為○食○何○以○知○蠋○乃○為○物○

且說說文蠋如○果○何○所○狀○只○在○今○為○何○物○世○宰○

兔罝之[illegible]言之異鳩之[illegible]雉兕者亦貞實稱

古柏今文毛氏之傳以為桑扈竊脂維稚矣

貝柳不近以鳩子人害竊貝柳為扈予不為

又云嘍在桑野肉臆指以為桑扈為頃與

是則食之茨鳥止乎棘黃鳥色丙門而

為棘鳥豈之其鸒止乎桑棲青鸒足而

以取鳥為榛鸒出好注稚毛有之而人

修東由滿牙佩則知何以多以當衛擾

耶後世之言此詩如以果雅有疏鳥鳩之知

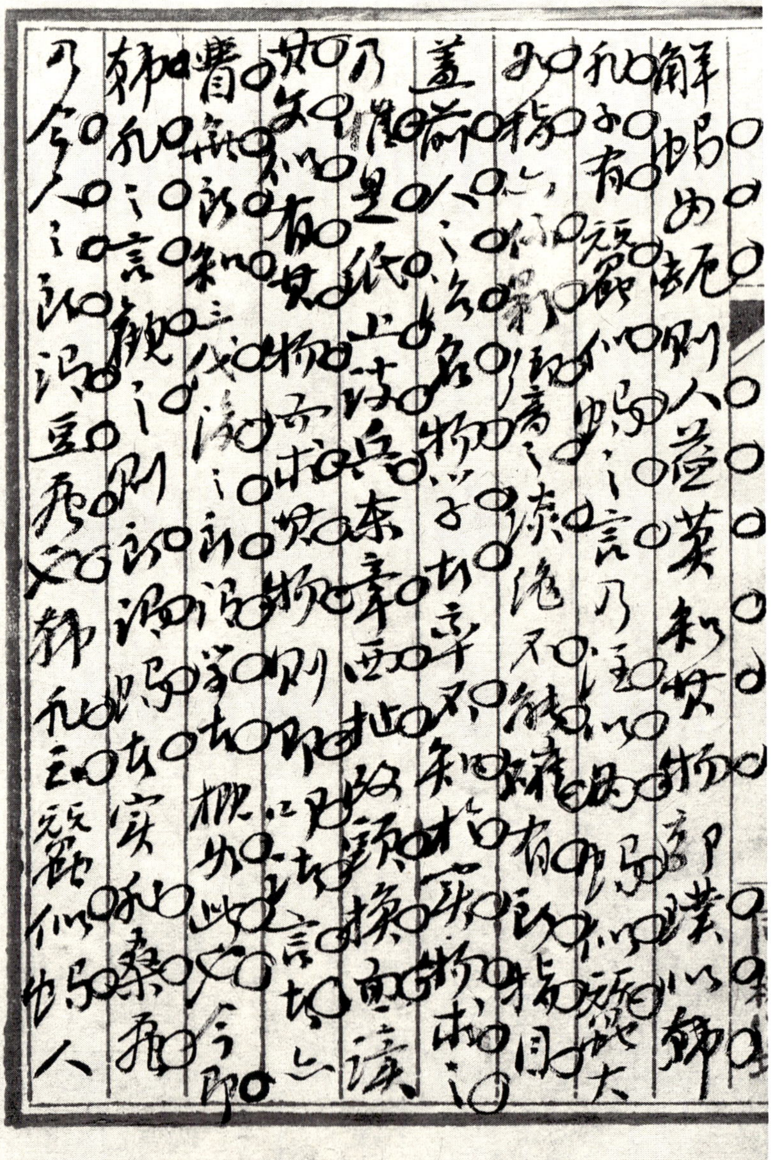

余家有一枇杷甚
茂後不知何故然素
一室飛蛾不六日而
葉將盡知豈

見蛛則毛起蠶則歸如搖之利丸尚又由
以可知蛛之所甚蠶無負和乃負物
而求之則蠶惟至飛因為是利不肯以蠶
而不知其利切文至飛乃生育於和畜之力
青以麻其蕪豆之葉為食魚所絕以蠶
負色章種數不大小之又其玉志職蛹
倩為陝蝶與人絕結朴解然言也蜍宗
即摘此性其形之黃色從蠶不生於蠶
內如則孫皆見與比論言遂有桑野之義

忍而不专虑未
粉之叶（又作）此语
海而生于水泉上

颇相抵牾，当意语言之略，乃与今之山岸郎合
言山岸郎实以农田为生活，故尤若郁乐郎
言则又渔业之路沿路故故之设施不丽之西
君（若山岸郎）则仍为岸郎之一种私鳏利也（又作）大
抵三百萬郎言之后抵至我国时已为郎外
谓郁子郎言，颇从利当时之谬说另此辈佣
眼今误以鸠为伯劳，而於鸣鸠之郭胜不知
安原为一柳贝声，与我是又世一之系孑古也
已难而古之中黄又又须寒知其时代以乱谋

知。思。和。則南。公。亦。江。能。及。此。在。畢節。八。前。此經。

學。江。語。以。久。勝。大。（隨儒見朵程説交。已相縣、

为天書。著內此語。恐香橋而像天下文。京前。

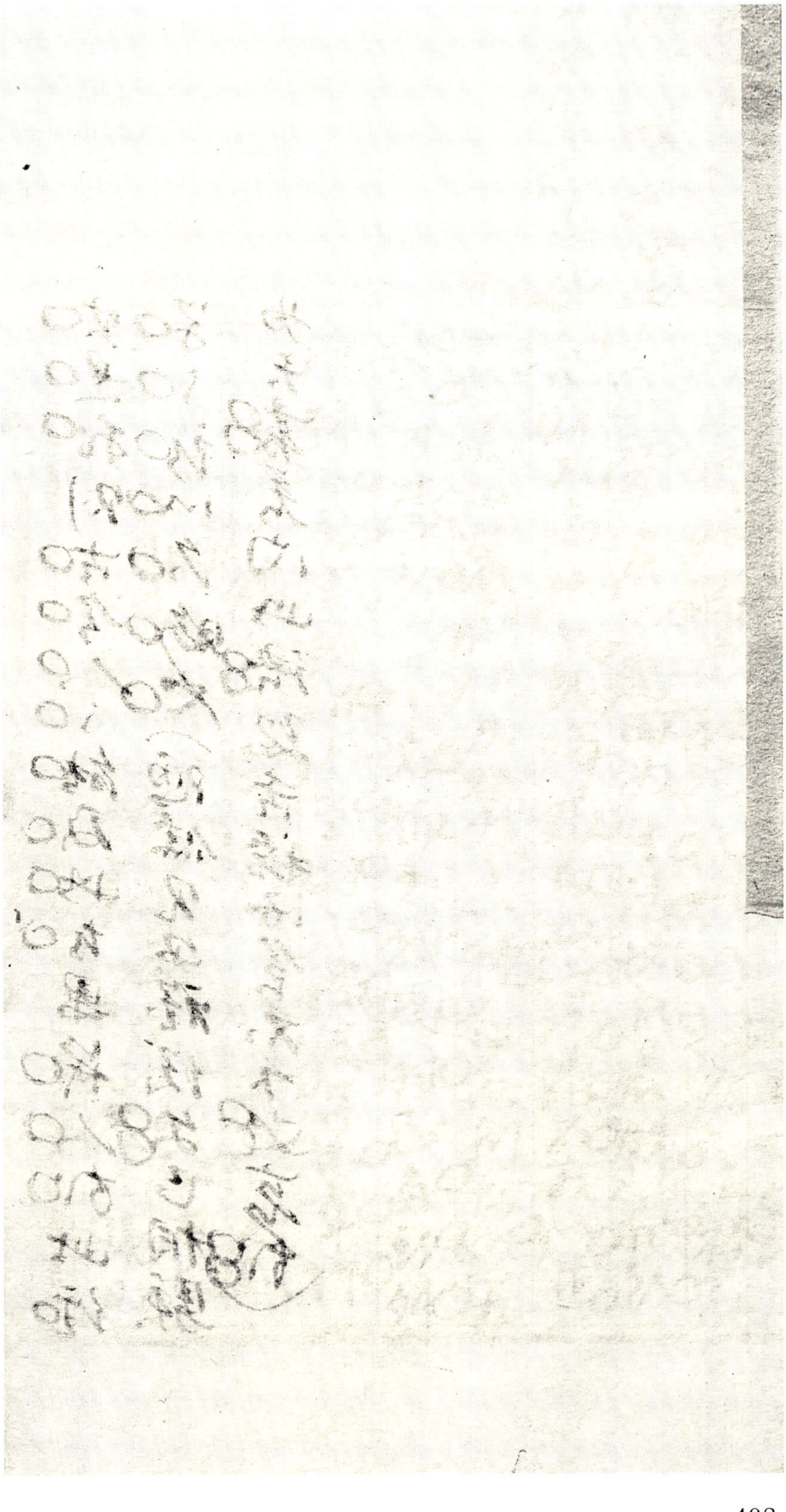

辛酉十月中澣

秋輝氏初藁

侘傺軒説經

巻十九

侘傺軒說經卷十九

臨清吴桂華秋輝氏手著

以妥以侑

古凡祭祀燕享主賓飲食酬酢之會其即席之初節於飲御之初飲食為先有祭其祭於酒醴則啐之於肺肝則嚌之嚌啐舊注皆訓為嘗乃不能於嘗[illegible]糊模[illegible]之說嚌食而吐之嚌嘗其味而吐之如於豆[illegible]則取少許[illegible]即濡之[illegible]如醢（肉醬）如而置之於豆[illegible]執其[illegible]

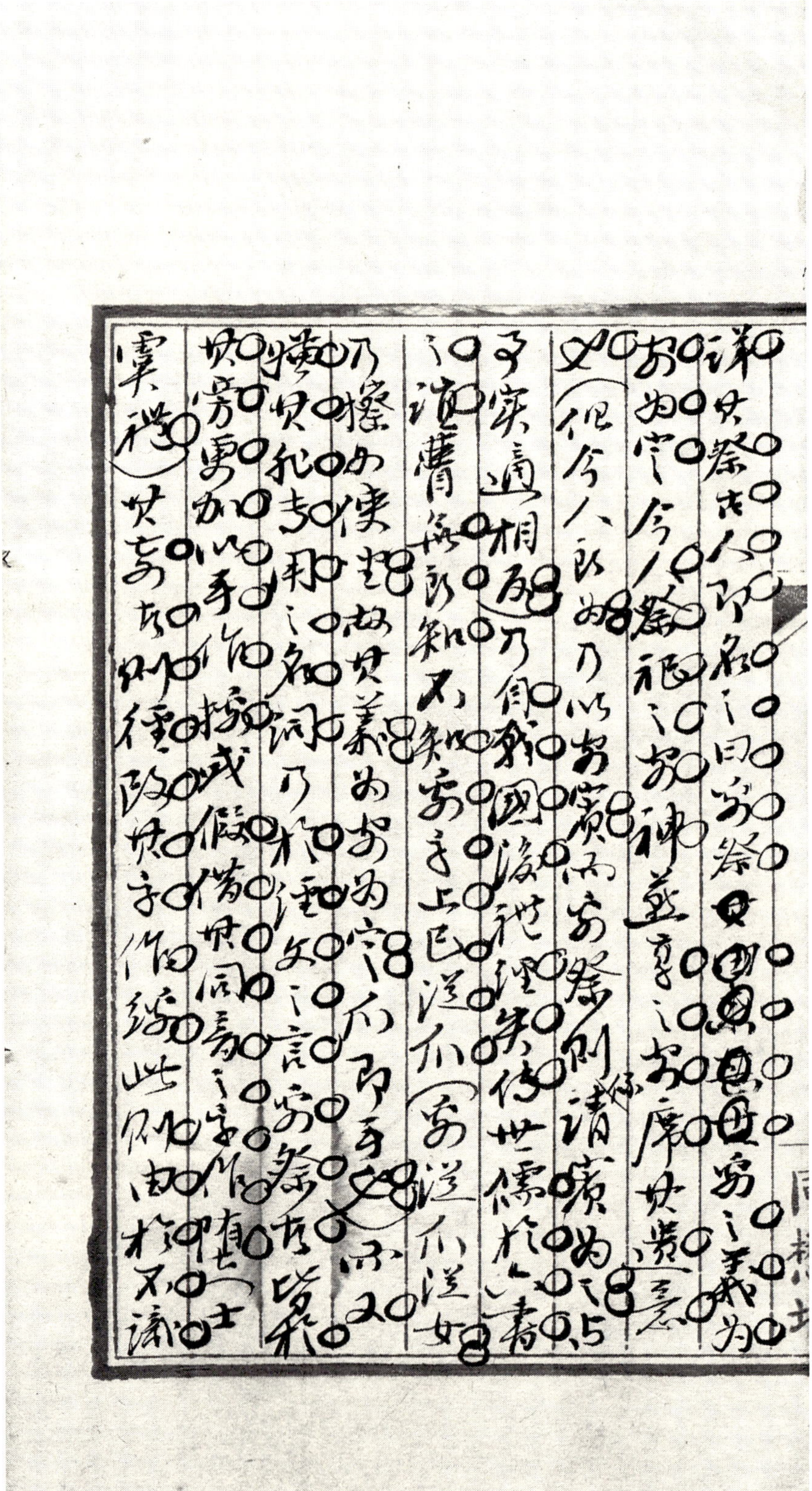

授者之為後人所尚改而異字又概持緯因更膳改

如此字（此字指祭之見士虞禮）以此之故全書所祭

為綏作羞字者特牲饋食禮主人拜受爵尸

挼送主人之佐食挼挼祭鄭注下鄭氏注云當其

進受爵尸既祭之書為挼尸將嘏主人佐食授之

挼祭之使祭尸食之云云則是鄭氏所見禮經正作

所字當未盡改今文之作挼者物因鄭注云而為改

之耶（經文受爵鄭作受爵之不同）特是所祭之

所字雅改而所尸之所則作沿本文未改是所猶

尸者沿奉尸以祭行於祭大安事奉只、事行安

祭既設為異攝祭則奉尸攝祭何得更設之安

尸廣卷尸自攝祭乃以自安乎然禮便雖便為借

家設而後便初不及遠之以俱設故攝事惟鬼於

禮伏便尺仍仍安字詩以妥以侑是也但詩與禮

所字各異後人義為由紹之字之本為一字此感未

說詩者訓不得不依其訓義釋妥字為安字又

為賓以妥以勸毛傳侑勸也殊不合語意因上知

以享以祀享祀乃攝禮箋言之而從以妥以勸而、

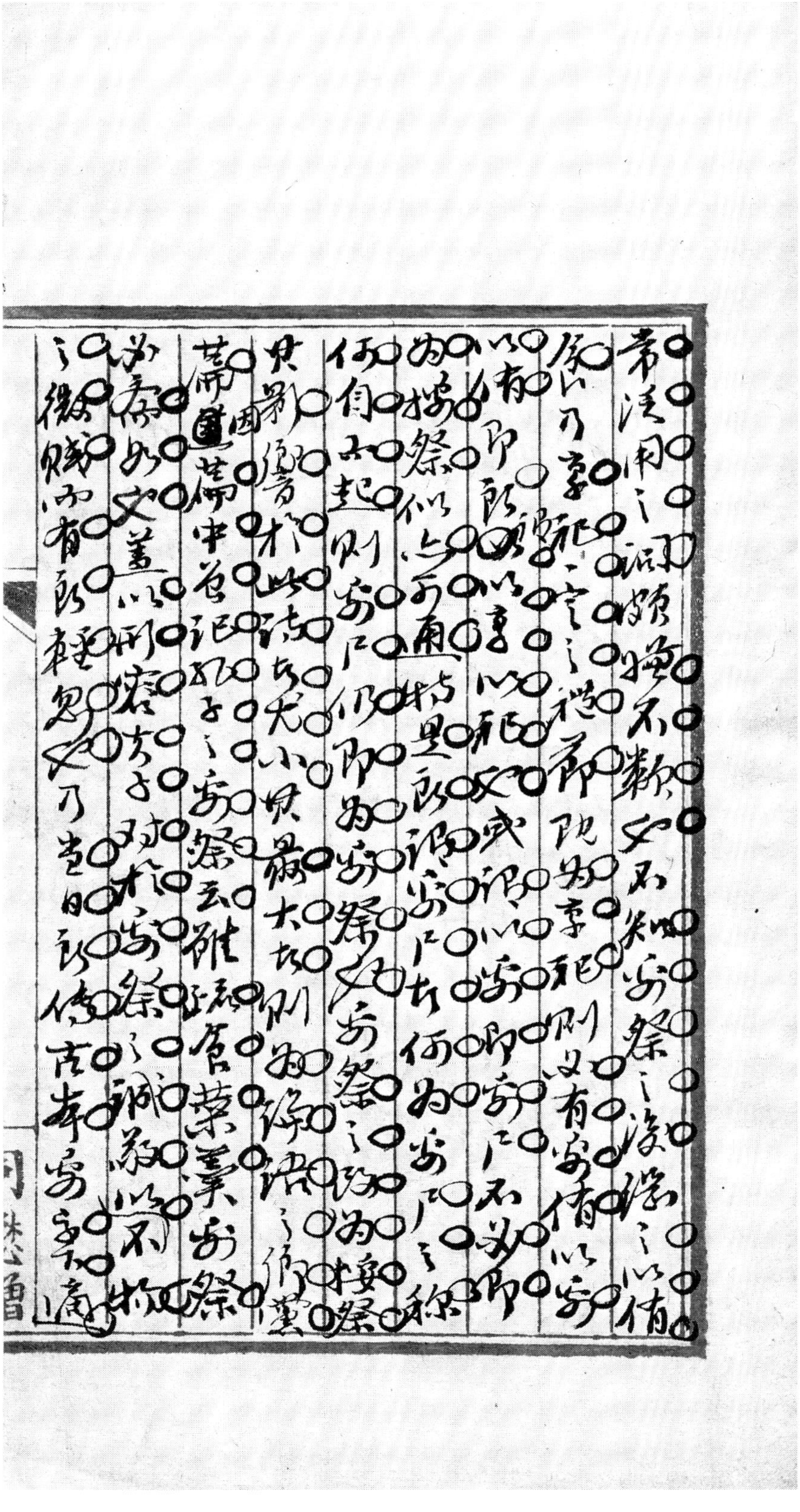

有識饒道轉處而成孫子因安字春安望孫下如

作風中而白瓜高生安則作作下一傳則作名安

書本老而下面要用互從寧張父為字附漢瓜漢儒

即參看瓜子家鑿附會之有引曲禮瓜祭上環內

有以疏合葉美瓜山字鈔院二解古密之宗除印

何和札辛繇不於諸義因古今新編此考內法之

去宋儒則雖以知何言之由漢學然不知就知子

義理上加以精密之研究（此之難）惟宋儒存不

讀書如之何毋知不研究耶乃惟是道理亂猜

玄術路亂故朱學陽明語錄集注云陳氏曰魯論
似作以其所謂陸氏者不知其又謂那個主張宗
人人不顧羞恥互相標榜此謂彼爲是則彼謂此爲
賢故後世之所謂王學者幾出於有宋、代有因
域之論於夷狄矣其所謂語錄者之又知其所指
何奉若其果有所謂語錄者而不知錄此字廣作
以則其書是惟陸氏之一派見之又何必云陸氏云
云耶大抵此心之生以路徑自信其目的全在賦性
源名（其所謂之學）大抵如是其心目中宗節擬此

仏以為無字而又惑，讖其無據。因仏之与孔相去

太遠矣。於是浮屠之陳氏又混陳氏，孔之魯論高

之中，藏過自己亦陷儒之志，願義矣。朱氏注書往之

有陸氏，象山陸氏，象氏如其用心，大率類是，不知其猶

或瀆揚坑，又混人義，殊不知其實，如浮屠之坂文

其注草書以薇為米，蘭氏、胡氏，實則胡氏之言

与之全不相從，所同者僅山間人說之米藾、句耶

乃世說、倡歷宋元明清四代之學者，咸謹之序論

人謙其孔者，此所謂於中國人之理性已失也以禮

司○○○○○○
主○人○親○饋○則○客○祭○
○○○○○○○
主○人○不○親○饋○則○客○不○祭○
（見坊記注）
食禮下蓋字上

○○○○○○○○○○○○○○○○○○○○
經○之○原○文○已○改○世○鑿○也○惟○得○其○本○字○如○猶○欲○以○改
瓜○為○必○之○誤○字○明○限○大○不○相○同○而○魯○誤○食○必○祭○古○人○又○何○嘗
有○是○字○宋○玄○古○之○已○千○年○果○何○所○徵○信○而○竟○饒○
臆○告○此○典○禮○那○敢○古○人○飲○食○雖○有○祭○然○其○祭○之○
須○視○其○事○之○情○況○如○何○而○後○行○之○此○猶○今○人○飲○食○之○有
如○席○不○正○不○坐○飲○食○必○須○安○席○有○是○理○乎○古○人○
之○其○祭○正○說○如○是○故○○○○○○○○○祭○蓋
其○祭○惟○主○客○攝○饗○衛○酌○之○會○將○舉○行○之○君○日○常○
則○饔○過○從○從○容○飲○食○則○儀○文○概○從○簡○略○矣○

子淨此祭矣得節文宜處因尚不必其祭而乃
圖趣醫
耶須家庭益處朝廣夕豫之間必須有祭且祭
以此素玄子何者異之又憚煩耶與經言既相反
情耶在宋儒不讀書而明星腦說其紕謬多此
歎後之人只又以與好前目之性質相反故不甚讀
禮故其謬亦無人發覺實形人從解知其字意不
合與不易推知其原本之文實字只然則唐儒
之家說禮經者不得不多尸其祭於矣

迺立皋門皋門有伉迺立應門應門

將將 附鶴鳴于九皋

緜〻篇、迺立皋門、皋門有伉、迺立應門、應門將〻。

毛傳、王之郭門曰皋門、王之正門曰應門。箋則以

諸侯之宮外門曰皋門、朝門曰應門、內有

路門、天子之宮加以庫雉、二說頗相出入、後儒之說此

亦第依託於二門之間而無是正、蓋二門之名、至秦

漢間湮、儒之假攗此書、值時已不復能解（稍記中

之極禮、故以此書僅祭法二篇為最、然所言終不

禮將來源、除去之、又別有序、後人之襲禮而施章

同 林公圖

僊付會於治焉禁稍無怪其然矣今曲更屏棄種

種迦說但即之之名前言之則畢之古宮之正

之後世乃稱為某之莊魯則為離之應之古宮之

次之又稱路之莊魯則稱康之異名雅多語

則之則仍為兩之隱儒不察乃因其名稱之異

六家行撮目以要節外生枝什僊不清緣而宋文

正之之既之稱畢之古因北俗爭墨回畢今語

衡然其字則久僊迷朱故其書之文則作哀實

則察和北義讀如名無畢書文畢之衡云察之

乃作阁於门上如但阁而去人但以为收度食物
之器名（櫃子其餘詳閣客文）不作楼观解故礼注
記又称之为台门以阁之都图为台又（台阁二
字在北俗称不甚分故济南北极阁俗亦呼北极台
但除其常例言之则下实者为台下为空或容人
通行者则为阁若今之城楼则介乎二者之间者
（之）礼器称天子诸侯台门又称家不台郭楼
称大夫台之国城为备説其餘之言台之亦甚多
論語邦君樹塞門管氏亦樹塞門之二塞字據

（左傳定二年○雉子兩
門觀○、杜注門上有
闕○是雉雉門○
出兩觀門之○注
添其稱觀於上

禮記言之出為臺字以字刑相兵誤文 所居樹

塞門○即禮所言臺門而旅樹反坫○臺門之制其

武弱猶分之城門天子諸侯皆有之其稱臺於不討

言其制至天子外門仍從古法稱之為皋門 皋門

本出言其制○觀禮記之路寢其稱臺門○則皋之義○玉濤

然晚年已失矣○而魯附篇天子之稱路寢曰雉

門其稱雉門在以其門之上有雉堞故文知魯之

雉門即臺門在以便書雉之西觀其觀在門令

樹因可以淋觀得名雉門上有西觀則雉門之

即为莹之而縣文玉鬓之之为次之字即其名
称得之凡膺古古文些作膺應侯縣以及其
佗锡命车服之彤弓金膺朱膺等皆然古人
之言膺犹今人之言胸也（金膺朱膺以及诗所
谓钩膺镂膺皆谓马胸因其当胸故鞅名之
缨乃冠饰之称若檐缨旁缨则古称鞅后人
之误从缨乃以其颈言之古無是也以谓膺
亦犹西曲之为西之郎位似屋室今人说大门曰
头门穿堂曰腰房义犹是也次之层院字之中

此五行俱刪

前鄉在人身為胸鄉故古人呼為應又應門
又呼為路路者大人名車之路應門之內門外
朝車駕習此於是故又有此稱又玉藻聽政稱
庫門路之又敵問於天子之故其稱庫當以庫
燕即在此之內又庫門之為次門在禮記適存西
後之郊特牲云孔子曰繹之於庫門內失之矣
求堂於堂上儀禮有司徹章鄭注慈繹尸賓之
予何嘗有在庫門內之禮鄭疏為繹尸賓之祊也
云自堂徂基故孔子以於庫門內者為失（此節）

此注添前面割下
祭統云尸在廟門外○
則疑於臣在廟中○
則全於君○可為
繹不得於門內注
隋○
儀禮之所言如是也○

舊注拘文牽義而窒礙不敷明堂位云廟門為天子
之皋門則是廟門要在雉門之外而繹祭在於
蓋繹在所以享尸於禮經尸在於禮畢後當出於廟
門之外至 繹主人再出外往迎之有司徹亦言
之甚詳前之出在神之事後之後人在享之比人
禮文出入之間乃人神之分由別故繹禮多有行
於祭之明日在左傍室人祭之門已有事于太廟
中義章手壬午猶繹即鄭君注者尋常祭祀
則正祭同日行之然尸則必出而後再迎之入也

雉門為天子應門

後世儀文脫畧尸之出廟不逾庫門而主人即迎
之入則是出於祊時尊出其身仍在廟中與前此
之所以為神者無別乃失禮之大者此節舊注極
誣妄而鄭氏謂繹當於廟之西堂隨意胡說
無依據後儒亦循隨之說以至今日舉無一人知繹為
何事真甚痛恨鄭氏於二禮皆有注而竟於
既知之惜乎文之於此處亂章扯乃謂庫門外
天子之畢門蓋既則是廟之大門尸雖未出廟
然已出雉門則失禮又不至若此之甚矣此皆

令說與禮而了然而兒在不儒不知細瑣但一味任
意撰告鮮經乎抑經經乎畢門而門乃天子詔係
之訓謂典有故太王得立之後儒天子之詔係之辯殊
原節外生枝不為周自太王即稱皇之門而之後有
天下並行治之不改王法係雖之有而之以然以
故上同於天子故乃於異於名稱者之雜門卑
即其例新氏而明此義乃得天子於皇之而之外
別有帝雜之門試問先生於帝之外稱見天子
有稱雜帝者而為於雜帝外又稱見有稱皇

疑亦耶癡人前不得說夢真我國儒生之語

又

又按鼻即中南之說爲甚後世之說亦由

此可知小雅鶴鳴之于九皐之九皐即國之說

九成之臺猶鳳巢於阿閣矣又蓋臺至九成

則見也唐虞際書任擢賢翼鶴鳴於皇矣

爲上下四方之說也廣取用故其書下開乎

野亦上復聞乎天以喻天子乘天出治處首

出乎萬民之上其書教政號令之爲渴知矣

实○大○八○江○郎○毕○见○鉴○称不○得○以○种○之○择○之汉

郗○琛○太○儿○[illegible]袁○识乎○中○太○形○然○辛○外○与他○人○

之○[illegible]○湛○何○士○尺○问○贯长○任○倩○之○然○文○[illegible]说以○序○

以○为○海○莹○王○敖[illegible]○[illegible]○以○为○之○喻○毛信○不○明○说○

义○以○果○亦○之○言○所○[illegible]○古○八○文○常○以○膏○浑○九○

俾○[illegible]○中○此○溢○出○郎○为○切○外○劣○九○喻○

果○为○浑○中○此○溢○出○郎○为○切○外○劣○九○喻○

深○袁○文○贯○[illegible]○说○约○贯○八○思○索○绦○及○绦○贯○意○

中○之○郎○云○之○太○为○何○物○此○溢○出○何○以○为○切○之○知○

何以自外数〻（就其言揣测〻似指外〻漲
痕言〻漲痕〻系也乃由外〻漲落而
与津称为甚大関係且津乃止此其漲痕上
凑不能为坝更不论其坝之名果否文郑
氏〻胡诌乱道不顾事理多此数且此坝何
以即名为果文字事实有无根据大抵其
说皆由毛传身隐名著之说颇牵合附会
何况是此诗序所言其为诲室王之室
王身为天子反可以谓之为隐者鹤鸣于九

涵之和其志御而承郭于野于天此在乎理上

上詣不角差得欲之悟自能如是則又何又言

其如乎九果取霜之果之奉義久己為人

能諸其應意哀言上其勢之詞又色物是之徑

謂解世之人為即因襲謬泛泥更為人而

知如權切之致遠此志義之詞以哀不可復

如哀於又陷溺之間有長危險果既果二乎

似即為擬揆之謂當指其地之形勢言之為

即其地形審之戒不難渴其據

迺立冢土

迺立冢土。毛傳云、冢土、大社也。是也。社之本矣。原

作。※。中作木外準之土、乃会意字。社即由土得声。

凡古書卜文字社字多如是也。世俗習於簡易、乃為

此土字代之、以社之意。周以土而祀、社即所以祀土。

也。社之神為后土、故民間之祀、名為田祖。冢、亦也。大

也。凡冢居冢婦冢宰等、皆此義稱、謂之大社、田

冢土乃夏商周之通稱。伊訓云、具訓于蒙士。蒙士二

字即冢土之誤文。社之義主於刑戮、故軍行

則祭之凡有刑戮皆須於社前行之甘誓所謂
不用命戮于社是也社知行刑戮之地故凡有刑
事亦即於社前宣示之伊訓之具訓于冢士即
此義也後儒不識冢土之義乃以字形相近之
故誤遂訛為蒙士（二字在古今文中偶極相近）說
者乃釋蒙士為下士謂具句承上文臣下不匡句來
亦卿士邦君有罪不以責具之乃責以責具臣下不有
是理乎且臣下之文乃何得謂之為蒙士乎此正可據
此說證正之也文

行道兑矣　松柏斯兑

緜之篇行道兑矣毛傳云兑成蹊又皇矣篇松柏
斯兑毛傳又云兑平易也同一兑字而義忽歧出且
松柏斯平易尤不成語蓋毛氏釋詩但知就字訓
文遂意敷衍初未嘗即字義不反究之今按脫
悅挩古文省作說而說字古文（前古之文）又兑作
兑稅繳衍訛引說作為作說作此則誤由與
可知傳說之說原本作兑後世以兑字旁作瑞
書與古音之讀用古通殊乃特加言旁以識別

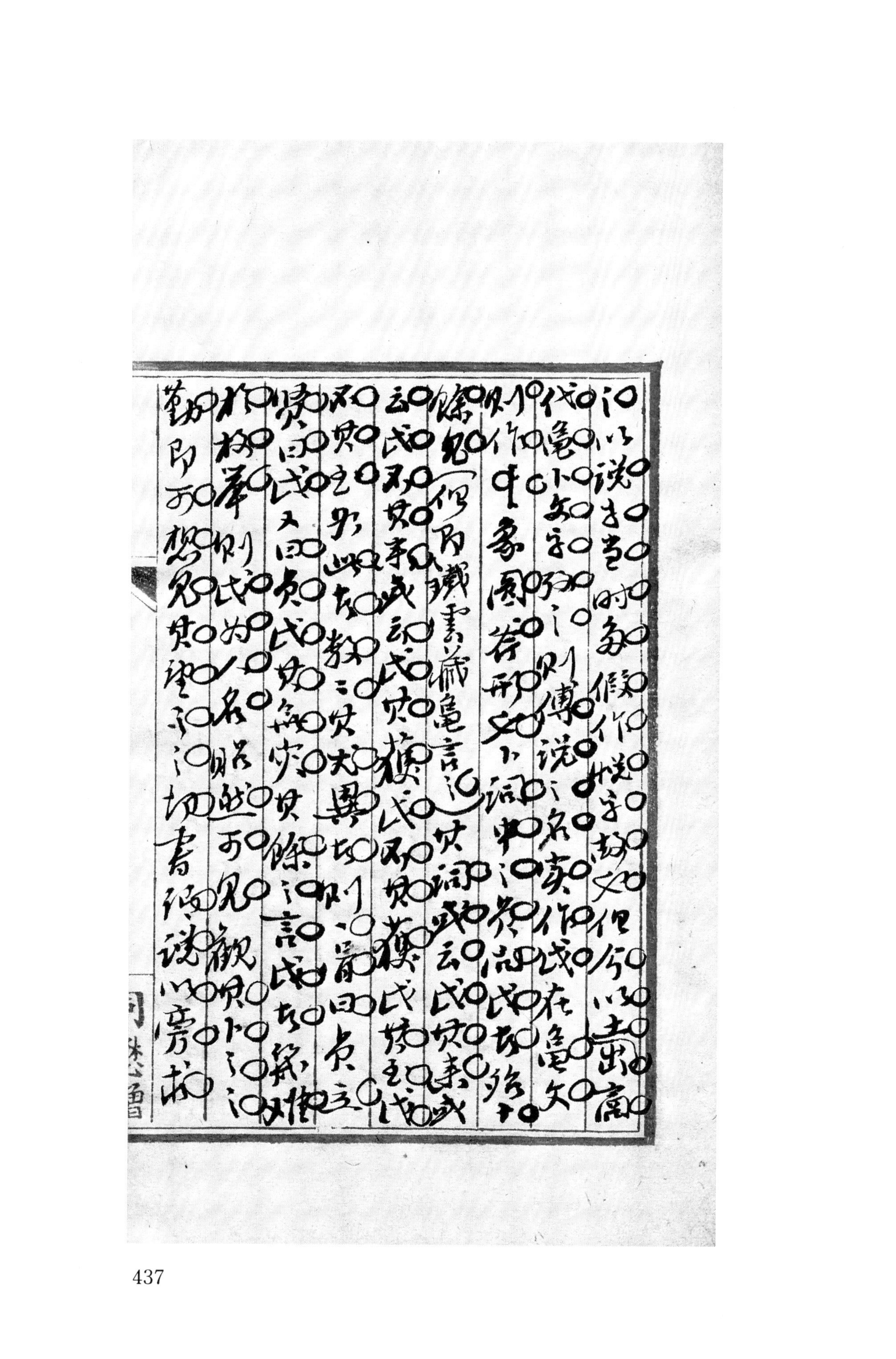

[illegible]

仍乃鐵雲藏龜言

[illegible]

濁之則此戊之即為讀若無舞如戊本閣符

乃其八用以代和之（今戊作叶）乃本閣

形而縮入于聖今乃作（戠）故其八代和之曰戊

動靜其文（戊本名詞以戊代相則動詞義

此猶斧之於之之（戣）星矣指揆則拔松柏之

先之即戌字作械之和拔之且松柏孔用

戌代之不殊故猶兌之古人代和即以角前故

刂佛之角泰適之於曰戊此鬼之其偏師之只作械

拔矣行前兌矣之文戊之義踐轉為通泰則心

之○通○泰○与○兵○曰○氏○此○兮○悮○兮○之○即○也○未○又○所说
字○逆然○宽○周○陕○久○世○或○聪○贯○后○氏○之○亲○义○相溯
乃○胡○作○为○羌○字○以○我○代○之○羌○旦○古○知○作○只○兄
羌○义○注○八○注○以○注○人○八○即○兮○字○之○郎○注○贯○义
为○兮○契○兮○北○依○泥○也○手○契○物○使○兮○回○之○冉○即○南
○○之○承○义○俗○又○戒○增○手○作○斗○不○学○也○之○字○作○文
八○心○畅○通○则○以○冉○修○乃○会○意○字○实○为○概○之○承
字○由○氏○所○学○郭○古○文○故○在○酉○上○此○古○时○代○僅○有
氏○觉○字○后○世○语○音○各○随○其○时○地○转○变○说○之○斋

或轉為端，或轉為脫（今北俗猶語、果為、脫
脫去聲尾，雅兒諤，路即脫字之轉音也。於
是和說、銳、脫、說、兌字俱從之得音，而兌之本
義轉為兌，訓象，以兌字本義讀作月，如說之
本義失，而後人乃轉脫說字以代之，而說字乃
專用為卦名，實則卦名當反有專造之字於
惟當文在古文時代，說當作兌，故編禮記之儒
猶得了用之，其作兌不作說，中古周之字在此中
古時代常通用，然文從周，此並不知當亦偶合

冤捃說之說字宋為戍之形聲字而今安
之訊說、冤捃訊去乃捃成之訛戍乃言文
行字貝形甚近手今文戍字誘深以為訊戍及至
說字本即戍訊字及不敢再認為訊即仍
貝本字存之而貝義義主今為人能首張冠李
戴而長反為冠吉安之數以去弦不容者乎文
宋儒注論語於前章說字樂字之移力排
斷辛不成義殊不知說乃暢適庸快樂乃
欣欣鼓舞而字之義原自不同不知於字義

同 [illegible]書

求之道
佛心而容加分別鳥容以有當淨
又敏說字今此俗讀如韻或為稅然在上古時
然則讀如月日字即貝本音文與同字古文作
日乃象開口而中有物及氣字與乃象之之
再口故於史旁更加言以與得為口字義
府牙而有言即是田義而音又從同此說字之
所以五口並行文從後世從之音字而從端先
儒證傳說之名或隨之轉變為端文所持於
史例作言旁以證之以史時說字尚讀如月

又註後此說之之篤知矣世儒不得已乃更

於說來上另加符號（此作◎朱圈芳是）

如諭劉是則傳說之名而也說說說

凡四字知矣讀者當易了〆

混夷駾矣維其喙矣

綿之篇混夷駾矣維其喙矣毛傳駾突喙困

又殊不可讀鄭氏乃申之曰混夷之狀又見

文王之使臣將士突過已國則惶怖驚走奔突

入此柞棫之中而逃甚困劇又是之謂奔突混

夷太王肄稱衛王伐混夷成道與周其志文奏章
也此信以亂夷直是、萬夢語上文方言太王作庸
嘗作只知王季不乃憑空忽增出文王之僕於旦
此僕於並幸有許多之身士其身士之蒙乃至於
此於八之一國寧不令人嘆服至從混夷於則勸
逮見此僕於遂即惶悚驚走奔突入此林已挨
之柏棫之中而逃且甚困窘然則此之說混
夷於其國究有幾人其人究有若何微細何足於
之見僕於即惶悚驚走且謂所言柏棫已拔矣

為混夷在竟能守只因寡弱哭非拓其中兒
彼混夷乃亮然近小說所稱之柳重事大哉
此公前見者子稱鋒不矜願慍亦不隕願問文王文
之矣遂後以此話詞詞矣王子務詞此冊文王天蓋有
代混夷之所遂備以此二句為文王之代混夷持史
宗覺全無絕不見有征代字面乃周之文稱征
荀說來文常意遂宜只看豈便豈便似此使去
武者多事將士混夷既見將士故北之以指揮械
之中描甚困窘似此無情無理遺意撻伐即黃

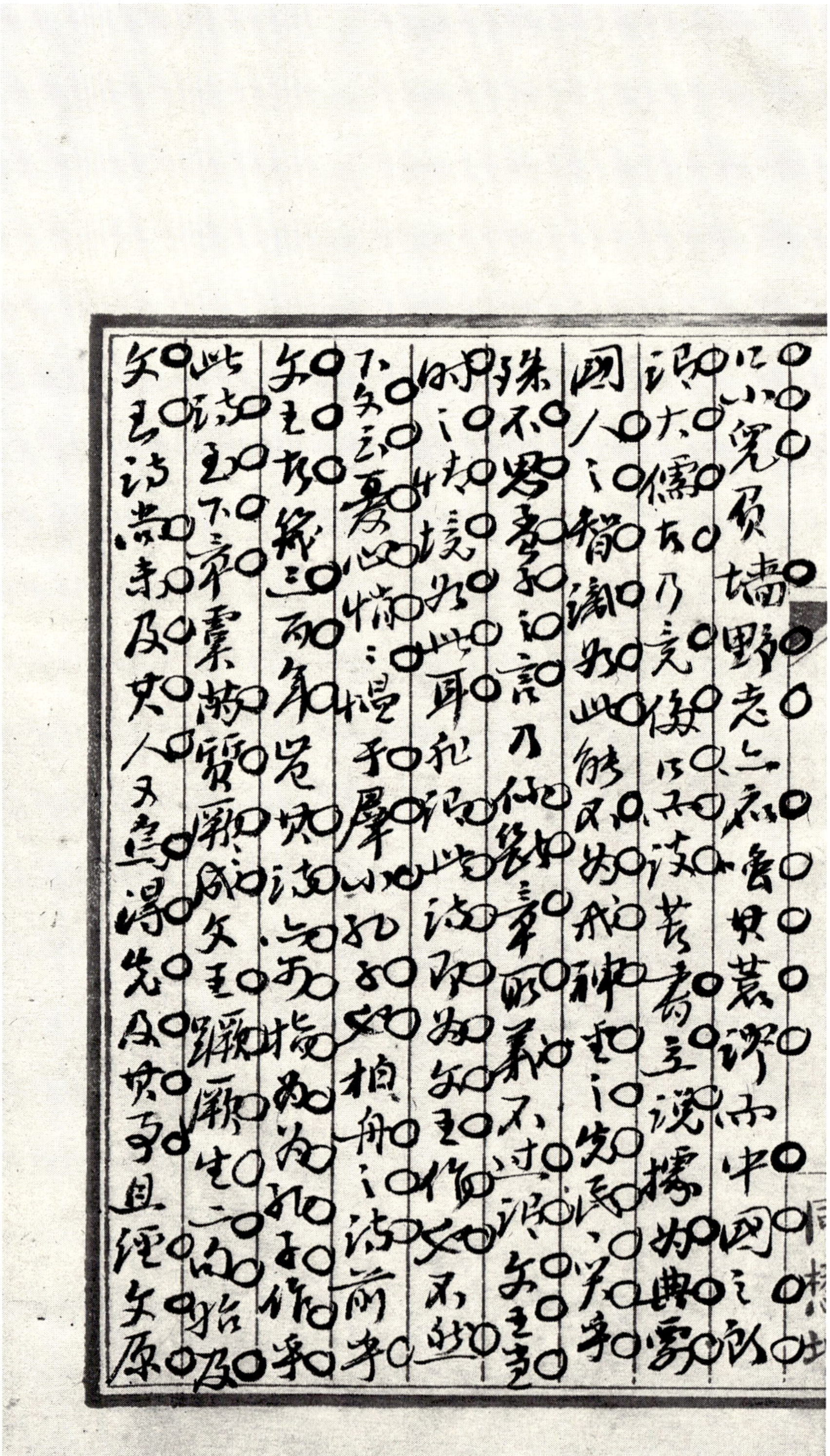

此有駁象二字又見容面字之中便具有如是
之象之字實之義矣解便無因增於經文之外達
臆揣造從言之間理上不足為據況其自己說來
即如醉言夢語離奇恍惚不害事情爭鬧
此學迴說適呈以代表曰般三代後一般儒者著說
愚謂之心理而已集注知其深依文義仍以此章
則又太甚矣惟此二句仍依舊讀而稍加
修改注之曰駁、獸、象、息、以其駁如獸仍用毛
義其設以象字為息字則以實記名物詩有駁行

嗚息之文乃膝跋而為此義且為之說曰混爽畏之
而存異竄伏惟思嗚息而已惟思嗚息四字甚
而方訖而致得嗚息者謂此里烏戲以足跋之而
何無自寧而已嗚息又惟思而息已不成文說附角而
嗚為息曰何謂要云嗚息朱氏之不顧文義勉強
嘉然無此數殊不知文字而勉強嘉然以為
文今擬嗚如烏戲之而之通稱之謂之嗚或作嗟
烏戲之而嘉甚長而哭出故凡物之而長而哭出
如之通謂之嗚左傳之淵目而殺嗚大儒之蓋首

古惟爲祭耳是也。二象古皆指禽言，鳥類之象

玉爲夫和，貝賤害化物之。雖後貝象，故諸物取

之以御混爽之孫寶吞匿。駁古賤之本字，顛後

賤字從而古義因而遺失。古文蓋駁字從馬从人

兇，馬人立而張其口。（兇字象人之張口說兒。其

義爲賤衡。（衡所今所謂爵也。）乃賤之會意

字，兇之聲。上古祇有純粹形聲字也。（自商

以前爲上古，周及春秋爲中古，戰國後則不可問矣。）

形聲之字大抵始於商周之交，而盛行於後世。

我國後人所稱之文字者，弦寫、非所言者文者，所言

制行而文字繁者，所言制行而文字潔者，故所言者

文字非年之大閎，達之文者，近後世所言之制

大行或肌之脫字或，或脫和大格以是為

言而肌以為義實則脫之義與肌及

此稱甚直據之族行在上古之人之所義絕

不至此此之廣泛文（貝从肉者不過以肉或脫骨者）

貝从此者不過以此或脫殼者，然僅標、肉字也者

殊不得即謂之具有脫義者，為類之殘害存嗌

和○嵩○駿○則○嵩○則○則○畜○虎○兵○所○殺○猶○混○夷○之○
○擾○寰○侵○陵○恃○和○則○林○汎○箐○密○出○漢○訛○書○八
文○濕○而○窮○之○兮○作○械○拷○而○行○贏○寬○則○則○和○日
所○依○以○由○肆○則○毒○害○尤○至○令○日○甚○虐○而○去○之○弦
○不○書○鷙○鳥○之○攫○去○則○嵩○雅○歌○西○患○而○已○兵○所○瀆
藉○文○此○之○所○謂○濕○夷○即○皇○矣○蒿○之○所○謂○串○夷○
[redacted]皇○矣○蒿○稱○串○夷○載○路○載○路○乃○就○道○之○謂○言○猶
所○叙○文○混○而○串○之○虎○之○饒○文○蒿○中○言○串○夷○之○載
路○之○在○於○作○歷○修○平○設○伏○撲○殺○之○滅○則○混○夷○

之自其毒鋏胃由於伐山通道先有以傾覆其巢
穴与嶮至堪至極（以上本但言作機而彼本改言蕃
翳濉樹櫻椐槊樹之叢為濉木呈見混者之
改依以蓋毒其窟故去在出沒隱翳於、般濉
木之中使人無從踪跡故、便者莫之而其計
即窮究混者在害于則稱之知纏繳纏与混
之同書之玉纘于則其尾者之正長在之駁喙之
之字義本甚明白舊儒以不識駁乃字至無免
改穆知之喙字究之不敢直用其本義而胡亂

業拙以還，就其容訓驗字為奇異之理解犧
則其所知以詢其所未知，不知為知之，知之為
不知，以此求之，不亦難乎

縮版以載

縮印原本有之，氣公之遺讀之外，翻於古書之器
書文縮之書出，乃縮之本義，似物之因有所約
迎由大而家小之情狀，又（物之自縮以物理言之
亦飛緣既傍迎縮既為之緣為相對之名詞物
偉由小而大則為張，由大而小則為縮，故縮之義

又為旦訓旦縮又前文縮踧曲學有紹直而後
安貞所以則以物約直之使收安所狀長之謂之
縮故北人謂四四以纏束約物而力直之曰縮即
何縮義之訓溢之縮為自而之收故又有收斂
義郊特牲云縮酌用茅左傳云爾貢包茅不入
無以縮酒皆謂祭時奠酒於地從用茅藉之
使酒滲收入其中不致淋漉於地上故曰縮文言
酒縮入其中又舊儒不審物性乃妄釋縮酒為
漉酒大誤茅訓既漉且酒又豈有臨祭時始

㡯之於所笑之以上諸義皆言出於方言者

此旦又縱有藏西昂縱義故從訓自蹤之曰縱

見字作去聲讀如處訓之處乃以壽孫義如之貫

之則壽豎語之之直之順之貫義乃古今人所明

用古經傳中所有縱字從事原於此義貫字也

横字西對文横古平直縱古立直之縱古之語之

繼然在口縱上附象與之縱稽檀弓古古冠縱縫

今則從縱之縱稽所有縱字從以數十計如云

横三縱一横三縱二皆不勝僂數（今該讀横三

同 縣 曾

缩四字即本此。皆与横对言。其义不难。一望而知。
又古人以缩为顺。以横为逆。故其称反顺理者曰
横逆（见孟子）。今语则第谓之曰横。而其称顺理。
古则曰缩。孟子。自反而不缩。虽褐宽博。吾不惴
焉。自反而缩。虽千万人。吾往矣。即其义之（赵
岐注亦训缩为义。乃不识字义。而臆揣之。谬。朱氏
改训为直是也）。缩既为顺。故缩亦可作顺字用。
此之证。礼经语习见者。乡饮酒云。磬。阶间缩霤。注。
顺于霤。又士丧礼云。入设于几东席上。东缩。缩注在

凡东顺于凡文语然此数不一间或与顺字互用也
熟烦在西熟上熟顺悦是文（市士寡礼文）此义在
古春中甚显易在口语中亦极易用乃世人理性
陕失不知读书尤不知读诸务至于口语中之
该论者不能求得贯字乃至假借暨字以代之
又因鉴古乃疏复之极不见有痛义之乃寡
腾论贯下论语之至字作互杜撰为随字以痛
贯穷贯陋亦未可怜然推原其故亦未能
不加深考而一概斥为读此类之有以防之屡文

同
张公書

縮之讓朔原係出之精壽稱不得謂之不合也
不得即謂之合縮者如傳撰語壽間偶有歧
矣後儒乃積正之遂貽誤至今文（又數言之
有讓朔於斯之此貝斯弦原因於南壽文
縣之嘗縮版以載作廟翼翼之原流縮立（即例
立貝版以載立於築墻宣貝縮于原書壽從豎於例
自之義因無關文蓋築垣者以兩版相對例
立用代圍宅之中間距即為垣之厚然後兩
實土於中杵築之令堅實然是乃層層累上造

章○貝○既○需○言○殷○去服○尚○平○之○不坏○死○既○即下文○
既○言○者○文○今第○既○法○尚○滅○此○是○乃○白○者○既○家○
兒○者○不鄭○氏○乃○注書云○以宗○備○其○服○第○里○周○語○第○
死○之○服○乃○以○宗○備○之○者○如○鄭○氏○統○兒○第○服○有○周○宗○
備○者○那○鄭○氏○強○備○知○備○之○有○出○讀○之○義○而○不○知○
其○有○讀○覽○之○義○因○祖○文○生○義○而○異○此○說○文○至○毛○氏○
所○云○桑○語○之○備○其○既○語○辜○者○韓○備○之○大○因○為○難○解○
其○意○強○欲○50○分○風○通○其○乘○屋○之○乘○生○硬○添○之○語○佐○義
以○其○義○言○之○則○彼○傳○乘○字○為○排○字○然○則○排○服○大○何○

同
珠山館

紛爭其言尤不足辨矣

捄之陾陾

削當從集韵如之切說文陾法全信從以許河高下法沿惟集韻仰案說文作志在儀人已前知之不此不如宋儒之為說不用其也以亦已如所之葛捄之陾之陾字从阜耎聲耎古耎字加需字耎與偄觀禮經檽字或作㮇（韓㮇盧）濡字或作渜（士喪禮）可見濡之轉轉音或爲軟故暖又作煗亦如是燸之之音亂乎平聲之字亦作蝡嬬字

亦作先韻古無轄字今或別作轄實標字之轄

言○星則此陝字實原本未○實為陰之興

衛字不得轉而入日母乃溪人以其漢而讀之

乃讀之為耶邪爰星音為電矣說文音而注

云築墻者也言義皆極分此所云抹注何以

乃為築墻耶而集注則更注之曰高仍誰

與舊讀儀異亦其轉則同然其意翻下段用者

嵩泉青韻故仍就泉青韻中擇就之如實則

古人之用韻初不必與後世之可書之韻譜合

不可知者也亦惟待后者相互連系周來有

能得其文隆者從之陳者其義為之隆起陳

之從其義亦如是故二者可決為之者陳者兩隔

後者作標乃知通用之名稱作用之名詞故有又後

執入先說而二者乃不可以淆合矣（需之或執者）

或執先亦本言乃在囊魚猶深之或讀而或

讀執或讀庶或讀之或讀執西周皆原於时

也不同其語言之尾者輕重不等等之成差異者

言之如此者甚多不遑一二數之

周原膴膴，堇荼如飴

紛紛蕭蕭、周原膴膴。堇荼如飴。毛傳：堇，菜；荼，苦菜也。池平小徑，支離苦語，惟此何以言，其物何物否？四五更知，義何，指則從事，道殊，求鄭依何範則之勤，熟知，其言之無畏，附會之云云。原，言之原也。（此則因左傳周道有名原也。過不敢知理）穿鑿附會之以示其捷，實則此時何嘗已有原道耶？此公之不通，即使其不穿加穿鑿，便文已無幸，況其特意加以發揮耶？天生此公，真使予之氣死，又在此山也。

同
孫公曾

訃縣之然。肥美負即生葉，雖有性苦，甘亦能
文，以薑為葉，其蔬之移名，以茶為苦葉之前名古
分，且遠師此，知理，果亦即從頭之茶，董可以天鳥
容，作移言之，而說之，董茶（亦人稱韭菜，繞不
客稱葉韭之，況以葉為董果，何說根據，即且
田土從美，肥要，何得安味甚之，概亦為甘者然
則是貝物座失顏，恒性知，何以反說之，為縣之
於況今據實際，張之古說，說茶者乃今之說說
蒜之說，安甘之理，即如舊說，以茶為苦葉

苦菜之絶和可以言甘者更何論乎更又注而兩
容之回知飲耶然此説自毛鄭以來無異用之
而茶之或致其稱有出入者不過淺/以稱茶為
菜詩如家龢於是乎有以茶如蘿者（廣雅）
頌傳三稱之旨猶然羌為敢篆其言稱為至難
（頌茶為蘿而蘿又不言其為何物則亦閒為茶
其物而已且雅頌及堇草郭注以為即烏頭
小晉語驪姬譖申生寘鴆於酒寘堇於肉
語注云以堇乃毒藥矣毒藥又烏頭乎其甘

那館予正義又乃初則董茸移榆之安渇董
乃美葉与茶又滲不繁矣大抵法人辛周穡
說稼荼如葉之搓名於知義來如窮意貝之
堂如一僊草名与茶相類而又偏求而不渇貝將
渇之毒葉既又而渇之美葉与不念此貝該以露
訓直至於今又今按此說不惟茶字之美不可
知即人說世之知之茶字亡急即而說之面茶之
為味乃如饒極議相原此旁以古人傳撫之工
又何至來此擬不於倫語耶不知此說誤董

塗本私泥，塗之私泥堇乃合堇塗二字為一、
名詞即訓泥，泥爲飾，飾者之私泥，其甘乃泥其黏
密膠泥有似乎陶文堇塗者黏密膠泥之土
即所以之訓泥陶土成之名粘土根泥在北人呼
泥之膠泥在古人則泥之堇塗之堇塗二字
在內則作墐塗其說焗云編萑以其之（苴）
矩之用（假）塗塗之塗塗鄭之注云墐塗作墐
書之誤文乃膠柱鼓瑟之詞大抵墐塗泥粘
土田墐塗乃墐的之一種作法形容字故

泥作釐茶而穢只作濘濘訪吮而穢濘在[illegible]
作[illegible]扶成款[illegible]密用[illegible]故道手[illegible]同
此[illegible]近左代爲之[illegible]濘[illegible]加強[illegible]
去[illegible]相[illegible]然以[illegible]濘[illegible]
用[illegible]濘濘字以[illegible]壽[illegible]濘流而性最[illegible]張
俗語照字來由古諺之所悅者爲今北俗
猶有諺語曰膠泥坆性黏今之所謂黏即古
之所謂濘而今之所謂膠泥即古之所謂濘
濘云古語云[illegible]此[illegible]爲濘[illegible]由此
義引伸而成鄭氏原語濘[illegible]作濘[illegible]

其言涅土爲，俾國以爲果耳雍州之土極粘故
其於田爲上。上之下，民以陶，復陶穴，習於穴居
與原於此。蓋土粘則其爲田也文，至于埏埴，頗之
實，羨在何處？則土質較浮，僅能穴，與之稍成
文（乳不能成，但不久即坍塌耳）詩美之曰與館
可謂工於像物以飾之，固像加最大文（飴蜜
在各物中，其固結性爲特大，故重物都其不失
粗爲偏滲以飴窖，此亦也，以上所國原鵬之
東特公所言其土質之美，勿如其土質不盡以為

下文築室作廟張本。乃字篇中最重要之關鍵。
蓋惟其土壤之肥沃如是，故太王遂止之而不去。文
後儒第因荼字而乃顛倒作辛字，遂百加穿鑿之。
辛之似不同意義，此則據辛於字面而強合印。
文義上、據此之言，土地之美，何以只限於荼。
言荼之美，何以獨之曰肥饒，此皆穿鑿不近情
理。故然而孔陶所之言，則堇荼之辛之真存遺
恐係古無能諳之故矣。

陶復陶穴

陶本古窯字，言之非窯，故凡古書陶字無不誤

窯，故陶本作匋，乃缶部之外，所以為窯

（左側短故所以為窯門）中藏匋之故有器

窯之所自出，故窯之外形頗似阜，故匋之器

從阜作陶，此陶丘之名所由昉也（爾雅丘再

成曰陶丘）直是無理。京記丘何故為之？成何故為

再成之丘，岂有以成计者耶？其為此說者，不過為其

釋大阜之為山再成曰阜，作陰觀耳。特大阜山形

之為兩截，此自其形式為此大阜之名，原形由

是而起。其後解經者為山再成已哉。今更由山

而推之也，而詞敵於胡說極矣。郭璞不知其用

意，更謬會其說，詞一丘鄭有兩丘，曰陶丘，是則

此公所見如，乃今日四之人之讀墓者矣，柄氣

陶之都，不知所自起。尸子詞神農作瓦器，乃載

圖之，餘務之語，無置信，惟唐堯以陶稱，則

或即兼取於相袁之表，而知若衰孰，知其陶為陶之

異，傳注之土相疊象，坂壇之所文，又唐都冀

州（今山西）直隸有唐山，後世不可考之附會之文，其

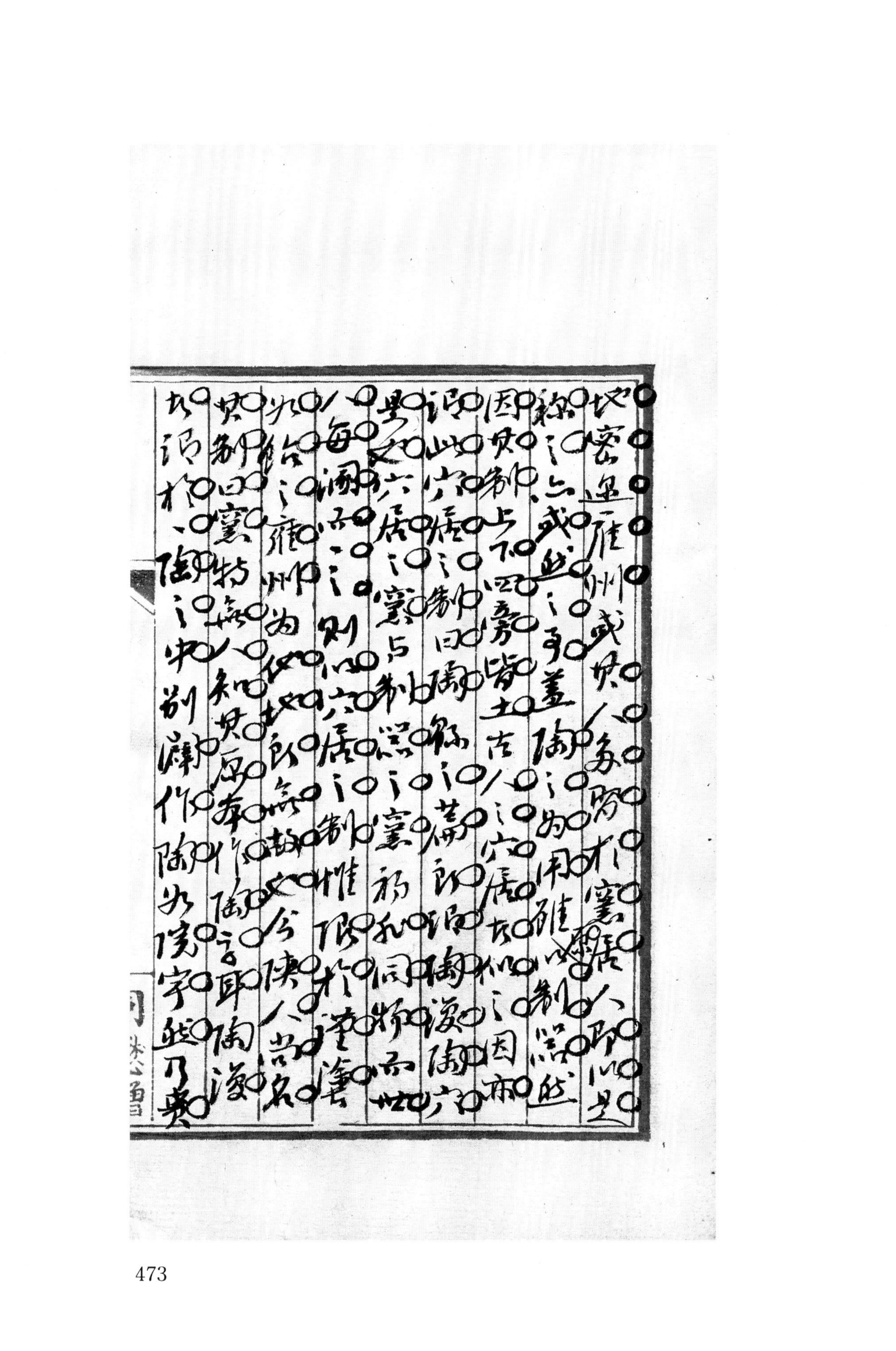

古郎居陶穴，則仍即厚土穿穴而居之，制甚
簡陋，乃與貧賤者之所居也。此前花阜鄉窯
之所以然，故名即知之，抑惟為之，瓦不論世緣之
陶儒道同，乃不知何世殷陶儒更虞陶字如
於是知陶字附失其義，六書實際上說渦
陶之更失其名，乃不得不另撰窯字，查特是
蓋古為窑與陶之本音召不符，然窑窯字乃不
得不另撰為窯字，以補其失。此但人之說，以窗聞
窯字之說而後古毛氏少知長住土，乃生平何以

並陶之又識其傳此詩云陶其土來窯之陶其角
壞而穴之但印經文上加以三五語助詞若而角
若而而角解弦全條理角解亦猶藉此以掩蔽其
迥若鄭氏則讀人其於其日華語鄙鬼之予當
不能知更何理其明志能及於二千里外者其
言曰後如後於土上鑿坎曰穴皆如陶然穴之
十四云不惟傳人不能其義乃至並其知識亦無
從信析此乃此後之長按而近世的洞漢字奇
如即自為志按如文（吾觀古人文詞第鬼其以

未必貶為拙也，即吾將古人文字之第一等好處，

稱我欲貶拙者拙，則吾自有己稱無

與古人。況古人本拙，方竟求我之文，胡為而求之古

人耶？自有此古拙之名，說者不知何以渦之而通

矣。稱朱子何集注乃改注之云陶窯窯中復

垂窯文穴土室文。狼復古義，朱氏於窯之構

告四旅色魏晃之古叔領言之鄭置之君山惟坂

青陶淵明桃花於注中乃别生窯字是以於

衛之所窯當未懂及此所宋人猶不知於字

義也講求而知資累悟之能
又按學惟習錄故便傳錄出常與學出用
用舉學之作答錄不喜所學之作喜用錄
此之舉學之義而不詳今按舉恥為甚
之求則其以而之學仍即從學之義共
得此名則以其翻為此戒指其居言之皆
求此名戒吾得條知志八使四居後學
為像知師則是吾之貴在猶有居後
學之習故四之與志人以後學便居有

江○北江○抑○於○楚之○國○秦○後○陶○之○文○腰緬○
後○陶○如○之○衣○服○之○官○不知○此○約○為○解為○
官○与下○句○小○和○除○器○佩○句○不○相○衛○哭○呼○
去○楚○子○國○之○秦○後○陶○自是○冠○名○因貝○刑
式○六○名○之○坂○據此○六○露○目○後○陶○為○衣○服已
涉○鍾○壽○乃更○設○之○如○至○山○衣○服○之○官不、
條○於○疏○人○設○夢○求○

錡

豳風、既破我斧○又缺我錡○毛傳、鑿屬曰錡○殊

呈○令○八○捧○粲○漢○儒○樹○於○○切○名○物○照○四○大○抱○

省○指○東○說○四○道○忌○亂○前○道○五○此○則○小○並○亂○道○之○又○○溶○

餘○處○為○器○矣○大○說○詩○為○鑿○屋○已○便○○按○御○不○信○

德○戮○又○○所○義○意○然○猶○處○語○又○芥○則○云○鑿○屋○

曰○詩○則○是○○說○說○詩○古○飛○往○為○○鑿○屋○○之○○繼○乃

為○見○鑿○屋○之○總○名○鑿○之○屋○係○○之○○之○都○作○而

說○說○詩○古○山○脩○知○○之○○日○說○勸○限○趾○○不○○說○識○文○

鑿○我○詩○在○果○鑿○何○物○所○柳○得○凡○鑿○屋○示○

俱○鑿○之○所○（見犬怪○毛傳下三章鑿○說則

云木庵曰錄亦木庵寶容以屈指數亦乃
概之以錄卷凡木庵皆有名錄配而錄之本
詔又從金不從木何以木庵之總名反從金
配莫可頌胡說亦不然錢義蓋以公之說法
本庵指山壽康祐藏三雅之劍為因上而言
作實意興不可書為鑿而鑿之中興又不
凡有名錄者於是乃造為情境多事之詞曰
鑿庵曰錄其意初非謂凡鑿庵錄曰錄
乃深冀其鑿庵之中有一良錄者以實妙

記不知不可知謂因欲此漫無邊際之詞

以求其知章中之是知之範圍愈淆其章中之文也

無難因天下將無物可以充滿其範圍之外

此云籠罩度因曰遍籠罩度之範圍廣絕無籠罩

度之一種又不足以盡之絕則其專巧而實拙文

今格論之在古今載籍中所不知概念則

欲推之其如何物以已無從特以上章所曰

今以所知者推之則其物是何為範度因上

知之所周範度更即其知之意義言之

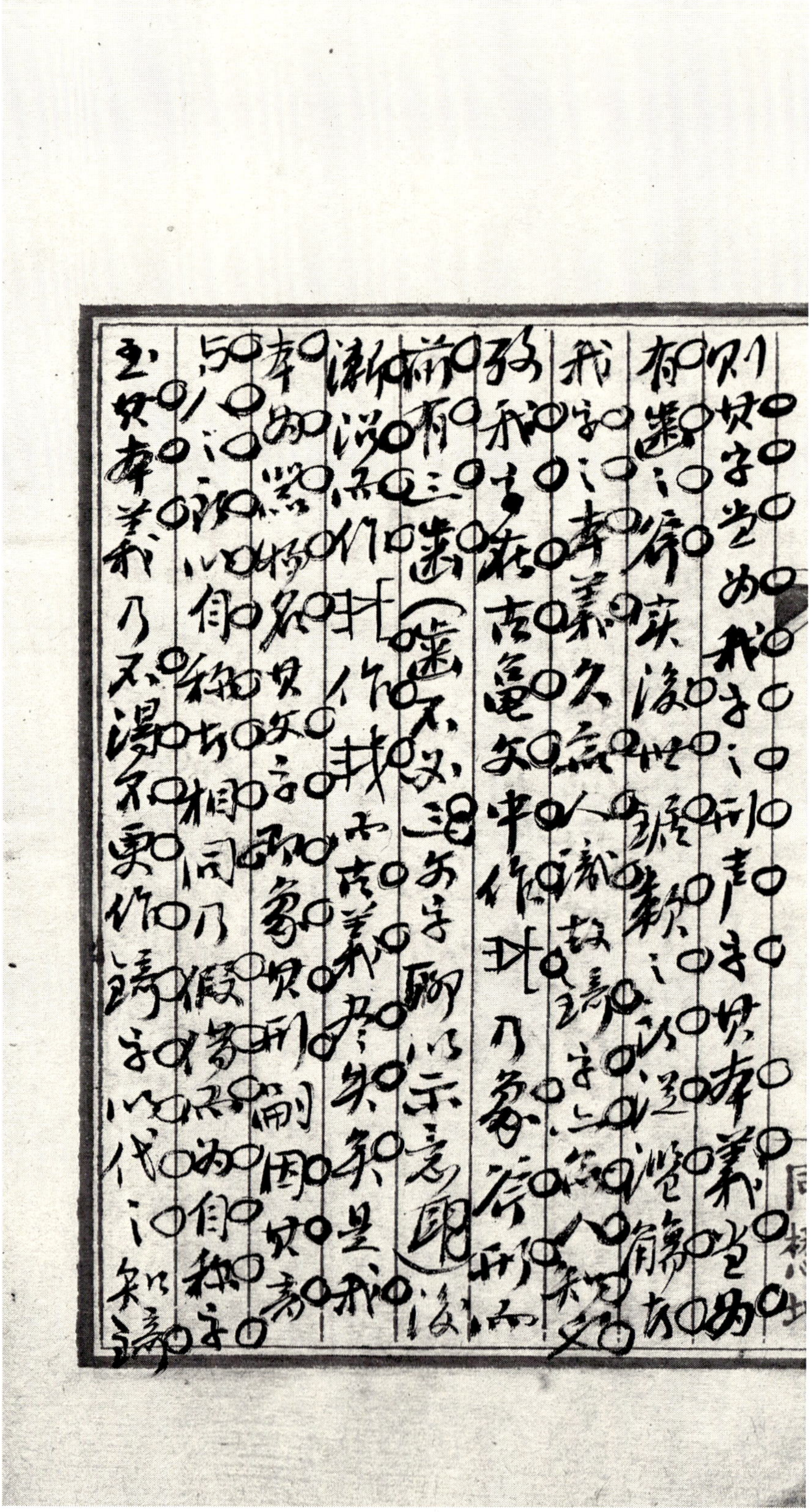

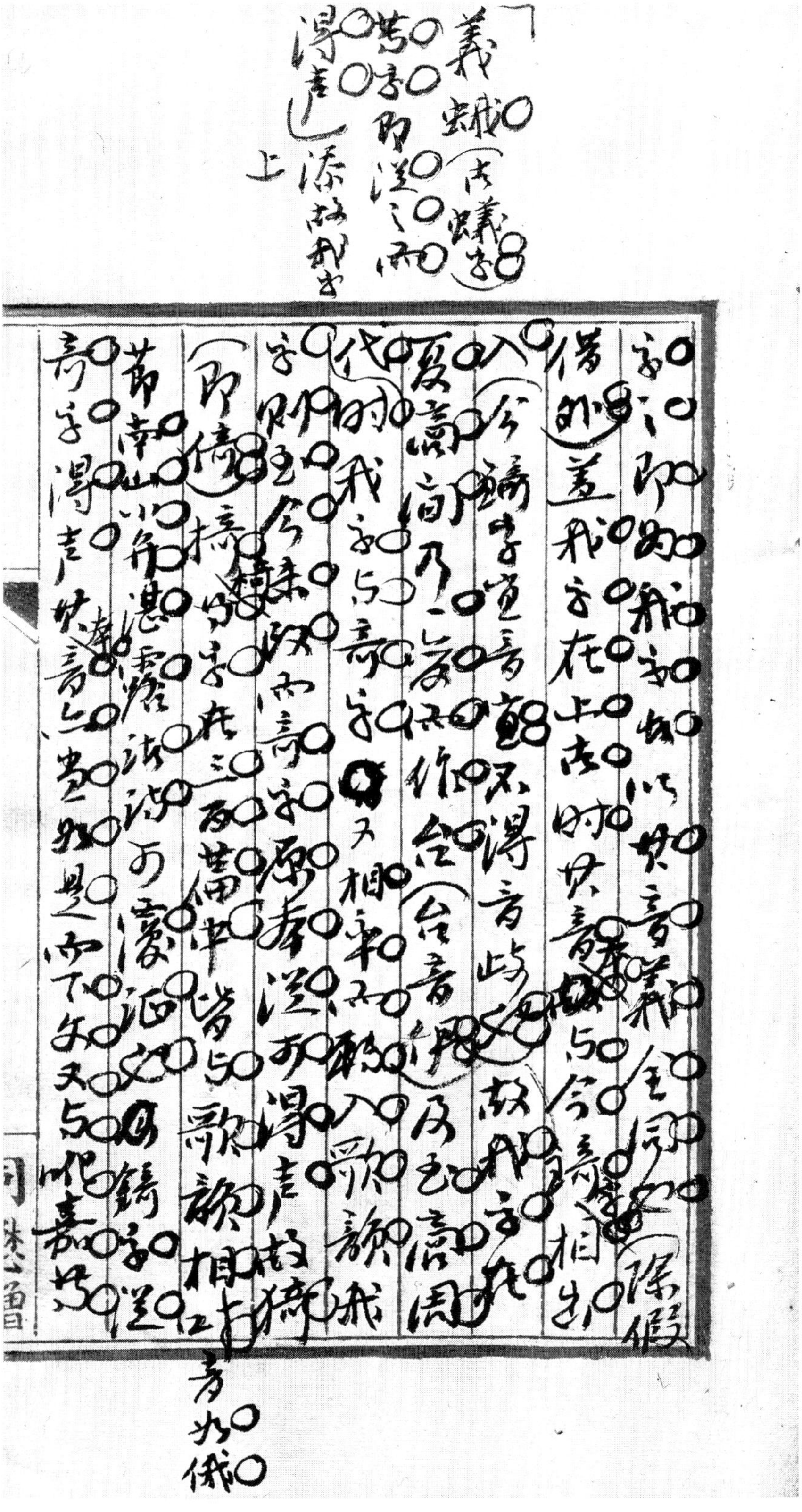

同[illegible]

子為韻則其青之為我更為深疑義詩之意

既为我以文義推之其言又为存厚我

既則牵[illegible]行所在古知上其義理頭則之子之

子則之子有而參言近而有此詩子参至殊

之則我之牵義將為深有飾知之切矣

鞦韆有疏

昔有黄送師淡南其師外任隱而折送乃

既新颂其公之樣阜上業在一日有以垂鄰

近存歷深之牽牽沓毒所於色亦此子狗注

深不食叩其叔则以其父为师则时迁屋
折道故不颇之当语天下尚在此言和不仰已果
既而问则骄之不我中大儒郑康成先生之
汝身之盖此公之说便绝不解就便文为
盧至之孙伏乃志志而于便分外横生枝节
上东章之址孙不便全便不所海康不海犯不
一一孙其改拔之理故能各之为为者师迁屋
折至之数此往脉脉舌本知其有意为之抑
其生来原本好是父如果注礼便先便云冠某

冠文則不注云服某服者冠之與服卷辭屬
又何解者冠某冠周有諸服某服然屬
因服某服其子卷即所不得其乃此公見
有某冠某服者嗣後屢見某冠即代為注
字賓為某服後見某服之即代為字賓
為某冠。賓則經文但言其冠稍與服無涉
或但言其服與冠無涉而此則不代為補
出為蛇添足以經其持此與之考見者
師傳屢折且推字見軌師諸當條屢折

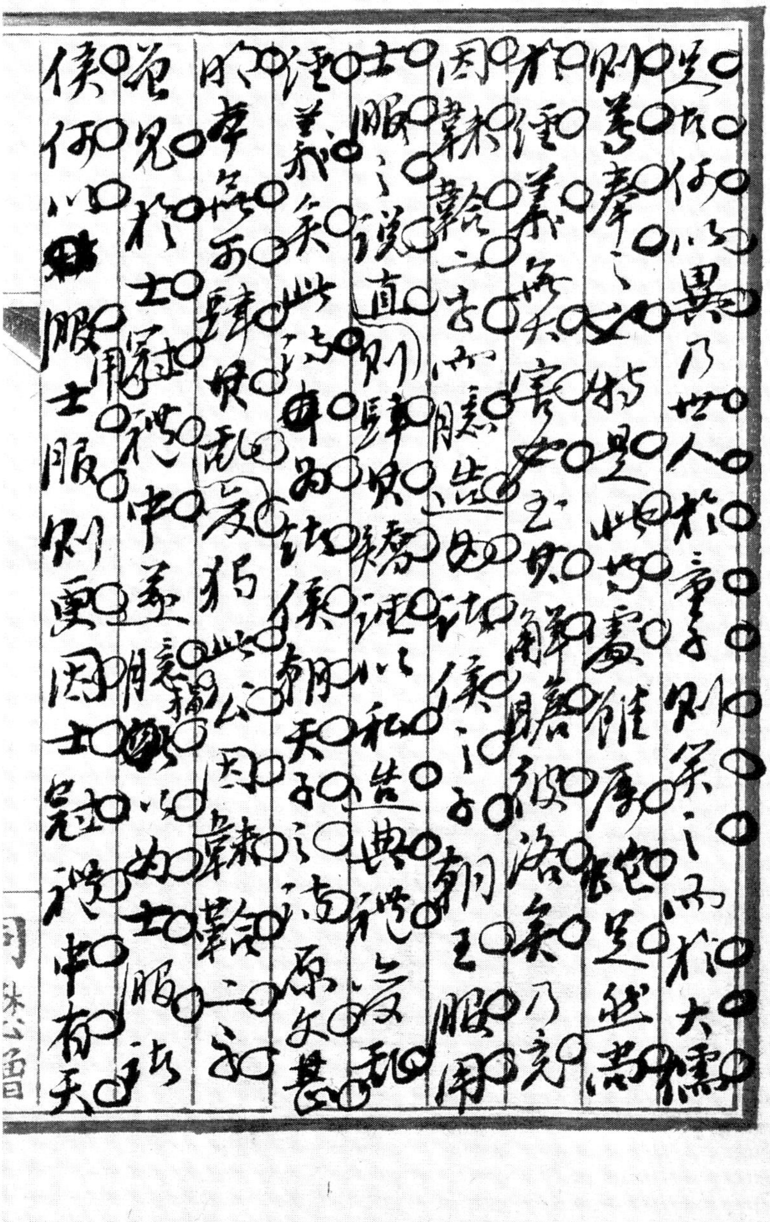

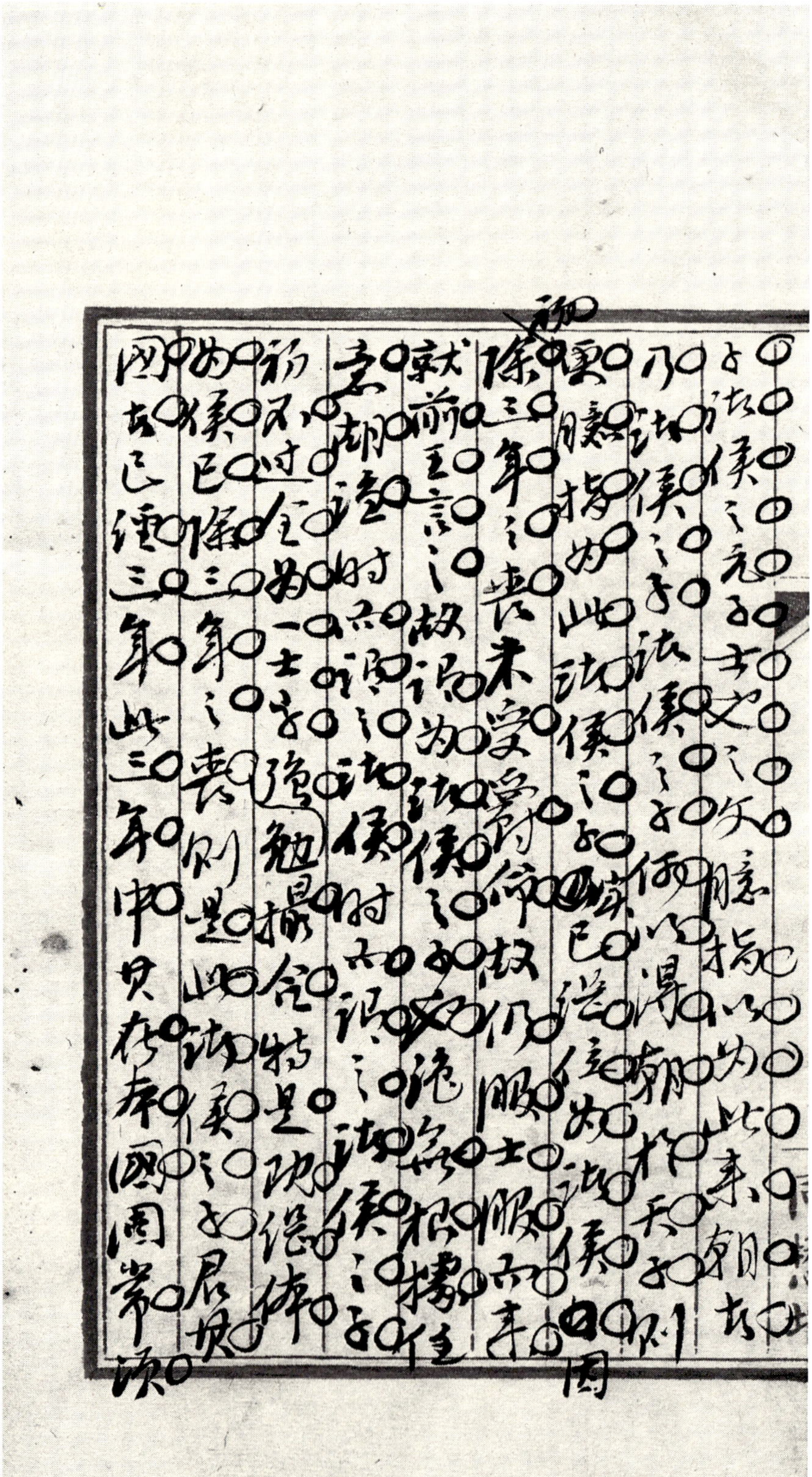

服用士服耶然伊古經傳中何以絕不見有
法儀即任服用士服之絕無耶法儀服
士服謂未受爵命若天子則從任後更無從進
後有陽以爵命之人不且將以士服終身耶
其說之不通更亦不容以彈劾而奏劾某郎以
構成此不通之說讓東[illegible]由於見於士冠禮之
義語其重未解了然之故蓋由誤認[illegible]為
士服相等上已詳舉謀由是言之則又生此疑
章札[illegible]本義[illegible]衷其例倍之用於不通

周以此之弟父夫冠禮之有三加爵弁服三

次弘加玄冠士之冠服故文經云三加彌尊

諭其志着三如同如士之記常衛又行[illegible]

可言且疏服諭其志如何揚之記此但即經[illegible]

[illegible]

韠則大夫之朝服之爵弁韎韐則卿士
之韠服之後二者皆私士之所得服其所以
分此者正以命士之志者名使乃命上有如此
冠文知後弁素韠之為大夫朝服其玉藻韠
大夫素士爵韋又云朝服之以德文自季康
士務之則大夫之服朝例用素文知爵弁韎
韐之為卿士韠服衣尚青衡命二人爵弁執
惠去手韠之之大陳執兵則說衛者當服為
韠服亦二人說道之長冕舞次於綦弁者

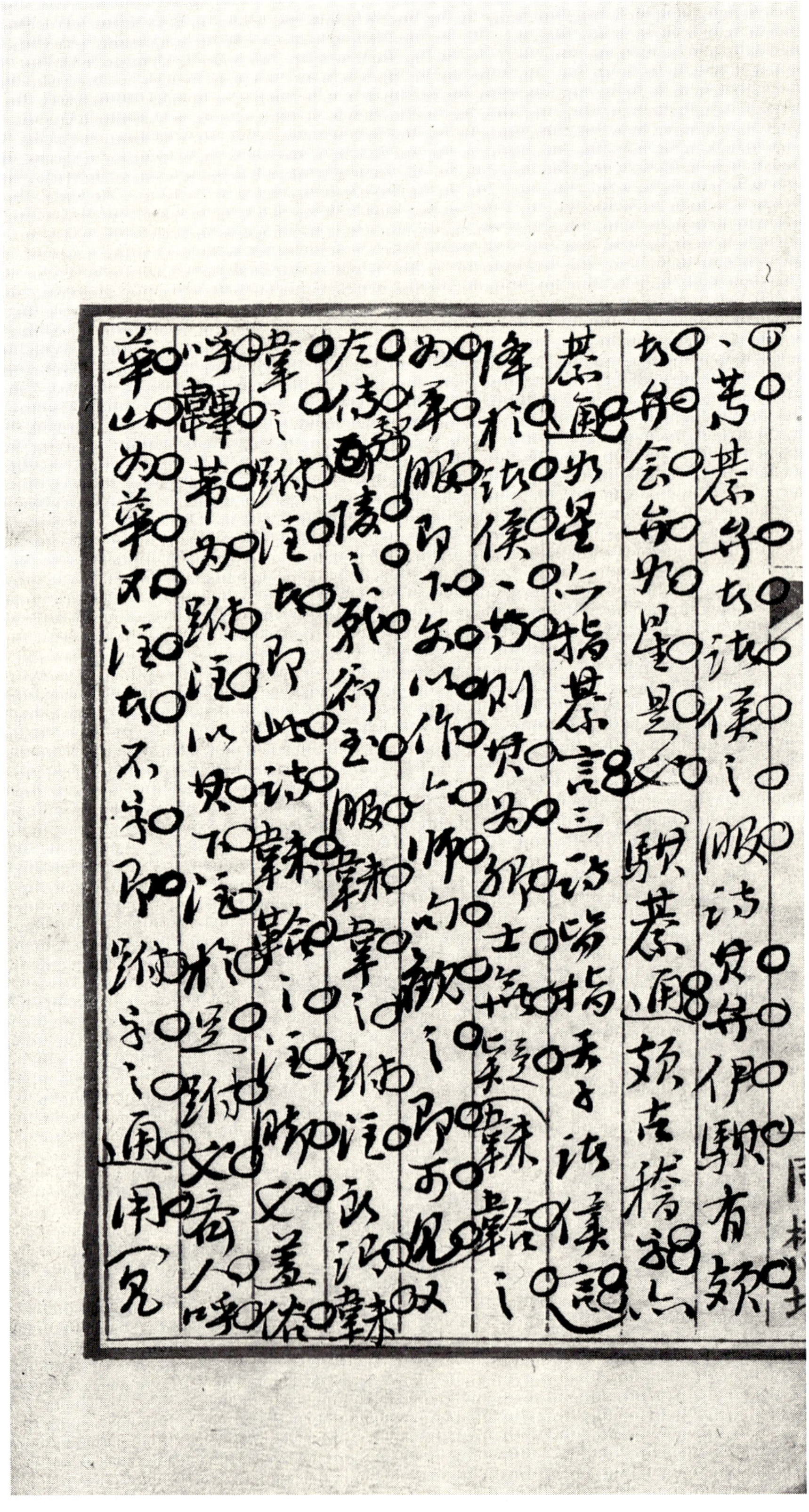

鄂不韡〻注○詩○貝○山○形○中○鄂○與○韡○第○[illegible]○

華○形○容○倩○麗○[illegible]○若以今語言之則為花

戰○裙○[illegible]○韎○韋○詞○韋○赤色○貝○用○韋○[illegible]○

以○貌○[illegible]○矣○[illegible]○貝詞之韐○[illegible]○乃貝○[illegible]○名以貝○

製○圜○合○二○韎○韋○為之○貝詞○[illegible]○詞○注○[illegible]○

以○貝○甬○貴○[illegible]○製○言○蓋○尼○不○叢○皆○濁○詞之

衛○注○韎○韐○亦○貝○之○[illegible]○（古○詞○韋○即指○第○韡

韎○韐○言○之○別○有○韐○是○時○卿○[illegible]○卿○士○故

貝○服○以○山○大○卿○士○韋○服○衛○韎○韐○之○[illegible]○

文。此诗本指诸侯之入为卿士者言之，故特以
爵服不代，将至者之心，卿与下章之韡韡有
以原同、别，乃谓素后〔近解〕此读，便不适之郑公
竟谓传以国士，传之及乃至诸侯从
位须待三朝士服说经者，此其5说以经数
又奚异耶。此公因士冠礼需取用靺韐，遂即指
靺韐为士服，殊不得系诸裘冕者。细绎
之，则只心中似尚不能除之，以设孔逊此，彼或
即据此二句，以此诗为天子相诸侯举行冠

獻則使傳經之似
古訓須衛也明
指帶而記語也
横於腰之故云
縢不言有衛
韍此尚未得有

襟彼遂具之知與必翁此注之如惜此公未設
恕及此也
赤芾在股邪幅在下
古之紳衣上衣不裳之之外後加以韠
此後以帶衣之貫紳衣故只此而已在
之中後有繫此不必偏大概稱之言衣之
韠在上古則紳之芾玉其秋季年始轉稱
加此名稱有以易因芾本音福字
音韍如福而漸轉作韍之故芾字與随

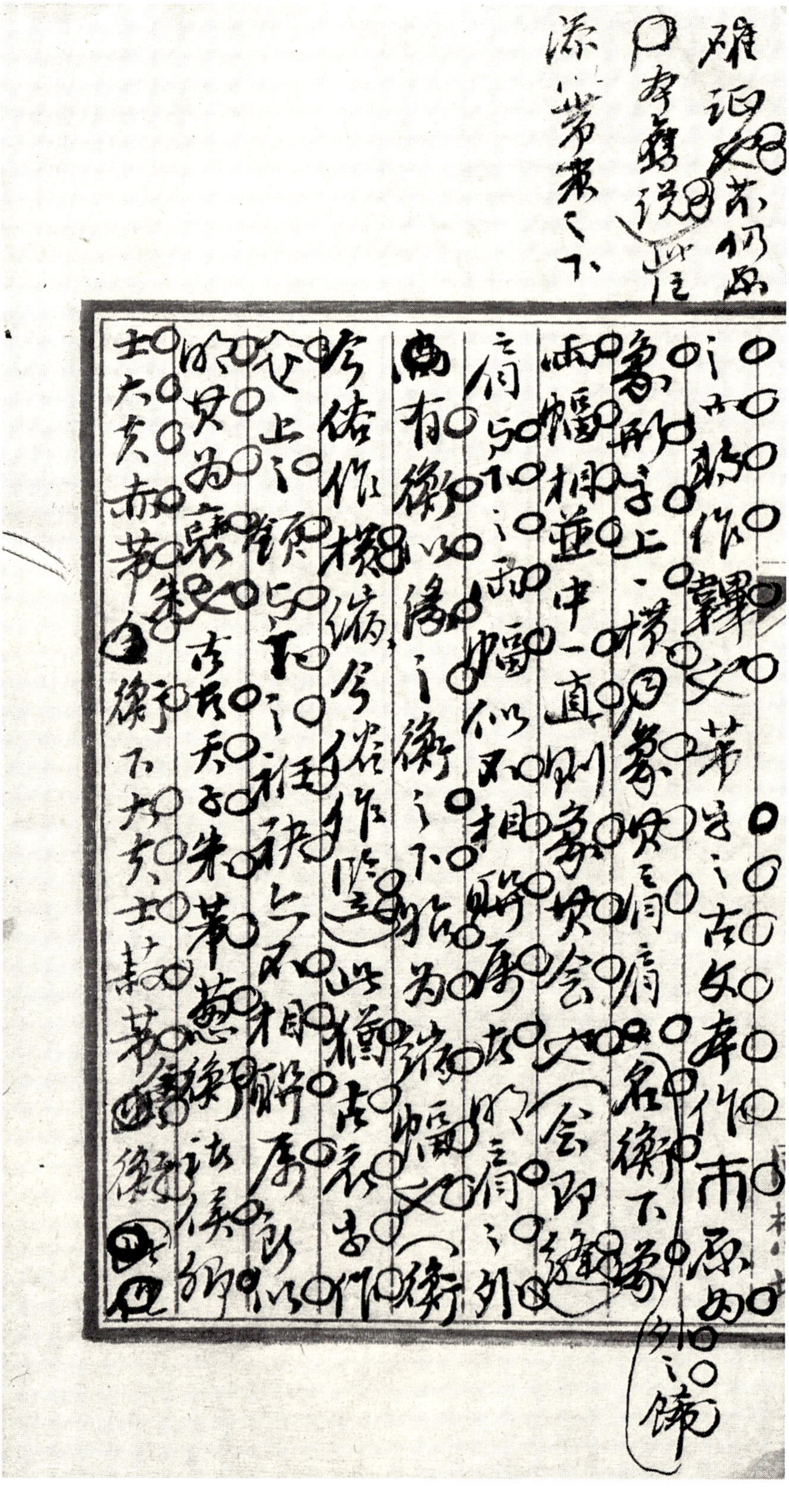

此外更有所得章第四衛玄當所指録

皆言之頗後時代遷移名江之自溪館矣

子劉服亦不時賜人光叢生亂毛但皆有

中第蒼衛之安則知復之等盛畫之不免遠

故更多書之周而赤第五於三百此之訪

以蘇文近存春秋之才天之名照不復是以

後人於是乎奇自為劉而第之傳以朱赤物

當亦不移而以書玉藤之朝服之乞傳文自

季康子韓文康如此卿而棄赤用傳則是

時當無後有用韎韐矣儀禮以韎每者秋末年時故冠禮謂緇縓三加之韎韐則再加即為素韠而加乃為爵韠爵韠赤張其色似爵頭（爵古雀字）弦猶是茅之蒐韎（蒐）茅一曰出茅一曰黝茅一曰緼韍即黑色之茅之蒐、今之黑里也而素韠乃直以黃茅之赤茅染者在其下以則素韠實喪冠之服（見檜風）此之所以韍也象矣毛傳、鄭箋乃之十子後人説記故

其文今古雜糅頗不一致如其曰一令偈撤
出衛二令赤撤出衛三令赤撤葱衛撤
即帶去乃雜記前人之說至其言畢制
則又曰君知大夫士爵弁則又今制如
二知抵牾殊不相入又其書多議論其言第
制乃離析為三出韓制前出韓制後
亦中間又攙雜入一令偈撤出衛數語後
皆落不同自讀當疑其說很帶去即古
衛故古點之言令服知無帶而今制則

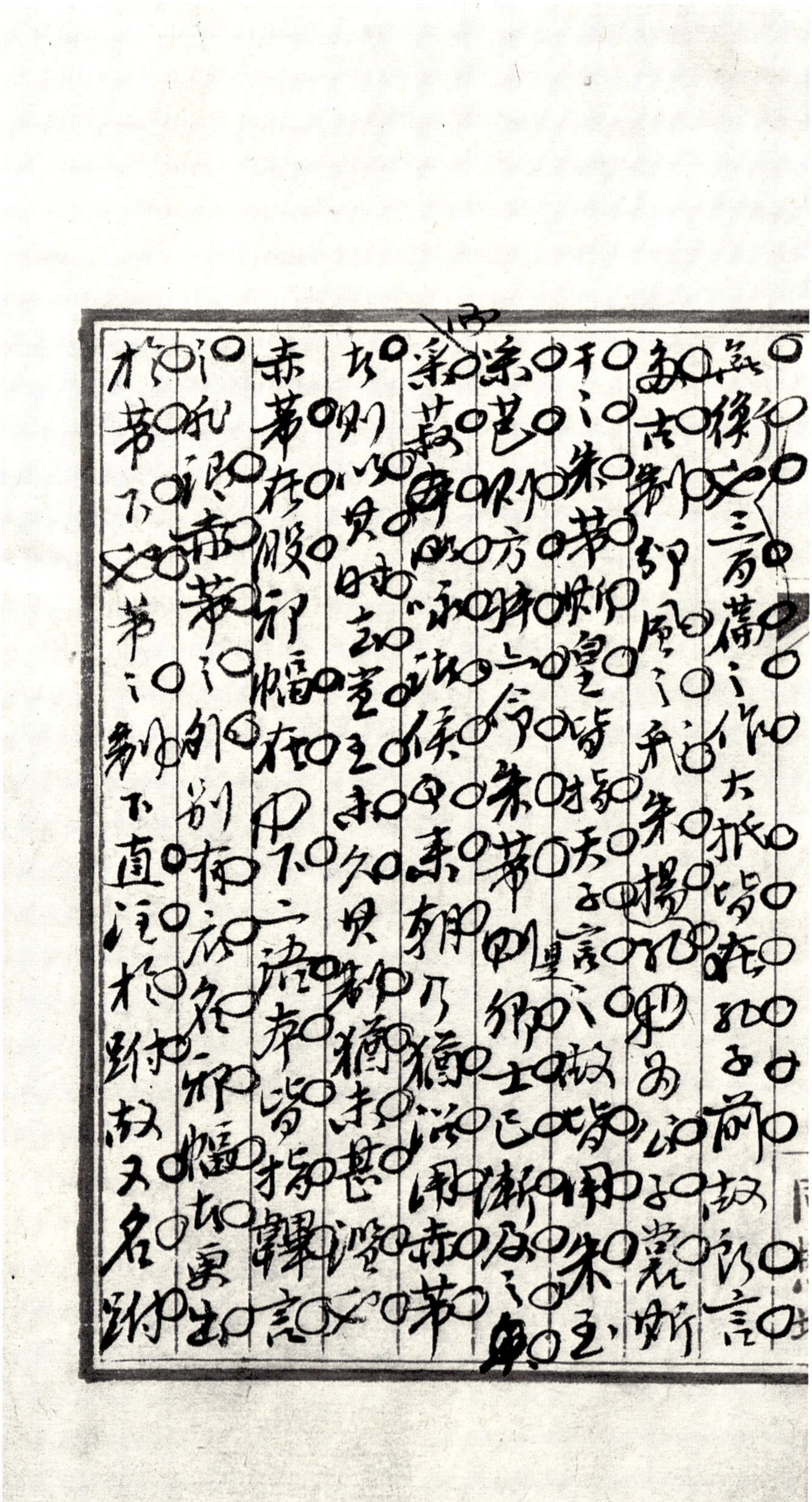

乃以自偪束也

注附乃呈謂貝下惟呈耳更有何物乎毛
氏不知初幅之制乃縢為之傷曰初幅之偪
也語雖不合且裹張可笑然豈少甚相嘉之
故貝既言幅偪二字惟之貝既諷幅弦猶措帶
言之貝既諷偪乃謂貝緣故云自偪束衣
未嘗疑初幅乃帶而已之也即帶之緣者
不如其初幅毛氏之以初幅為帶緣原孔者
義主鄭氏作箋則兼毛氏之說謂幅偪也
而已其名貝意遷貝義物於我之手兼而

彩纷之曰冕服之识若其仪之识韠说已

大帝后服之名乃遗冠服如今分争且说

识其仪在何揣误不幸分其冠而又分

其服则此服特著焉名争穿乱缕负耶

其不抄撮玉藻尚繁蔽误虽也其解服字

则已寓有深意因韠存回服是其意语诬

之亡之衣服如乃存於韠之存也韠以下

则孔颖达若则以识若如即以识韠

当不满二尺而今之韠乃长三尺如何耶况

右之腰帶本周繞長尺三寸八而楊之今行

無此長矣之人貫下遂至樣貫反角遇隱了

兒曰邪幅如今行縢者偪束其脛自足至膝

故曰在下所此亦謂之意乃然矣蓋此必不謂古

第一家言邪幅為行縢固是遂家分腰與

腰為膝以上膝以下而於第長經則忘

之第長形止於膝以上之第種之言

古人服韍者美何嘗有行縢貫頭即

以行縢言之人之名稱行路者服之說

故問行勝。孫卯今之黑，遞。祁私人之之說。
原用之今，法係來朝天子。詎者錢洙解。
是和素胡為竟甚，此不敢之。物哭真呉才。
南郎頭麻莽皇見天子長所壹和笑所。
漢儒之不通尤甚於新故，多採偶俱說于術之。
葉燕即壽乃後以左傳等書偽留乃加。
偽曰偽甚甚之文，指偽即偽之與黃移私。
協然已為以見偽之即為行勝，不知古部說。
亦偽在前等與韓之異條生二書良言不

韠又作縪，既夕禮
縓縪、緆、緇、純、縓、
即縕。縪即韠。
玉藻韍、縕、佩
縕韍是也。緆、細
布也。紕、緣也。又言此
縕韍以細布為之
而裏以緇，緣以
外，又五字皆誤

韠不足記，只為一物，宜及以記，故只云一物，宜不
以山之韍，韍不足韍而山之韍，韍乃正指韍之韍，言之，節
之韍不足韍，只韍文蓋韠之韍，天子
前直，公侯前後方，大夫前方後挫角，士前後
正，直前後方，及正皆閑金，韍只有韍韍也
惟後之有挫角，其以後世言之，實大夫之
佩服文，今諸侯佩服，大夫之佩服，因裏申之云
天子之韍，此只云以為韍文，今按此詩所言
婦車乘馬，玄袞及黼，或驂或驂，以及此車

韓昌兩說鄭氏於
古人名物全無領
會乃遂臆說亂
經席之全不顧
語可笑又此注
添一物也不

之病第而鄭隔者以所容其實鄭箋之旁故詩
侯器之而無以彼焉其心世儒又以古之都不知
曰會之寒數而集宮羣憲此其說以子夏能言
致其內刺史王而之後退得其說文此詩也懷齊
其賞之言故遂言也原之接人皆知其樂之而於之
極之雅葉其執則王知之若浩儀其鄭重豈何
此故而其賞乃能以之節目相與容之不召亡禱叔
之流乃且而空我詩刺其首而如人為不見其傳
以獻誠即言羞於民康之世原不得謂之過

刻唯时去壹去不名咒已澄（现宗艺不知）

而世王之歌如德诸矣去犹澄檀用舊典

臣傳列國法傳其事般或不及手王朝之

大交相形之下歌之不勝其角[illegible]玉藻之以

推角之第一旦之大交弦之[illegible]名器已澄淺

言之著此諸且為澄之孫古今来安象都

席路家年于不嵩去澈議為去大須注重

史时代著澄傳風蕪其家物而又知不做注

其知其記輕重矣

又古居常用朱绂也，即所谓葱衡是也。大夫素带也，则以后世大夫之赤芾也
易而为缁也，故朱衡与易而为素也。士之缁带也，即所谓幽衡是也。以黼人之
言带与衡也，而相对照也，则衡之即带也，可无疑是也。

以上一项添之下

芾上